치아문단순적소미호

우리 순수하고 아름다웠던 날들에 부쳐

A LOVE SO BEAUTIFUL #1-2 (致我们单純的小美好 1-2)

Copyright ⓒ 2015 by Zhao Qianqian
All rights reserved.
Published in agreement with Zhao Qianqian c/o The Grayhawk Agency Ltd.,
through Danny Hong Agency.
Korean translation copyright ⓒ 2018 by Hyeonamsa Publishing Co., Ltd.

치아문
단순적
소미호

致我们单純的小美好

1

자오첸첸 지음 | 남혜선 옮김

달다

차 례

1권

서문
당신이 믿지 않는 걸, 저는 믿습니다

"작가님 소설에는 어째서 감동적이고 극적인 스토리가 없나요." 제게 이런 말을 한 분이 한둘이 아닙니다.

저로서는 아주 겸허하게 산골짜기처럼 활짝 열린 위대하고도 굳은 지조로, 제가 도저히 '작가님 소설'이라는 이 다섯 글자를 감당할 도리가 없다고 겸손하게 말씀드릴 수밖에 없습니다. 더군다나 제가 앞으로 어떤 괴상한 글을 써낼지 저도 모르겠습니다. 하지만 지금까지 제가 쓴 소설에는 분명 무슨 클라이맥스랄 것도 없고, 낙태와 유산, 자살과 살인, 근친상간도 없으며, 심지어 무슨 배반이니 속임수도 없습니다. 한마디로 시장에서 원하는 자극적인 요소가 하나도 없죠. 제 친구들이 모두 좋은 사람들이고, 제가 설사 허구의 인물이라 하더라도 사람을 늘 좋은 쪽으로 생각하기 때문입니다. 그러니 제 이 미성숙한 두뇌가 이런 작품을 써낸 겁니다. 취향이 아주 담백하죠.

제 하드코어 취향은 보통 다른 이의 소설을 볼 때, 그리고 매운 걸 먹고 진한 차를 마실 때나 드러난답니다.

저는 늘 믿습니다. 이 세상에 순수한 사랑이 존재한다고, 수많은 고난과 파란만장한 굴곡이 증명해주지 않더라도 여전히 아름다운 사랑이 존재한다고 믿습니다.

만일 당신도 믿으신다면, 고맙습니다.

만일 당신이 믿지 않으셔도 저는 믿겠습니다.

이 이야기를 열어보실 당신의 순수한 행복을 기원하겠습니다.

자오첸첸

1장

　라오천老陳[1] 동지, 그러니까 우리 아빠는 올해 2월에 정식으로 퇴직하셨다. 평생 뼈 빠지게 일하신 라오천 동지는 집에서 보름 정도 버티시다가 좀이 쑤셔서 더는 앉아 있지를 못하시고, 마침 현縣[2]에 있는 경로회에서 회원을 모집한다기에 그리로 납시었다. 한 번 가셨다가, 평균 연령이 일흔이 넘는 경로회에서는 쉰 좀 넘는 본인 나이가 그야말로 젊디젊은 핵심 뼈대에 속한다는 사실을 깨달으신바, 라오천 동지의 열정에 오랜만에 불이 당겨지기에 이르렀다. 그리하여 온종일 자전거에 올라 경로회 오락 활동을 짜고 다닐 정도였으니, 그야말로 열정이 불같이 활활 타오르던 세월이었다.

　1　중국인들은 나이 많은 연장자를 부를 때 성씨 앞에 '라오'를 붙여 친근감이나 존중을 표현한다.

　2　중국의 지방행정구획 단위. 우리의 '도'에 해당하는 성(省) 아래 속해 있다.

그러나 세월을 다 불사르기도 전에 세월이 먼저 라오천 동지에게 호된 맛을 보여주고야 말았다. 연세도 있으신 양반이 걸상에 올라가 플래카드를 걸다가 발을 헛디뎌 넘어지신 것이다.

엄마한테서 전화를 받았을 때는 막 큰길 위의 광고 간판을 쳐다보던 참이었는데, 나는 대낮에 소식을 듣고 놀라 식은땀을 쫙 쏟았다. 어릴 때는 라오천 동지에게 날이면 날마다 얻어맞아서 나도 나이가 들면 한번 때려보겠노라 생각하기도 했었지만, 그래도 난 정말로 라오천 동지를 사랑한다.

다급히 병원으로 달려가던 중, 택시 기사 아저씨에게 우리 아빠의 좋은 점을 울며불며 장황하게 떠들어댔더니, 기골이 장대하고 거친 위풍당당한 사나이께서 내 말에 감정이 북받쳐 올라 가는 길 내내 액셀을 바닥까지 밟아버리셨다. 차비를 내려고 하니까 잔돈은 됐다면서 하시는 말씀인즉, "아가씨, 내 차 번호가 xxxxxx인데 잘 기억해뒀다가 다음에는 절대로 내 차 잡지 말아. 내가 집에서 초특급 수다쟁이 어머니랑 마누라 등쌀에 시달리느라, 누가 수다만 떨면 살이 다 떨리는 사람이야. 양해 좀 해줘. 아 그리고 아버님 얼른 회복하시길 빌게."

......

눈물을 뿌리며 급히 병원에 도착했더니, 엄마가 사과를 깎으며 아빠에게 잔소리를 해대고 계셨다. "뼈가 다 삭은 마당에 본인이 무슨 경로회 뼈대니 뭐니, 아주 한번만 더 넘어져보슈. 아주 그냥 내 손에 불구덩이로 떨어져서 뼈대에서 뼛가루로 승진할 테니."

나는 문틀을 붙잡고 눈물을 글썽이며 물었다. "엄마, 아빠는 좀 어때?"

엄마가 고개를 들어 날 흘긋 보더니 말했다. "됐다. 눈물 그쳐. 울긴 뭘 울어! 내가 무슨 일만 나면 눈물, 콧물 짜내라고 너 똥오줌 받아가며 키운 줄 알아."

나는 눈물을 거두고, 한참을 시달린 아빠에게 위로의 말을 건넸다. "아빠, 좀 괜찮아?"

아빠는 간절한 눈빛으로 엄마 손에 들린 사과를 바라보며 말했다. "안 괜찮다. 네 엄마가 사과를 세 개나 깎아놓고 하나도 안 주지 뭐냐."

상황을 보아하니, 어찌 된 일인지 물어봐도 두 분 입에서 답이 나올 리 만무하겠다 싶어, 아예 보온병을 들며 말했다. "물 받아 올게."

나는 보온병을 든 채 안내 데스크로 내달렸다. 뒤에서 들리는 엄마의 고함은 아랑곳하지도 않고. "저 원수, 이것아 물 가득 찼다니까!"

내 표정이 말이 아니었는지 간호사는 재빨리 의사를 데려왔다. 의사는 무표정한 얼굴로, 아빠가 허리를 삐끗하면서 등뼈가 신경을 눌렀는데, 어쨌거나 수술은 해야 하니 돈이나 3만 위안³ 준비해두라고 말했다.

몇 가지 구체적인 상황을 물어보자 의사가 내 눈을 주시하며 말

---

3 2018년 현재 1위안은 한화 약 168원으로, 3만 위안은 약 504만 원이다.

했다. "말씀드려도 이해 못 하실 테니 돈이나 준비해두시면 됩니다. 다른 건 저희 의사들에게 맡겨주시고요."

내가 다시 물었다. "그럼 수술은 언제 할 수 있나요?"

의사가 성가신 듯 말했다. "줄 서셔야죠. 순서 되면 수술하시는 거고."

그 얼굴에 침이나 한바탕 뱉어놓고 죄송하다고, 제가 폐결핵 환자라고 지껄여주고 싶은 마음이 굴뚝같았다.

하지만 그러지는 못하고, 굽신거리며 주머니에서 돈 몇 백 위안을 꺼내 의사에게 찔러주었다. "그럼 수고스러우시겠지만 잘 좀 부탁드려요……."

그러자 그가 눈을 부릅뜨며 돈을 밀쳤다. "지금 뭐 하시는 겁니까! 가족분들 마음은 이해가 갑니다만 이러시는 건 규정 위반입니다! 그렇게 마음이 안 놓이시면 제가 짬을 내서 좀 더 자세히 설명해드리든지 하겠습니다."

창피해죽을 것 같았다. 나 같은 소인이 어찌 군자의 마음을 알겠나 싶었다. 그냥 저 의사 성격이 좀 별로인 것뿐이었는데. 마음속 깊이 내 인격을 반성하고 있는데, 의사가 뒤돌아서 가버렸다. 그런데 가기 전에 고갯짓을 하며 눈치를 주기에 저 사람이 쥐가 났나, 아니면 무슨 다른 뜻이 있나 한참을 골몰하다가, 결국 의사를 따라 고갯짓을 해보고 나서야 겨우 눈치를 챘다. 벽 위에 CCTV가 달려 있었던 것이다…….

간호사에게 방금 그 의사 진료실이 어디냐고 막 물어보려는데 휴대폰이 울렸다. 꺼내본 순간 심장이 비탈길에서 내리 밟힌 액셀

마냥 나는 듯이 뛰어대는 바람에 하마터면 내과에 접수할 뻔했다.

쟝천江辰, 내 예전 남자 친구였다.

나는 덜덜 떨며 아주 공손히 전화를 받았다. "여보세요?"

'여보세요' 소리 한 지가 언제인데 이런저런 잡음만 들리는 걸 보니 휴대폰을 잘못 눌렀나 보다 싶어 전화를 끊으려는 찰나, 애교가 철철 넘치는 여자 목소리가 들렸다. "선생님, 제가 명치가 좀 아파서요."

그제야 쟝천이 의사라는 사실이 떠올랐다. 들리는 바로는 지금은 제법 유명하단다. 전화를 끊고 한참을 고민하다가 결국 결정을 내렸다. 여기서 이 병원 의료 사업의 흑막을 감지하고 있으니, 쟝천이 있는 병원으로 옮기면 그 옛날 차예단茶葉蛋[4] 몇 알 까주던 옛정을 봐서라도 신경 좀 써주겠지 싶었다.

돌아가서 이 일을 엄마에게 말했더니, 엄마가 물었다. "쟝천이면 너랑 옛날에 사귄 개?"

에…… 어머니, 기억하시는 지점이 참 오묘하시군요.

엄마가 다시 물었다. "개 있는 병원으로 옮기면 개가 좀 도와주려나? 내 말은 그러니까 너희 둘 사이에 지금도 그 정도 정이 있기는 하냐고?"

급소를 확 찌르는 질문법에 나는 말을 더듬고 말았다. "도, 도와주기야 분명 도와주겠지. 다, 다만……."

"다만 뭐?"

---

4 간장, 찻잎 등을 넣고 찐 중국식 삶은 달걀 간식

"다만 그러면 전불단리환란剪不斷理還亂[5] 꼴이 될 것 같기는 해."

노마님께서 코웃음을 치셨다. "내 앞에서 문자 쓰지 마셔. 잘리지 않으면 아예 싹 밀어버리면 되지! 지금 당장 그 녀석한테 전화해서 내일 네 아빠 모시고 병원 옮긴다고 해. 내가 여기 의사 꼴 더는 보나 봐라, 그냥!"

본래는 엄마가 자애롭기 그지없게, "샤오시小希, 우리도 자존심이 있는데 네 옛날 남자 친구 찾아가서 일 만들고 그러지 말자꾸나." 이렇게 말씀해주시기를 바랐건만.

과연 내가 우리 엄마를 너무 과대평가했던 게야.

장천은 내 전화를 받고도 조금도 놀라지 않았다. 나는 의사들은 다 저렇다고, 산전수전 다 겪어 시체를 봐도 내장을 봐도 놀라는 법이 없는데, 옛날 여자 친구에게 놀랄 일이 뭐가 있겠느냐고 생각했다.

나는 더듬더듬 상황을 설명하다 겨우 말을 꺼냈다. "우리 아빠너희 병원으로 옮겨도 될까?"

"응." 간단명료한 대답에 옛날에 차예단 까준 얘기는 꺼내지도 못할 정도로 무안해졌다.

"물건 다 챙기면 바로 차 타고 너희 아버지 모시러 가서 병원 옮겨드릴게."

막판이 되자 잠시 말이 없던 그가 물었다. "넌 괜찮아?"

5　'집착, 그리움을 잘라내지 못하고 마음만 더 심란해질 것 같다'는 뜻

"괜찮아."

세 시간 뒤 쟝천이 구급차를 대동하고 씽하니 내 앞에 도착했다. 삼 년을 못 보고 지냈건만, 고개 들어 얼굴 한번 제대로 볼 엄두는 내지도 못했다. 그저 의사 가운 위 주머니에 꽂힌 엄청 비싸 보이는 볼펜만 하염없이 바라보다, 쟤가 의사들 글씨체를 배우기는 했는지 모르겠다는 생각이 들었다.

대학 시절, 나는 늘 쟝천의 그 어여쁘고 자그마한 해서체楷書體[6]가 의료계에서 살아남기 힘들 거라는 생각에 걱정이 이만저만이 아니었다. 약 처방을 잘못 내려도 책임을 피할 수 있을 만한 글씨체를 몸에 익게 하려고 내 글씨체를 좀 따라 써보라고 성화를 부렸지만, 너무나 유감스럽게도 쟝천은 결국 내 글씨체의 정수를 배우지 못하고 말았다.

쟝천 혼자서 퇴원 수속과 입원 수속을 다 밟는 바람에 나와 엄마는 당황스러울 정도로 할 일이 없어서, 병원 입구 앞에 쪼그리고 앉아 한 사람에 한 알씩 사과를 까먹으며 수다를 떨었다.

엄마 왈, "역시 이 몸이 크는 모습 다 지켜봐 준 녀석답네. 애가 아주 괜찮아."

본인이 크는 모습을 지켜봐 준 덕에 애가 아주 괜찮게 자랐다며, 그 공을 자신에게 돌리는 엄마의 염치없는 행동을 나는 그냥 무시해버렸다.

---

6 자형이 똑바른 한자 서체

"저렇게 출중한 애를 넌 그때 어쩌자고 놓쳤냐? 조금만 기다리면 됐겠구만."

나는 콜록거리며 사과를 한 입 베어 물었다. "아빠 혼자 구급차에 있기 심심하겠다. 엄마가 가서 사과 먹는 모습이라도 보여드려."

엄마는 한숨을 길게 내뱉으시더니 몸을 흔들며 구급차 쪽으로 달려가셨다. 엄마가 달려가면서 소리쳤다. "이 양반아, 당신 딸내미가 나 사과 먹는 거 당신한테 보여주랍디다."

마침 쟝천이 크고 작은 영수증들을 들고나오다가 이 장면을 보고는 날 흘긋거리며 웃었다. "대단한 효녀났구만."

나는 고개를 들어 쟝천을 쳐다봤고, 쟝천은 내 앞으로 몸을 반은 숙인 채 날 내려다봤다. 머리칼 끄트머리가 흘러내려 햇살에 부드럽게 빛났다. 그가 날 보며 익숙하게 웃자 왼쪽 뺨에 보조개가 깊이 파였다. 마치 바로 어제 같이 밥을 먹고 영화를 본 것 같은 착각이 들었다.

나는 그 눈빛을 옆으로 피해버렸다. 저 보조개는 악의 구렁텅이였다. 소싯적 이 소녀 마음이 바로 저 보조개에 취해버렸었지. 지금 돌아보면 그냥 내가 저 얼굴 저 구덩이에 빠지고 말았구나, 그런 생각이 드는 정도지만.

내가 기억이라는 걸 하게 된 이후로 쟝천은 골목길 전봇대처럼 당연한 존재였다. 우리 집 맞은편 건물에 살았고, 진장鎭長7의 아들이었으며, 반장에다 잘생기기까지 한, 피아노에 붓글씨에 못하는 게 없고 성적도 좋은, 베이징 표준어를 듣기 좋게 구사하는 녀석이었다.

텔레비전과 소설에서는 우리처럼 어려서부터 가까이 산 남녀를 소꿉동무라고 부르는데, 보통 두 가지 유형으로 나뉜다. 하나는 서로 사랑하는 유형으로, 둘이 친형제처럼 가까이 지내며 같이 벌집을 건드렸다가 같이 말벌에 쏘이고, 함께 고구마 서리했다 함께 두드려 맞고, 그렇게 지내다 문득 정신을 차려보니 우정이 어느새 슬금슬금 사랑으로 승화되었음을 깨닫는 유형이다. 다른 하나는 서로 꼴도 보기 싫어하는 유형으로, 둘이 상극이어서 멀리서 보이기만 해도 달려가 물어뜯지 못해 안달이고, 기회만 잡으면 상대방 자전거 에어밸브를 뽑아버리는 짓을 하다가 다 크고 난 뒤 돌연 아! 그게 사랑이었구나, 하고 깨닫는 유형이고.

안타깝게도 나와 쟝천은 둘 다 아니었다. 기나긴 세월 동안, 나와 녀석은 그저 맞은편에 사는 이웃에 불과했다. 녀석이 매일 '딩딩당당' 피아노를 칠 때 나는 만화 〈마루코는 아홉 살ちびまる子ちゃん〉을 흥미진진하게 보곤 했다. 어쩌다가 숙제가 뭔지 잊어버리면 걔네 집에 가서 초인종을 눌렀는데, 그러면 녀석은 늘 왜 본인이 알아서 기억을 못 하느냐며 성가셔했다. 부탁하는 처지여서 그랬겠지만, 나는 단 한 번도 녀석에게 따지고 들어본 적이 없다. 물론 내가 어려서부터 남한테 뭘 따지고 자시고 하는 걸 좋아하지 않아

---

7 진(鎮)은 중국의 지방행정구획 중 하나로 '현' 아래에 들어가 있으며, 진장(鎮長)은 바로 이 진의 수장이다.

서이기도 했겠지만. 내가 사람이 침착하면서도 또 비범한 데가 좀 있잖아.

중2에서 중3으로 올라가던 여름방학에,[8] 시험을 마친 우리 반은 선생님 눈을 피해 몰래 야외 취사를 계획했다. 그 야외 취사 때 쟝천과 내게 고구마 씻기가 배정되었다. 우리 반 사십 명이 산 고구마가 마흔네 개였는데, 쟝천은 처음에 네 개를 씻고 나더니 옆에서 물가에 돌을 던지며 놀기 시작했다.

나는 호숫가에 쭈그리고 앉아 활활 타오르는 분노를 힘껏 억누르면서 고구마를 씻었다. 고구마를 씻으면 씻을수록 화가 치밀어 오를 무렵, 작은 돌멩이가 내 눈앞의 물 위를 스치고 지나가면서 온 얼굴에 물방울이 튀고 말았다. 고개를 들어보니 쟝천은 아무 일 없었다는 듯 태연하게 계속해서 돌을 던지며 4연속 물수제비를 멋들어지게 뜨고 있었다. 물 위로 크기가 저마다 다른 물결이 일다가 서로 부딪치며 퍼져나갔다.

이치대로라면 욕을 퍼부으며 녀석에게 물을 끼얹고, 그 머리를 물속에 처박거나 아예 녀석을 강물에 익사시켜버려도 시원찮았을 것이다. 하지만 나는 그냥 눈앞의 광경을 멍하니 바라보기만 했다.

녀석의 떡 벌어진 몸에 걸쳐진 흰 교복이 산들바람에 나부끼는 가운데, 햇빛이 눈썹과 머리칼 끄트머리 위에서 황금빛 빛무리가

---

8   중국은 9월에 새 학기기 시작된다.

되어 출렁였고, 녀석의 입꼬리가 살짝 올라가면서 왼쪽 뺨에 보조
개가 의기양양하게 접혔다.

시간과 공간이 멈춰버렸다. 남은 건 쿵쿵 뛰어대는 내 심장뿐이
었다.

여름방학이 지나고 정신없이 바쁜 중3 생활로 접어들었다. 내
가 본래 큰일을 중시하는 사람이다 보니 남녀 간의 사랑이니 뭐
니는 옆으로 집어치워 버리기도 했고, 당시 드라마 〈유성화원流星
花園〉이 한창 인기리에 방영 중이어서 남자 주인공 다오밍쓰道明寺
팬질로 갈아탄 참이었다.

인생 목표가 '결연하게 쟝천을 좋아하리라'로 확정된 건 반년
뒤의 일이었다.

모의고사 전날 밤, 나는 엄마의 "내가 어쩌자고 너같이 걸핏하
면 물건이나 이리저리 흘리고 다니는 멍청한 딸년을 길렀는지 모
르겠다"는 잔소리를 뒤로하고, 학우서점으로 정신없이 달려가 이
튿날 모의고사 볼 때 쓸 2B 연필을 샀다.

학우서점은 이름은 서점이지만 온갖 잡다한 물건을 파는 곳으
로, 책에서 시작해 문구, 스티커, 장난감까지 학생들 사이에서 유
행하는 거라면 뭐든 다 팔았다. 나중에 바깥세상에서 세상 물정
겪을 만큼 겪으면서, '학우'라는 두 글자가 체인이 아닌 전국의 크
고 작은 개인 문구점과 서점들이 애용하는 이름이라는 사실을 알
게 되었다. 이 이름이 많은 학생들에게 친구처럼 친근감을 줘서
그런 건지, 아니면 다들 이름을 생각해내기 귀찮아서 그런 건지는

모르겠다.

나는 학우서점에 들어가서 2B 연필을 집었다. 그때가 컴퓨터 답안지가 막 흥하기 시작했을 때여서, 나는 머지않은 미래에 2B 연필값이 오르리라 생각했다. 그렇다면 사서 쟁여둬야지. 그러나 2B 연필의 가격 상승 폭은 1위안이 채 되지 않았고, 컴퓨터 답안 지 전용 연필까지 적잖이 출시되었다. 그 바람에 다들 샤프형 2B 연필을 쓰게 되었을 때도 나는 변함없이 연필칼로 연필을 깎는 가 련한 신세가 되고 말았다.

과연 선지자가 된다는 건 참으로 외로운 일일지니.

연필을 한 움큼 쥐고 계산을 하려는데, 쟝천이 입구에서 들어왔 다. 아마도 청소년기의 기괴한 엿보기 심리 때문이었겠지만, 나는 무의식적으로 서가에서 책을 몇 권 뽑아 얼굴을 가리고는 쟝천을 몰래 주시했다.

쟝천은 문으로 들어온 뒤 곧장 계산대로 갔다. 가게 주인아주머 니가 녀석을 보시더니 싱글벙글 웃으시며 계산대 아래에서 책을 한 꾸러미 안아 올리셨다. "네가 찾는 4대 명저[9] 소장용 양장본, 내가 특별히 시까지 가서 들여왔다니까."

쟝천이 웃으며 말했다. "고맙습니다. 얼마죠?"

"853위안인데, 850위안만 내." 주인아주머니가 돈을 건네받으 셨다. "내가 차비는 빼준 거야."

쟝천이 웃으며 말했다. "고맙습니다."

9　『삼국연의』, 『서유기』, 『수호전』, 『홍루몽』을 말한다.

당시 우리 학비가 한 학기에 200위안이었으니까, 장천은 2년, 그러니까 4학기 치 학비를 주고 그 쓸데없는 책들을 사들인 셈이었다. 돈이 남아돌면 그걸로 차라리…… 사실 나도 그 돈으로 뭘 하는 게 나을지는 알 수 없었다. 그렇게 많은 돈을 가져본 적이 없으니 알 리가 없지. 전에 누군가 나한테 이런 농담을 한 적이 있다. 어느 기자가 깊은 산골에서 한 노부인에게 물었단다. "십만 위안 드리면 그걸로 뭘 하시겠습니까?" 노부인이 대답하길, "매일 야채 찐빵 먹어야지." 기자가 또 물었다. "이십만 위안 드리면요?" 노부인의 대답, "매일 고기 찐빵 먹어야지." 기자가 마지막으로 물었다. "백만 위안 드리면요?" 노부인 왈, "한 손에는 야채 찐빵, 다른 손에는 고기 찐빵 들고 먹어야지." 사실 나는 이 노부인의 마음이 퍽 공감이 갔다.

"오빠, 오빠." 어디서 튀어 들어왔는지 모를 꼬마 아이가 장천의 바짓단을 잡아당기며 외쳤다.

장천이 웅크리고 앉아 아이의 머리를 쓰다듬으며 꼬마에게 윙크를 해 보였다. "꼬맹아, 너 남자야 여자야?"

아이가 새끼손가락을 빨면서 아주 진지하게 대답했다. "남자."

장천이 싫은 티를 냈다. "난 남자는 싫은데."

장천이 말하며 일어서려는데 꼬마 아이가 재빨리 장천의 옷을 잡고 늘어졌다. "나 여잔데."

장천이 웃었다. "여자였구나. 좋아, 뭐 해줄까?"

아이는 멜빵바지의 커다란 주머니에서 색연필 세트와 쭈글쭈

글한 1위안짜리 지폐 두 장을 꺼내 높이 쳐들었다. 본인 키가 계산대에 닿지 않는다는 뜻이었다. "나 이거 살래."

쟝천은 돈을 받고는 자리에서 일어나 주인아주머니께 건네드렸다. "아주머니, 얼마죠?"

"40위안이야."

쟝천이 돈을 꺼내서 냈다. 그런 뒤 웅크리고 앉아 물건을 건네면서 아이의 머리를 톡톡 치며 말했다. "자, 네 색연필."

아이가 헤헤 웃으며 색연필을 건네받았다. "오빠, 고마워."

그가 "별말을"이라고 말한 뒤 막 일어서려는데, 아이가 또 바짓단을 잡아끄는 바람에 어쩔 수 없이 다시 웅크리고 앉았다. 아이는 굼뜬 동작으로 색연필 세트를 열더니 분홍색 색연필을 꺼내 들며 말했다. "그림 그리면 아주 예쁜데."

"나 그림 못 그리는데." 쟝천이 웃으며 말했다. "네가 가지고 있다가 그려봐."

아이는 고개를 내저으며 그의 손에 들린 책을 가리켰다. "아니, 내가 그린다구."

어리둥절해하던 쟝천이 시원스레 웃으며 『삼국연의』 한 권을 뽑아 아이 얼굴 앞에 들이밀었다.

아이는 책을 두 손으로 받쳐 들고 바닥에 앉더니만, 고개를 숙인 채 아주 진지한 모습으로 그 위에 뭔가를 그리며 옹알거리다, 고사리손으로 손뼉을 치며 말했다. "다 됐다."

까치발을 들고는 고개를 내밀어 훔쳐봤는데, 어찌 보면 토끼 같고 자세히 보면 개 같은데 분위기를 보면 또 호랑이 같은 기운이 느껴졌다.

쟝천이 그걸 건네받아 잠시 보더니 진지하게 말했다. "네가 그린 개 정말 이쁘다. 고마워."

아이는 동그란 눈을 깜빡이며 말했다. "고양인데."

녀석이 당황해하며 바라보다 웃었다. "고양이였구나."

녀석의 보조개가 더 깊어진 것만 같았다. 정말이지 가서 한번 콕콕 찔러보고 싶을 지경이었다.

이게 바로 아름다움에 마음을 빼앗긴다는 것, 1초 만에 넘어간다는 거였다. 리비화李碧華[10] 선생께서 말씀하신 적이 있다. "애초 그 아름다움에 마음 빼앗겼으나, 그것은 오직 겪어본 세상사 많지 않은 탓이었으니"라고 말이다.

하지만 나는 아니었다. 그 뒤 이어진 시간 속에서도 내 마음을 움직인 이 두 장면을 머릿속으로 끊임없이 다듬고, 영상처럼 후반 편집을 하고, 화면 각도를 조정했으며, 조명을 변화시키고, 배경 음악을 깔았더랬다…….

"병원 입구에서 얼마나 쭈그리고 있었던 거야?"

"어?" 내 영상 후반 편집 대업이 끊겨버린 순간, 나는 아득한 표정을 지으며 뭔가 성가신 듯 보이는 쟝천의 얼굴을 쳐다보다 '어?' 소리를 내고 말았다.

"일어나." 그가 손을 내밀어 바닥에 있던 날 끌어 올리더니 구

10 홍콩의 작가로, 영화 〈패왕별희(霸王別姬)〉의 원작자이기도 하다.

급차로 끌고 갔다. 사실은 정말이지 너 손 푸는 거 잊어버린 거 아니냐고, 그리고 몸이 너무 허한 거 아니냐고, 손에서 땀이 왜 이렇게 많이 나느냐고 묻고 싶었다…….

구급차에 오르자, 기사님과 엄마가 동시에 남녀가 침대에 엉켜 있는 현장을 덮치기라도 한 듯한 표정을 지었다. 어이가 없어서 눈을 흘기며 안절부절못하고 쟝천을 훔쳐봤지만, 쟝천은 영향이라고는 손톱만큼도 받지 않은 모습으로 내 곁에 앉았다. "샤오리,[11] 운전하세요."

그러고는 고개를 돌려 엄마에게 말했다. "어머니, 정형외과 동료한테 말은 다 전해놨습니다. 병원 도착하시면 엑스레이 찍으세요. 별문제 없으면 오후에 수술해줄 거예요. 안심하세요. 제 동료가 업계에서 두 손가락 안에 드는 정형외과 의사거든요."

엄마는 부랴부랴 고개를 끄덕이며 자애로운 어머니라도 된 양 웃었다. "정말 폐를 끼치네."

"폐는요. 당연히 제가 해야 할 일인데요." 쟝천도 대단한 효자라도 되는 양 웃었다.

"시끄러워죽겠네!" 아빠가 별안간 큰소리를 치셨다.

아빠는 쟝천의 도움을 받아 병원을 옮길 예정이라는 말을 들으신 뒤부터 계속 성질을 부리셨는데, 나중에 엄마가 나가고 나서는 날 붙잡고 호되게 야단을 치셨다. 내용은 딱 세 글자를 벗어나지 못했다. 그건 바로 자존심! 라오천 동지는 그 자식 엄마가 예전에

---

11 중국인들은 나이 어린 사람을 부를 때 성씨 앞에 '샤오'를 붙여 친근감을 표현한다.

널 그따위로 대했을 때 그 녀석한테서 멀리멀리 떨어졌어야 한다며, 만나면 그 녀석 얼굴에 침을 한바탕 뱉어줘도 시원찮을 마당에 어쩌자고 그놈 덕을 보느냐고 생각하셨다!

3년 전, 나는 X대학 예술디자인학과를 졸업했고, 쟝천은 성적이 좋아서 연속 7년은 다녀야 하는 의대 본과를 일찍 마친 뒤, 본과 4년째 되던 해에 X대학 부설 병원에서 과별로 인턴 생활을 시작한 참이었다.

당시 쟝천은 내 졸업장을 보자마자 결혼하자고 말할 정도로 나한테 지극정성이었다. 물론 그건 주로 내가 흔히 말하는 온갖 사회적 엘리트 이야기를 근거 없이 지어내, 정신없이 바삐 사는 그에게 겁을 준 탓이었다. 이를테면, 매일 날 위해 문을 열어주는 매니저(모델이 된 인물은 우리 회사 경비 아저씨로, 나는 허구한 날 출입증을 두고 오곤 했다), 나에게 늘 꽃을 선물해주는 사장(모델이 된 인물은 아래층 꽃집 아저씨로, 내가 늦게까지 야근을 하다 보니 퇴근 때마다 팔다 남은 꽃을 버리고 있는 아저씨와 마주치곤 했는데, 내가 하도 눈치를 주는 바람에 내게 꽃을 주곤 했다), 나한테 영화 보여주던 고객(모델이 된 인물은 분명 고객이었고, 나 역시 분명 영화를 보기는 했다. 다만 보고 나서 광고 문안을 쓰기는 해야 했지마는)……. 예술 창작에는 모델이 필요한 법이란 말이지.

쟝천은 내가 이렇게 환영받는다는 이야기를 듣고 마음이 다급해져, 대학 4년 동안 가져다 바친 아침이 얼마인데 도루묵이 되게 할 수는 없다며 결혼하는 편이 낫겠다고 했다.

나는 부끄러운 줄도 모르고 뻔뻔하게 그러자고 했다. 내 생각은 단순했다. 전국 1순위인 X대 의대에서 매년 장학금을 타는 쟝천이야말로 걱정이라고는 할 필요도 없는 유망주인 만큼, 어서 빨리 이 녀석을 낚아채서 우량주가 되기를 기다려야 한다는, 나로 말할 것 같으면 온갖 모진 고난을 함께 헤쳐온 조강지처이니, 이 몸을 패대기쳤다가는 재산의 반을 차지해버리고 말겠다는 생각이었다.

물론 내 가장 단순한 심정은 쟝천을 몹시 사랑한다는 거였다. 누군가 뺏어갈까 봐 두려웠다. 언젠가 한번은 쟝천이 인턴으로 있는 병원에 찾아갔다가 한 시간 동안 환자 셋이 그에게 명함 건네는 모습을 봤는데, 그중에는 남자도 한 명 있었다. 사회가 이렇게 무서운데 쟝천의 매력은 남녀를 다 압살할 지경이었다.

그렇지만 당시의 나는 드라마와 소설이 끼친 해악에 힘입어 내 사랑은 천하무적이라는 착각에 빠져 있었다. 그런데 쟝천의 어머니가 내 사랑은 풍파 한번 거치면 바로 움직여버린다는 걸 일깨워주셨다.

쟝천의 어머니께서 날씨 화창한 어느 날 점심때 우리 엄마를 찾아오셨다. 전업주부인 우리 엄마가 우리 집에서는 측천무후測天武后[12]에 버금가는 지위를 누렸건만, 나는 그날 난생처음으로 그 사나운 엄마가 그렇게 어쩔 줄 몰라 쩔쩔매는 모습을, 자기도 모르게 목소리를 낮추고 굽신거리는 모습을 보게 되었다. 마음을 가라앉히고 말하자면, 쟝천 어머니가 무슨 심한 말을 하신 건 결코 아

---

12 중국 역사에서 유일무이한 여성 황제로, 무소불위의 권력을 휘둘렀다.

니었다. 수표를 꺼내며 내 아들에게서 떨어지라고, 돈이라면 얼마든지 주겠다고 하신 것도 아니었다. 그분은 아주 침착하게 우리 엄마와 결혼 풍습을 상의하셨다. 다만 그분의 태도에서 드러나는, 억지로 자신을 낮추는 모습에 엄마는 전전긍긍했다. 나는 엄마가 손을 비벼대며 저희가 다 맞춰드리겠다고 연신 말하는 모습을 옆에 서서 지켜봤다. 마음이 오래 묵은 식초에 담가놓기라도 한 것처럼 시큰하고 무기력해졌다.

장천의 어머니는 나와도 따로 이야기를 나누셨는데, 몇 쪽은 되는 종이를 건네시면서 잘 봐두라고, 동의하면 서명하라고 하셨다. 혼전 계약서였다. 내용은 뭐라더라, 대충 내가 그 집 돈을 보고 장천과 결혼하는 게 아니며, 이혼하면 재산은 나눠 가질 수 없다는 것이었다.

당시 나는 이해가 가지 않아 마음이 답답했다. 그래봤자 작은 진의 진장에 불과하신 장천 아버님에게 돈이 얼마나 있겠나 싶었다. 막장 드라마 수준까지 갔던 걸까? 나중에야 내가 너무 순진했다는 걸 깨달았다.

그때 내가 무슨 생각을 했는지는 이미 다 잊어버렸다. 아마도 사랑과 자존심 같은 위대한 것들이었던 것 같은데, 나중에는 마음을 정하지 못해 아빠에게 가서 여쭤봤다. 나로서는 그게 역사적인 실수였다고 말할 수밖에 없다.

장천의 아버님은 우리 아빠 직속은 아니었지만 상관이기는 했다. 아빠는 평상시에도 상사들에게 업신여김을 당해 분할 지경인데, 상사 가족이 본인 가족까지 업신여기다니 이건 절대로 참을 수 없는 일이라며 부녀 관계를 끊어버리자는 말까지 하셨다.

그래서 나는 또 멍청한 짓을 저지르고 말았다. 혼전 합의서를 쟝천에게 가져다주었고, 심지어 쟝천이 그걸 본인 어머니께 가져 다드리게 했다. 화가 치밀어 오른 쟝천은 집에 가서 어머니와 한 바탕 싸우고 말았고, 어머님은 나중에 내게 전화를 하시기에 이르 렀다. 어머님이 하신 말씀은 대충 이러했다. 네가 감히 우리 아들 과 결혼을 하면 그날 내가 결혼식장에서 죽어버릴 테니 그리 알라 고 말이다. 당시 사회 경험이 일천했던 나는 어머님의 협박에 덜 컥 겁을 집어먹는 바람에 다른 해결 방법은 아예 생각해보지도 못 했다. 예를 들면, 어머님이 목숨을 끊을 장소를 찾지 못하시도록 결혼식은 치르지 않는다든가 그런 방법 말이지.

결혼 이야기는 이렇게 해서 흐지부지 끝나버렸다. 나중에 어찌 되었는지 그것도 실은 모르겠는데, 아마도 일이 바빠지기 시작했 을 것이다. 나는 사장에게 욕먹느라 바빴고, 쟝천은 수업과 인턴 생활로 바빴고. 그리고 또 마음에 맺힌 응어리 때문이었는지 끊임 없이 쟝천을 귀찮게 했다. 사소한 일로 생트집을 잡아 성질을 부 려가며 그가 어느 정도까지 참아줄 수 있는지 떠봤고, 우리의 사 랑을 시험했다.

내가 쟝천에게 헤어지자고 말했다.

쟝천은 한참을 침묵하다가 말했다. 너 후회하지 말라고. 그러더 니 '쾅' 소리와 함께 문을 박차고 나가버렸다.

나는 사랑하던 두 사람이 헤어지려면 적어도 뭔가 대단히 시끌

벅적한 큰일이 있어야 한다고 착각했었다. 예를 들면, 제삼자가 있다든가, 갑작스레 내가 장천 아버님의 숨겨진 딸이었다고 밝혀진다든가, 장천이나 내가 불치병에 걸린다든가…… 하지만 사실 그런 건 필요하지 않았다. 불안과 바쁜 일상, 피로감이면 충분했다.

우리는 그렇게 헤어졌다. 너무나 이상하게도, 평생을 같이하자고 했던 두 사람이 순식간에 아무 상관없는 사이가 돼버렸다. 나는 아주 오랫동안 누군가 우리 대신 되감기 버튼을 눌러버린 건 아닌지 의심했다. 그 바람에 우리가 헤어지지 않으면 안 되는 중간 스토리를 빠뜨리게 된 건 아닌지 말이다.

내가 장천과 헤어지자 가장 좋아한 사람은 아빠였다. 아마도 상사급과 대립해서 완승했다고 생각하시는 듯했다. 하지만 내가 그 뒤 계속 남자 친구를 찾지 못하자 승리의 열매가 때로는 좀 쓰디쓰게 느껴지시는 모양이었다.

그런 까닭에 나는 장천에 대한 아빠 마음이 복잡하리라 추측했다. 한편으로는 재고 신세가 돼버린 딸내미를 누군가 데려가길 바라시면서도, 또 한편으로는 그렇다고 이 재고를 장천에게 팔고 싶지는 않아 하셨으니까. 아빠의 속마음은 중학교 교과서에 나오는, 대공황 시기에 우유를 강바닥에 쏟아 버리면서도 가난한 사람들에게 나눠주지는 않았던 자본가들처럼 타들어 갔을 것이다.

알려드리지는 않았다. 저쪽에서는 아빠에게 재고를 살 마음이 눈곱만큼도 없다는 사실을.

2장

　아빠는 이튿날 아침 일찌감치 수술을 하셨다. 쟝천이 추천한 여의사는 성이 쑤蘇씨였는데, 지성과 미모를 겸비한 여성이 쟝천 옆에 서 있으니 그야말로 선남선녀였다.

　엄마는 처음에는 닥터 쑤를 상당히 불신했다. 미녀는 보통 쓸모가 없다는 게 엄마 생각이었다. 엄마의 이런 고집스러운 믿음 탓에 나는 꽤 오랫동안 엄마 마음속에서는 내가 미녀일 거라고 착각하며 살았다.

　닥터 쑤는 본인이 전에 맨손으로 깡패 한 놈을 팼다가 어깨 관절이 탈구되었는데 그걸 다시 끼워 맞춰주었다는 이야기를 꺼냈고, 우리는 거듭 선생님의 의술을 믿어 의심치 않는다는 말을 해댔다.

　쟝천은 우리와 함께 수술실 앞에서 기다려주었다. 엄마는 내 손을 꼭 쥐었고, 나는 손등을 토닥이며 엄마를 위로했다.

그렇게 앉아 있기를 십여 분, 엄마는 어느새 불안 따위는 싹 잊어버리고 나와 쟝천 사이에서 눈을 팽팽 굴려대며 자상하게 웃었다. "이봐라, 너 우리 집 애랑 사귈 때는 이렇게 앉아서 이야기 나눌 새도 없었는데, 지금은 되려……" 엄마는 잠시 말을 멈추더니 긴 탄식을 내뱉었다. "세상일이 뜻대로 되는 게 있나."

나는 온몸이 뻣뻣하게 굳어 쥐구멍이라도 파 들어가고 싶었다.

쟝천이 웃으며 말했다. "그때는 철이 없어서 샤오시 소중한 걸 몰랐습니다."

나도 모르게 쟝천을 흘긋거렸다. 틀에 박힌 빈말 참 번드르르하게 잘도 해서.

엄마가 호호 웃었다. "무슨, 우리 집 샤오시가 복이 없지."

시간은 겉으로 예의를 차려대는 두 사람 사이에서 화살같이 흘러갔다. 무슨 복잡한 수술은 아니었기 때문인지, 아니면 닥터 쑤의 뛰어난 의술 덕분이었는지, 아무튼 수술실 등이 꺼지고 닥터 쑤가 마스크를 끼고 걸어 나왔다.

순간 엄마가 다시 내 팔뚝을 잡다가 손톱이 세게 박히는 바람에, '아이고, 외할머니' 소리가 다 튀어나올 뻔했다.

닥터 쑤는 여유롭게 마스크를 벗으며 입꼬리를 완만하게 살짝 끌어 올렸다. "수술 성공적으로 끝났습니다."

엄마는 내 손을 풀어주더니 안고 뽀뽀라도 할 기세로 닥터 쑤에게 달려들었다. 닥터 쑤의 손을 잡아끌면서 쉼 없이 두들겨대기만 하니 그나마 다행이었다. "정말 감사합니다. 너무 감사합니다."

내가 이 명의의 솜씨에 감동해 허우적거리고 있는데, 옆에 있던 장천이 팔꿈치로 날 가볍게 툭 치며 조용히 말했다. "너희 어머니 말리지 않았다가는 닥터 쑤 손이 남아나지 않겠는데."

슬쩍 보니 과연 닥터 쑤의 손이 온통 시뻘겠다. 엄마는 요즘 밤이면 밤마다 후난TV 한의학 프로그램을 보며 '두드리기 치료'를 따라 하는데, 그게 꽤 성과가 있었다. 어느 날엔가는 밥을 하면서 마늘을 다지려다가 칼이 안 보이니 도마 위에서 마늘을 맨손으로 내려쳤을 지경이었다.

얼른 가서 엄마를 잡아끌었다. "엄마, 빨리 아빠나 보러 가보자."

엄마는 내 손을 밀치며 호통쳤다. "네 아빠 마취도 아직 안 풀렸는데 볼 게 뭐가 있어. 우리 쑤 선생님한테 감사 인사나 제대로 드려야지."

닥터 쑤가 두어 발짝 물러나며 연신 손사래를 쳤다. "어머님, 괜찮습니다. 저야 당연히 해야 할 일을 한 건데요. 조금 있다가 수술이 또 있어서 먼저 가보겠습니다."

쯧. 정신없이 줄행랑을 치시는 백의의 의사시여.

실의에 젖은 엄마가 장천에게 몸을 돌렸다. "천아, 이번에 네가 정말 애를 많이 써줘 가지고……"

장천은 두 손을 등 뒤로 빼더니 내 쪽으로 몸을 숙이며 나직이 말했다. "살려줘."

장천이 말하면서 내뿜는 뜨거운 입김에 나도 모르게 어깨를 움츠렸다. 설레어서 혀 깨물고 죽고 싶은 마음을 억누르면서 엄마를 밀며 말했다. "엄마, 빨리 아빠 좀 보러 가라니까. 얘도 조금 있다가 진료 있어."

때마침 간호사가 아빠 병상을 밀고 나와서 엄마도 따라 올라갔
다.

나와 쟝천만 남자, 나는 침을 꿀꺽 삼킨 뒤 고개를 들고 웃으며
말했다. "이번 일 정말 고마워."

그가 고개를 끄덕였다. "무슨, 나 먼저 가볼게."

"어?"라는 말이 무의식중에 튀어나왔다.

쟝천이 웃으며 말했다. "나 진료 있다구."

나는 멀어지는 쟝천을 눈으로 배웅하면서 귀를 만지작거리며
바보같이 웃었다.

대학 1학년 때였다. 쟝천은 X대 의대에 붙었고, 예술계 수험생
이었던 나는 가까스로 X대 예술대에 붙었다. 나는 오랜 세월 그를
짝사랑하며 죽자고 쫓아다닌 신분을 활용해 의대 환영회에 데려
가달라고 뻔뻔스럽게 생떼를 부렸다. 실은 환영회에서는 대부분
선배 언니, 오빠들이 밥을 사준다는 얘기를 듣고 그 방식이 무척
마음에 들어서였다. 나중에 내가 선배 언니가 되고 나서는 환영회
만 열렸다 하면 배가 아파서 갈 수가 없었지만.

그날은 사람이 아주 많았다. 행사를 준비한 사람이 학교 북문
쪽에 있는 작은 식당에 여덟 자리를 예약해뒀는데, 내가 쟝천과
함께 도착했을 때에는 이미 몇 자리 남아 있지 않았다. 녀석과 다
른 자리를 배정받아 멀리서 바라보고 있으니 기분이 정말 좋았다.
아무리 먹어대도 잔소리할 사람이 없으니.

배불리 잘 먹고 나서는 선배 언니, 오빠들이 남녀 후배들을 데리고 운동장에 가서 게임을 했다. 어느 지역에서 시작됐는지는 모르지만, 전국으로 번져 유행한 '진실 대모험 게임'[13]이었다.

술병이 돌고 돌아 어느 여자애 앞에 멈춰 섰다. 그 여자애 바로 전에 걸렸던 학생은 대모험을 택하는 바람에 지나가는 사람을 붙잡고 이런 말을 해야 했더랬다. "여기 보세요. 이건 제 간 좌엽이고요, 이건 쓸개고, 이건 신장, 여기에는 직선으로 뻗은 오줌관이 있는데요……." 그 모습을 지켜본 여자애는 그래서 진실을 택했다.

사악한 늑대 같은 한 선배가 침착하게 미끼를 던졌다. "후배님, 남자 친구 있어? 아니면 좋아하는 사람 있나? 누구야?"

나는 속으로 참으로 따사롭고 감동적인 질문이라고 생각했다. 네 팬티 무슨 색깔이냐 같은 걸 물어야 하는 거 아니냔 말이지. 그러나 그 여자애가 얼굴을 붉히며 고개를 끄덕이더니 보는 듯 마는 듯 쟝천에게 눈길을 던진 찰나, 돌연 이게 너무 예리한 질문이라는 생각이 들었다…….

다들 쟝천에게 의사를 밝히라며 한껏 분위기를 띄웠다. 줄곧 내 뒤에 서 있던 쟝천이 갑자기 몸을 숙이며 내 귓가에 대고 말했다. "살려줘."

일시적으로 정신이 멍해진 나는 그 세 글자의 기류에 간질간질

---

13 여러 명이 둘러앉아서 가운데에 병을 놓고 돌리다가 병이 멈추면, 그 방향에 있는 사람이 진실과 대모험 중 하나를 택해야 한다. 대모험을 택하면 함께 게임하는 구성원들의 민망하고 황당한 요구를 다 들어줘야 하고, 진실을 택하면 이들의 짓궂은 질문에 솔직히 대답해야 한다.

해진 목을 긁적이다 순간적으로 기지를 발휘했다. "나…… 나……
배 아파……."

뒤에 있던 쟝천이 한숨을 길게 쉬더니 내 어깨를 부축하며 말했
다. "죄송한데, 제 여자 친구가 배가 아프다고 해서 병원에 데리고
가야겠는데요."

나는 쟝천에게 몇 걸음 질질 끌려가다가, 그제야 여자 친구라
는 말을 떠올리곤 퍼뜩 정신을 차려 녀석에게 물었다. "그……
그…… 방금…… 네가 여자 친구라고 한 것 같은데……."

괴상하게 벌게진 녀석의 얼굴을 본 것만 같은데, 녀석이 당당하
게 말했다. "왜, 이견 있어?"

순간 나는 심장박동 속도가 빨라지다 못해 거의 구토를 할 지
경이 되어 말을 더듬거렸다. "아니…… 뭐 어떻다는 게 아니라,
이…… 이견 없어, 화…… 환영해."

지난 일들을 회상할 때마다 해놓은 것 하나 없이 세월만 보냈다
는 생각에 후회가 되지도, 영양가 없이 바쁘게만 보냈지 뭐 하나
이룬 게 없다는 생각에 부끄럽지도 않지만, 중요한 순간에 여성
특수 서비스 업종에서나 할 법한 환영사를 뱉었다는 생각만 하면
정말 콱 죽어버리고만 싶다.

나는 밤이 되자 엄마한테 나 사는 집에 가서 쉬시라고 하고, 병
원에서 아빠를 돌봐드렸다. 노마님께서는 처음에는 싫다고 하시
더니만, 내가 병원 귀신 이야기를 몇 개 해드렸더니 갑자기 몸도
피곤하고 마음도 지쳤다며 쉬러 가야겠다고, 내일이나 돼야 네 아

빠 돌볼 정신이 바짝 날 것 같다고 하셨다.

오늘 밤 당직은 닥터 쑤였는데, 그녀는 회진을 두 번 돌고 나더니 우리 아빠 침상에 버티고 앉아 이야기 좀 하자며 한사코 날 잡아끌었다. 나는 은인이라는 사실이 마음에 걸려 무거운 눈꺼풀을 힘껏 떠받친 채 이야기를 나눌 수밖에 없었다.

"닥터 쟝과는 어떻게 아는 사이세요?"

"동창인데요."

그녀가 혼잣말로 중얼거렸다. "난 또 연인 사이인가 했네. 닥터 쟝이 오늘 밤 여기 같이 남아 있지 않은 거 보고 감이 오기는 했지만."

혼잣말을 멈추고 그녀가 다시 물었다. "근데 무슨 동창이에요?"

"유치원, 초등학교, 중학교, 고등학교, 대학교요."

그녀는 정말 놀랍다면서 보통 인연이 아니라고 했다. "와와와, 소꿉친구네. 어려서부터 상대가 자라는 걸 다 보고 컸다니, 인연이 보통이 아니네요."

하품하느라 찢어진 입이 이 말에 당황해 반나절이 지나서야 겨우 다물어졌다. 하품할 때 나온 눈물을 문지르며 뭐라고 말을 하려는데, 닥터 쑤가 또 물었다. "닥터 쟝 여자 친구 있어요, 없어요?"

나는 솔직히 대답했다. "모르겠는데요."

그녀가 슬그머니 귓가로 다가왔다. "이 말 닥터 쟝한테는 하면 안 돼요."

고개를 끄덕였다.

그녀가 주책맞게 웃었다. "다들 닥터 쟝이 게이 아닌지 의심하고 있어요."

내가 놀란 얼굴로 바라보자, 그녀가 다시 설명했다. "여자 데리고 오는 걸 못 봤다니까요. 게다가 의사든 간호사든 환자든 여자와는 다 거리를 두고. 하지만 이쪽 업계 사람이 그런 행동하는 게 이상하기만 한 건 아닌 게, 여자 몸을 너무 잘 알면 신비감이 없어지기는 하거든요."

나는 잠시 머뭇거리기는 했지만 그래도 물었다. "그 업계에 계신 분들은 남자 몸에 대해서도 아주 잘 아시죠?"

그녀는 잠시 멍하니 생각에 잠겼다가 머리를 툭툭 치며 뭔가 대오각성한 듯 말했다. "그것도 그렇죠."

그 바람에 각자 몇 분 동안 깊은 생각에 빠져들게 되었는데, 그 몇 분 내내 나는 도대체 어떻게 해야 이 여자가 자리를 뜨게 할 수 있을까만 생각했다. 잠이 쏟아졌다.

안타깝게도 닥터 쑤가 또 물었다. "그렇게 오래 알고 지냈으면, 닥터 쟝 여자 친구 본 적은 있어요?"

순식간에 잠이 확 달아났다. 억지웃음을 두어 번 지었다. "있는데요."

"아, 진짜 아쉽네." 그녀가 실망스럽게 한숨을 쉬었다.

나는 조심스럽게 찔러봤다. "뭐가 아쉬우세요? 걔 좋아하세요?"

닥터 쑤가 수줍게 웃었다. "아뇨, 저 애인 있어요. 남자 친구가 X대 박사과정 재학 중인데 심리학 전공이거든요. 졸업논문 주제를 동성애 심리 분석 쪽으로 잡았는데, 주로 사회 엘리트 계층의 동성애 심리를 연구하고 싶어 해요. 지금 연구 대상을 찾지 못해 한창 골머리를 앓는 중이라…….”

좀 생각해보다가 내 의견을 말해주었다. “아니면 인터넷에서 소설 좀 찾아서 남자 친구한테 보여줘 보세요. 요즘 무슨 BL 소설인가가 유행이지 않나요. 그 안에 남자 주인공들이 CEO며, 의사에, 변호사, 군인까지 업종별로 엘리트란 엘리트는 다 있던데. 예술이라는 게 생활에서 나오잖아요. 남자 친구한테 그 안에서 쓸 만한 거 있는지 한번 살펴보라고 해보세요.”

그녀가 손을 내저었다. “벌써 생각해봤죠. 알아보기도 했는데 믿을 만하지가 않다 싶더라고요. 그 소설들 거의 다 여자들이 썼거든요. 여자들 마음속에서야 남자란 하반신으로 사고하는 동물인데, 하반신으로 생각하는 동물 둘이 같이 있으면 하반신 쓰는 일을 빼도 온통 하반신 과하게 쓰는 일밖에 일어나지 않으니, 학술 연구에는 별 도움이 안 돼요.”

생각해보니 꽤 일리가 있다 싶어서 “아아” 소리와 함께 동의해 줬다.

“보시기에 닥터 쟝에게 동성애 성향이 있어 보이세요? 그 소설들 보니까 게이가 아닌 남자도 게이로 바꿔놓을 수 있다고 하던데. 뭐라더라? 아, 중국어로는 바이완掰彎이라고 하던데, 아니면 내가 닥터 쟝을 바이완시키면 어떨까요?”

나는 입을 벌렸다 닫으며 더듬더듬 말했다. “그건…… 아니죠…….”

그녀가 내 어깨를 툭 쳤다. "긴장하지 말아요. 농담한 거예요. 제 농담을 이해 못 하시네."

......

"맞다, 제가 왜 의학을 전공으로 선택했는지, 게다가 왜 정형외과를 택했는지 맞춰보실래요?" 그녀가 갑자기 흥분하며 말했다.

나는 그녀가 직전에 던진 농담에서 아직 헤어 나오지 못한 상태에서 맥없이 말했다. "집안이 의사 집안이세요?"

그녀가 고개를 내저었다.

다시 추측을 해봤다. "어렸을 때 누군가 정형외과 쪽 질병으로 고통받는 모습을 봐서?"

그녀는 이번에도 고개를 흔들었다.

나는 진지해지기 시작했다. "의술로 세상을 구하겠다는 뜻을 세워서? 남자 친구와 의대에 가기로 약속하는 바람에? 대입 원서 낼 때 지원 학교를 잘못 써넣어서?"

"다 아니에요." 그녀가 득의양양하게 말했다. "우리 집이 돼지고기를 파는데요, 아버지가 돼지 뼈 자르시는 모습을 볼 때마다 너무 흥분됐거든요."

......

나는 입꼬리를 추켜올리며 말했다. "아아, 은연중에 보고 배우셨구나."

그녀는 또다시 내 어깨를 세게 쳤다. "그걸 또 믿으시네. 정말 유머를 이해 못 하신다. 우리 집, 남동생 빼고 다 의사인데."

......

닥터 쑤는 나와 무릎을 맞대고 앉아 새벽 5시까지 길고 긴 이야기를 주고받은 뒤, 생기발랄하게 엉덩이를 툭툭 털며 말했다. "이제 근무 교대하러 갈 수 있겠네요. 저 오늘 휴무거든요."

잠들 시간이 지나버리자, 내가 자고 있는 건지 깨어 있는 건지 더는 분간이 되지 않았다. 눈앞이 희뿌옇는데, 거기 누가 서 있는 것 같아서 그 사람에게 사람이냐 귀신이냐 물어보는가 하면, 억울한 일에는 다 억울할 상황을 불러온 상대가 있고, 빚도 빚쟁이가 있게 마련이라는 인과관계까지 설명해댔던 것 같다.

이런 흐리멍덩한 얕은 잠이 보통 무서운 게 아니다. 대뇌가 어찌나 빠른 속도로 돌아가는지 지나간 옛일이 하나하나 다 기억났고, 내가 꿈을 꾸고 있는 건지, 아니면 옛날 일을 회상하고 있는 건지 구분이 되지 않았다. 지난 일은 돌아보기 힘들다는 사람들이 많지만, 내 지난 일은 아주 볼만하다. 적극적이고 힘차고 활기차고 명랑하고 흥분되는 대시의 역사, '명랑 소녀 구애기'라 할 수 있겠다.

당시 쟝천에게 반한 나는 한 일주일 동안 소설, 만화, 드라마 등을 종합해 심사숙고한 끝에 세 가지 계획을 마련했다. 연애편지, 소문내기, 눈앞에서 고백하기. 그리고 다시 일주일 동안 이 세 가지 계획을 전면 분석했다. 연애편지에는 첫째, 내가 글씨를 너무 못 쓰고 둘째, 쟝천이 툭하면 연애편지를 받는데 그걸 거들떠보지도 않는다는 폐단이 있었다. 소문내기에는 첫째, 소문이 잘못 나기 쉽고 둘째, 사랑의 음모를 다룬 수많은 소설과 드라마가 가르쳐준 바에 따르면 소문을 전해준 사람이 마지막에 가서 주인공과 이루어진다는 폐단이 있었다. 그러므로 내게는 결국 눈앞에서 고백하는 길만 남아버렸다.

사람들은 늘 삶에 수많은 가능성이 존재한다고 착각하는데, 이거 무서워하고 저거 무서워하다 보면 끝에 가서 남는 건 딱 한 가지 가능성뿐이다.

나는 옛날 일력日曆을 뒤적여 땅 파고 안장하기 좋은 길일을 고른 뒤, 쟝천에게 고백하기로 했다. 쟝천이 당번이던 날, 내가 뒤를 따라다니며 "쟝천!" 하고 부르자, 녀석이 뒤를 돌아보았다. 그런데 그 손에 들려 있던 빗자루도 같이 빙글 도는 바람에 먼지가 훅 올라와 내 입 한가득 들어오고 말았다.

"쟝천, 나 너 좋아해. 퉤퉤퉤."

얼이 빠진 녀석이 눈살을 찌푸리며 말했다. "뭐가 퉤냐?"

나는 너무나 억울한 마음에 서둘러 해명했다. "너한테 퉤라고 한 게 아니라, 방금 먼지를 잔뜩 먹어서 그랬어."

녀석은 계속 눈살을 찌푸렸다. 미간 사이에 그어진 '川' 자가 칼자국 같은 것이 정말 멋들어졌다.

"난 너 안 좋아하는데."

그때는 전 국민이 애매한 어장 관리를 즐기던 시대였다. 애매한 어장 관리가 누군가에게는 큰 상처가 된다고 호소하는 노래 한 곡 없던 시절이라, 사람들 대부분이 상대를 좋아하지 않으면서도 "난 너한테 어울리지 않아. 넌 더 좋은 사람을 만날 자격이 있어. 우린 아직 너무 어리니까 공부 열심히 해서 좋은 대학부터 가자"같은 헛소리를 해줘야만 했다. 그런 까닭에 한 치의 흔들림도 없는 쟝천의 단호박 거절은 녀석이 다른 사람들과 달리 얼마나 냉정하고 쿨한지 느끼게 해주었고, 그로 인해 저 녀석을 좋아하겠다는 결심은 더 굳건해지고 말았다.

나는 이렇게 해서 쟝천을 죽자사자 쫓아다니기 시작했다. 매일 아침 일찍 우리 둘이 사는 집 중간 골목에서 기다리고 있다가, 쟝천이 오기만 하면 봄 햇살처럼 찬란한 웃음을 쥐어짜며 말했다. "정말 우연이 기가 막힌다, 나도 학교 가는 길인데." 또 하교 종이 울리지도 않았는데 책가방을 다 싸놓고, 종이 땡 치면 계단 입구까지 쏜살같이 튀어나가서 쟝천이 지나가기를 기다렸다가 말하곤 했다. "정말 우연이 기가 막힌다, 나도 집에 가는 길인데."

정신이 몽롱한 와중에 내 침에 내가 사레가 걸리고 말았다. 정신을 차리고 눈을 깜빡이며 천장을 보고 있으려니 또다시 정신이 아득해졌다. 내가 계단 입구에서 쟝천을 보며 웃는 모습이 보이다가, 또 눈을 돌리니 계단 입구에서 쟝천의 책가방을 잡아끌며 애원하는 모습이 보였다. "나 10분만 기다려주면 안 돼? 영어 선생님한테 숙제 내고 올게."

녀석은 가방끈을 잡아당겼다. "방금 수업 시간엔 뭐 했냐? 리웨이李薇가 아래층에서 기다려." 잠시 뒤 녀석이 또 말했다. "학급 회의 때 필요한 물건 사러 갈 거야."

어질고 공손한 역할을 너무 오래한 탓에 뭔가 좀 반감이 들었던 걸 수도 있고, 분노에 정신이 나갔던 걸 수도 있는데, 어쨌거나 나는 녀석의 종아리뼈를 냅다 걷어차 버렸다. "네 잘난 리웨이한테나 가보셔."

아마 예상을 못 한 모양인지, 녀석이 한 발로 펄쩍펄쩍 뛰며 소리를 질렀다. "천샤오시, 너 이 사이코야!"

곧이어 계단 난간에 엎드려 쟝천과 리웨이가 교문을 향해 걸어가는 모습을 바라봤다. 해 질 녘이 다 되어 하늘과 땅 사이가 온통 불그스름하면서도 누런빛을 띠었다. 누군가 당황해서 엎어버린 썬키스트 한 병에 세상이 온통 물들어버린 것만 같았다.

그때 내 나이 열여섯, 내 인생 처음으로 비애를 맛보았다.

꿈속에서는 장면도 정말 제멋대로 전환된다. 내가 교실 문 앞에서 쟝천을 막아서고 있었다. "너한테 할 말 있어."

그가 가슴 위로 팔짱을 끼더니 날 힐끗 내려다봤다. "말해."

다리를 걷어차인 뒤, 녀석은 이전보다 더 나를 상대해주지 않았다. 사랑과 자존심 사이에서 벌어진 전쟁을 몇 날 며칠 두고 보았으나, 며칠 뒤 사랑이 자존심을 무참히 때려죽여 버린바, 나는 사과를 하러 가게 되었다.

고개를 숙인 채, 작은 소리로 말을 이어갔다. "그날 너 걷어차면 안 되는 거였는데, 미안해."

녀석이 잠시 아무 대답이 없기에 고개를 들었더니, 이 녀석이 아래층 농구장에 정신을 팔고 있었다. 나는 또 화가 치밀어 올라 소리를 질러버렸다. "쟝천!"

녀석이 고개를 수그려 날 내려다봤다. "나 아직 귀 안 먹었어. 미안하다 그거지? 상관없어."

녀석은 그 말을 하고는 뒤돌아 가버렸다.

녀석의 뒷모습을 바라보고 있자니 마음속에서 별안간 짙은 슬픔이 밀려 올라왔다. 엄마가 닭 날개 익히다가 눌어붙어서 매캐한 연기에 콧등이 시큰해졌을 때처럼.

나는 무의식적으로 코를 문지르며 외쳤다. "쟝천!"

녀석이 고개를 돌렸다.

나는 쓴웃음을 지으며 말했다. "너 내가 너 좋아해서 재수 옴 붙었다고 생각해?"

녀석이 얼떨떨하게 날 보며 말했다. "난 그냥 내려가서 농구가 하고 싶을 뿐이야."

난 아무 말 하지 않았다. 마음속에서 처절한 절망감 같은 비장한 감정이 차올랐다.

녀석은 내 앞에서 한참을 서 있었다는 듯, 마지막에 가서는 좀 초조해하며 말했다. "정말 그런 뜻 아니라니까. 우리 팀 곧 지게 생겼다고."

난 알았다는 뜻으로 고개를 끄덕였다. "얼른 가봐. 파이팅."

녀석이 뒤돌아 뛰어가다 한 몇 발짝 가서 갑자기 멈춰 서더니, 고개를 돌려 날 불렀다. "천샤오시!"

"왜?"

"매점 가서 나 물 한 병만 사다 줘." 웃으면서 말하는 녀석의 보조개 안에 노을이 가득 들어찼다.

미처 반응을 하기도 전에 녀석은 후다닥 아래로 달려 내려갔다.

나는 그래도 매점에 갔고, 광천수 브랜드 이리益力와 농부산천農夫山泉 사이에서 결정을 못 하고 반나절을 고민하다 결국 농부산천을 골랐다. 2위안 싸기 때문이었다.

농구장 주변에는 여자애들이 적지 않았다. 리웨이도 보였는데, 손에 스포츠음료를 들고 있었다. 내가 산 농부산천보다 12위안은 더 비싼 스포츠음료를.

중간 휴식 시간이 되자, 리웨이가 헉헉 숨을 헐떡이며 쟝천에게 음료를 건네주었다. 멍하니 그 뒤에 서 있던 나는 그 질풍노도 같은 속도에 감탄하고 말았다.

쟝천은 리웨이가 건네는 음료를 받지 않은 채 날 보며 좀 민망하게 말했다. "내가 아까 샤오시한테 물 좀 가져다달라고 했거든."

"내가 산 건 염분 보충해주는 스포츠음료야. 네가 마시지 않으면 마실 사람도 없는데 그럼 낭비잖아." 기지배, 얼마나 보드랍디 보드랍게 웃던지.

나 역시 리웨이를 난처하게 해서는 안 되겠다는 생각에 손에 든 농부산천을 쟝천 손에 찔러주고는, 리웨이 손에 들려 있던 음료를 낚아채다가 뚜껑을 비틀어 딴 뒤, 목을 젖혀 꼴깍꼴깍 크게 들이부은 다음, 입을 쓱쓱 닦으며 말했다. "낭비 아냐, 아니라구. 나 방금 매점에서 뛰어오면서 땀 엄청 흘렸거든. 정말 고맙다 야."

리웨이가 수줍으면서도 속상한 얼굴로 고개를 숙이는 모습이 꼭 쉬즈모徐志摩의 펜 끝에서 그려진 수줍은 연꽃 같아서 아주 마음에 들었다. 정말 예쁘더라니까.

"샤오시, 샤오시, 샤오시!" 엄마가 명을 재촉하듯 질러대는 소리에 나는 '연꽃'의 수줍음에 빠져 있다가 퍼뜩 정신을 차렸다. 눈을 비비며 하품을 크게 했다. "엄마, 병원에서 큰 소리 내면 안 된단 말야."

엄마가 날 흘겨보았다. "방금 지가 떠들어댄 잠꼬대야말로 망신이지 원."

"내가 뭐랬는데?" 눈곱을 떼며 물었다.

"연꽃이니 뭐니, 수줍으니 뭐니."

"최고인 것은 그 고개 숙인 부드러움, 마치 찬바람 이기지 못한 연꽃의 수줍음처럼.[14] 이거 쉬즈모 시잖아. 우리 샤오시가 나를 닮아가지고 시인의 감성이 있단 말이지." 병상의 아빠가 끼어드시며 의기양양해하셨다.

나는 목을 틀어가며 헛소리를 해댔다. "고등학교 때 국어 선생님 꿈을 꿨는데, 선생님이 나한테 '케임브리지여, 안녕히再別康橋'를 외워보라고 하시더라구."

그러자 아빠 얼굴이 어두워졌다. "그거는 '케임브리지여, 안녕히'가 아니지! '사요나라'잖어!"

옆에 있던 엄마가 끼어들었다. "장나라 말하는 거지? 나도 알어. 한국인이잖어."

내가 놀라 엄마를 바라보자, 엄마가 가슴을 쫙 펴며 말했다. "집에 인터넷을 단 뒤로 가정주부들이 무지에서 해방되었다 이거야."

14　중국의 유명 현대 시인 쉬즈모의 시 「사요나라(沙揚娜拉)」의 한 구절

텐야논단天涯論壇[15]의 장기 유령 회원인 나는 언젠가 필이 꽂혀 로그인을 했다가 내가 적지 않은 글에 댓글을 달았다는 걸, 그것도 원글이 대부분 '일반인 미남'인지 뭔지 그런 글이었다는 걸 발견했다. 내가 꿈결에 내적 갈망을 정직하게 마주했던 것이리라 생각했건만, 알고 보니 실은 내가 실수로 우리 집 컴퓨터가 텐야에 자동 로그인되도록 설정해둔 탓이었다. 세상에 '텐야 팬' 엄마를 둔 일보다 더 슬픈 일은 없을 것이어라…….

점심을 다 먹고 나자, 나의 그 '텐야 팬' 어머니께서 아침에 아빠 동료가 병문안 오면서 가져오신 과일을 내 품에 찔러주시며, 쟝천에게 감사 인사라도 가라고 강요하셨다. 옛정을 생각해도 그렇고 도리로 따져봐도 그렇고, 가서 쟝천에게 제대로 고맙다는 인사를 해야겠다는 생각이 들어서 과일 한 바구니를 들고 나섰다.

쟝천의 사무실 앞에 다다르자 좀 긴장되기 시작했다. 방금까지는 그냥 바보같이 웃으면서 공짜로 들어온 과일 한 바구니 전해줄 생각만 했지, 이게 나와 쟝천이 3년 만에 처음으로 단둘이, 그것도 정식으로 만나는 자리가 되리라는 생각은 하지도 못했던 것이다.

문을 두드리자 안에서 "들어오세요" 소리가 들렸다. 문을 밀고 들어갔더니, 쟝천이 책상에 머리를 박은 채 뭔가 열심히 쓰다가 고개를 들어 날 흘긋거리며 담담하게 말했다. "알아서 앉아."

예전 여자 친구로서 이렇게 대범하기 그지없는 예전 남자 친구

---

15 중국의 유명 인터넷 게시판 사이트

를 마주하고 있으려니 엄청난 압박감이 밀려왔다.

과일을 책상 한쪽에 올려놓고, 의자를 끌어와 그와 책상 하나 건너 얼굴을 마주하고 앉아서 아부 조로 말했다. "우리 엄마가 너한테 과일 가져다주라고 하시더라구."

그가 눈을 들어 과일을 주시하며 말했다. "내 대신 감사하다고 전해드려. 아침에 아버님 뵈러 갔었는데, 상태가 아주 안정적이셔서 이틀이나 사흘 정도 지나면 퇴원하실 수 있겠더라. 실밥은 일주일 뒤에 뽑으러 오시면 되고."

그는 말을 마치자마자 바로 고개를 숙여 뭔가 쓰기 시작했다. '이 몸 아주 바쁘시다'는 모양새였다. 나는 민망하게 한 2~3분 앉아 있다가 일어서서 인사말을 건넸다. 겸사겸사 고마운 마음을 전하고서, 끝으로 가식적이지만 예의 바르게 한마디 했다. "이번에 도와줘서 고마워. 정말 어떻게 보답해야 할지 모르겠다."

그런데 이번에는 그가 쓱쓱 소리를 내며 쓰던 펜을 내려놓더니 날 보고 웃으며 말했다. "여자 친구나 소개해주지."

그의 표정을 자세히 살펴봤다. 농담하는 기색이 아니었다. 우울했다. 예전 여자 친구에게 새 여자 친구를 소개해달라니 얼굴이 너무 두꺼운 거 아닌가. 회사 옮길 거면서 사장한테 추천서 써달라는 꼴이고, 선생님한테 베껴 쓸 답 좀 알려달라는 꼴이요, 재혼하기 전 전처에게 결혼식 들러리 서달라는 꼴이니……

속에서 만감이 교차했다. 쟝천 마음속에서 나라는 사람의 인격이 도대체 얼마나 위대하기에?

나는 슬며시 한숨을 쉬다 억지웃음을 지으며 말했다. "어떤 여자 친구를 원하는데?"

쟝천이 고개를 살짝 수그린 채 잠시 날 훑어봤다. 심장이 목구멍을 뚫고 나오기라도 하려는지 긴장돼서 죽을 지경이었고, 머릿속에서 무수한 대사들이 번쩍였다. '너 같은 애면 좋고, 아니면 네가 좋겠다. 나 실은 계속 널 잊을 수 없었어…….'

"너보다 좀 크고, 좀 더 날씬하면 되겠네."

혼자 김칫국을 들이마셨던 내 자그마한 심장은 순간 정상 박동을 회복했다. 나는 딱딱하게 웃어 보였다. "요구 사항이 까다롭지는 않네. 유심히 살펴볼게."

그의 손에 끼워져 있던 볼펜이 손가락 사이에서 멋들어지게 회전하는 가운데, 그가 말했다. "미리 감사."

3장

　아빠는 이틀 뒤 퇴원하셨고, 수술 자국도 잘 봉합돼 나중에는 병원 오가기 너무 정신없다며 집 근처 병원에서 실밥을 뽑으셨다. 엄마 말로는 실밥 뽑은 다음 날 야단법석을 피우며 경로회에 가셨단다. 나는 통신 앱을 통해 멀리서 아빠의 전사 같은 정신력에 숭고한 경의를 표했다.

　오늘 아침에 일어났더니 잠옷이 거의 땀에 젖어 있었다. 옷을 갈아입고 바삐 지하철로 달려갔다. 지하철에 타 에어컨 찬바람을 쐬고 나서야 입고 있던 옷이 또 땀에 푹 젖어버렸다는 사실을 깨달았다. 입고 있던 흰 셔츠가 땀에 젖어서 뭔가 보일락 말락 했다. 좌우를 둘러봤더니 이 열차 칸에 변태같이 생긴 아저씨들이 적지 않기는 했지만, 다들 날 조금이라도 더 흘긋거릴 생각은 없어 보였다. 나는 내가 매력이 없어서라는 사실을 결연히 부정했다. 분명히 날씨가 너무 더워서 변태 아저씨들도 변태 짓을 하기 귀찮아진 덕분이었다.

사무실에 들어갔더니 푸페이傅沛 사장이 맞아주었다. "천샤오시, 오늘 가서 상품 목록 좀 만들어둬. 자기 사진 찍는 거 좋아하잖아."

창밖에서 밝게 빛나는 해를 보고 있으니, 나도 모르게 우러나오는 슬픔에 느껴지는 바가 있어 한마디 했다. "저희 아버지 말씀이, 천샤오시라는 이 이름이 인생에는 늘 희망이 있다는 걸 상징한다고, 희망이란 크든 작든 좋은 거라고 하시더라고요. 다만 아버지는 이십 몇 년 뒤 천관시陳冠希라는 젊은 남성이 나타나리라고는 예상 못 하셨죠. 이 젊은 남자가 사진 애호가에 행위예술 애호가라는 점 역시 예상 못 하셨고, 이 천관시 선생께서 애정 행각 사진 '스캔들'[16] 시리즈의 유행을 이끄시게 되리라는 점은 더더욱 예상 못 하셨죠. 이건 인생에서 늘 예상 밖의 일이 일어난다는 걸 증명하는 거니까, 제 이름이 천샤오시라고 해서 제가 사진 찍는 걸 좋아한다고 착각하시면 안 되시겠죠."

푸페이가 서랍을 뒤져 계산기를 꺼냈다. "사장에게 말대꾸했으니 월급 2% 삭감, 휴가 냈으니 3% 삭감, 지각했으니 1% 삭감……"

나는 고개를 끄덕였다. "네, 삭감하세요. 일단 지난달 월급부터

---

16 2008년 초에 일어난 음란 사진 유출 사건으로, 홍콩의 미남 스타 천관시가 당대 여성 톱스타들과의 성관계 모습을 찍은 사진이 유출되면서 중화권에 큰 충격을 주었다.

주시고요."

그가 조용히 계산기를 돌려놓았다. "샤오시 누님, 좀 쉬고 계셔요. 오늘 상품 목록은 저한테 맡겨두시고요."

나는 고개를 끄덕이며 에어컨 입구 아래로 바람을 쐬러 갔다.

이 회사에 온 지는 2년이 넘었다. 쟝천과 헤어진 뒤 빛의 속도로 집을 옮기고 직장을 바꿨다. 쟝천이 찾아올까 봐 두려워서가 아니라, 그가 찾아오지 않을까 봐 두려웠다. 사람이 얼마나 비굴해질 수 있는지 날 보면 유감없이 알 수 있다.

회사 직원은 사장인 푸페이, 재무 담당 겸 문서 담당 쓰투모司徒木, 그리고 디자이너인 나, 이렇게 셋이었다. 우리 회사는 작은 디자인 회사였고, 주로 푸페이 사장이 받아오는 프로젝트로 유지되었다. 원래는 업계에서 입소문이 괜찮았다. 그런데 얼마 전 사장이 사귀었다가 헤어진 여자 고객이 마음에 앙금이 남아, 우리 회사가 암묵적 관행을 써 업계에서 자리 잡았다는 말을 제멋대로 퍼뜨린 탓에, 최근 프로젝트 개수가 절반으로 급격히 줄어들고 말았다. 암묵적 관행을 써서 자리를 잡았다는 건 모함이었다. 나와 쓰투모가 사장한테 몸을 팔아서라도 프로젝트를 따오라고 여러 차례 격려해주었건만, 사장은 죽어도 말을 듣지 않았다. 우리는 이 점이 정말이지 이해가 가지 않았다. 우리가 아는 그의 애정관으로 보건대, 이야말로 윈윈 할 수 있는 장사였으니 말이다.

사장이 나갔다. 쓰투모는 아이가 열이 나서 거의 일주일 째 휴가 중인지라 사무실에 딱 나 혼자뿐이었다. 나는 직접 차를 탄 뒤 어슬렁어슬렁 걸어가 컴퓨터를 켰다. 차를 마시면서 컴퓨터 자동

로그인 프로그램들이 켜지기를 기다렸다. 큐큐QQ, 스카이프Skype, 라인Line…… 죄다 대화 앱이었다. 사람과 사람이 대화를 주고받을 수 있는 도구는 점점 많아지는데, 할 수 있는 말은 도리어 점점 더 줄어든다.

QQ 대화창에서 제일 먼저 튀어나온 쾅둥나鄺冬娜는 회사 고객으로, 연말에 우리 회사에서 그녀의 회사를 위해 탁상 달력, 컵, 연하장이 포함된 선물용 디자인 시리즈를 작업한 적이 있었다. 같이 일하면서 사이가 아주 좋아져서 반은 친구나 마찬가지였다. 지난주, 쾅둥나를 쟝천에게 소개해주었다. 그녀는 정말 괜찮은 여성이었다. 나보다 크고, 나보다 날씬하고, 나보다 예쁘고, 나보다 성격도 좋고, 일에서도 나보다 성공했고. 나보다 못한 점이라고는 신발 사이즈가 나보다 작다는 점뿐.

들자니 둘 사이가 괜찮게 진전되고 있다고 했다. 쟝천이 주동적으로 약속을 잡은 게 몇 차례라는데, 내 경험으로 보건대 정말 쉽지 않은 일이었다. 그 말을 듣고 나서 한동안은 너무 우울해서 그 원앙 커플을 몽둥이로 쥐 패주고 싶은 마음이 들었지만 참았다.

대화창을 클릭해서 열어보니, 쾅둥나가 "자리에 있나"라는 말을 여러 번 보낸 참이었다. 말끝에 물음표가 달려 있지 않았다. 우리 위대한 문장부호에게 너무 미안한 거 아니니.

나는 느릿느릿 대답했다. "있어."

특별히 마침표를 빨간색으로 표시하고 크기까지 하나 키워서 보냈다. 그녀가 그걸 보고 진심으로 부끄러워하길 바라면서.

쟝둥나 : 나 좀 도와줄 수 있어?

물음표를 보고는 크게 위로가 돼서 재빨리 답해줬다. "말해봐."

쟝둥나 : 오늘 밤에 쟝천 환자 한 명이 회복 퇴원 축하 파티를 열어서 가봐야 하는데, 여자 파트너를 데리고 가야 한대. 그런데 내가 오후에 상하이로 출장을 가야 해서 말야. 자기가 내 대신 좀 가줄 수 있어?

잠시 머뭇거리다 대답했다. "그건 좀 아니지 않아?"

쟝둥나 : 뭐가 아니야. 내가 쟝천한테 다 말해놨어. 그 사람도 동의했구. 그런 장소는 확실히 파트너랑 같이 가는 게 낫잖아. 듣자니 그 환자가 무슨 어마어마한 인사라서 쟝천 중매를 서주려는 모양인데, 자기도 나랑 쟝천 이제 막 시작한 판인데 끝을 향해 나아가길 바라진 않을 거 아냐…….

대화창을 보며 정말 완전히 할 말을 잃고 말았다……. 애초에 소개해주면서 나랑 쟝천이랑 예전에 사귄 사이라는 말도 해줬고, 그녀도 전혀 개의치 않아 했었다. 아무리 개의치 않는다지만 어쨌 든 예전 여자 친구라는 이 위대한 칭호를 좀 존중해줘야 하는 거 아니냐고. 뭐라고 해야 하나…… 다른 사람은 굶고 있는데 혼자만 고기 먹으면 쩝쩝거리면서 먹지 않는 게 착한 거라는 말이 있는데 말이지. 얘는 입을 쩝쩝거리다 못해 나보고 휴지로 입을 닦아달라 는 판이니 너무하는 거 아냐?

쨩둥나 : 샤오시 부탁이야부탁이야부탁이야부탁이야 내가 빌게빌게빌게

이 인간 좀 보게, 다급해지니 또 문장부호 빼먹네. 문장부호의 기분은 고려하는 거냐구…….

내가 한숨을 쉬며 대답했다. "알았어. 두 사람이 개의치 않는다니."

쨩둥나 : 샤오시, 자기 정말 사랑해. 고마워고마워고마워. 퇴근하면 쟝천이 자기 데리러 갈 거야. 데리고 드레스 사러 갈 텐데, 그건 그 사람 이름으로 달아두고.

차를 한 모금 들이키고는 손가락으로 키보드를 쿡 찔렀다. "알았다구."

엔터키를 누른 뒤, 내 일생은 이 착해빠진 마음 씀씀이 때문에 망했다는 생각이 들었다. 어렸을 때도 그랬다. 초등학교 때 다들 싫어하는 담임선생님이 병이 났는데, 아무도 가보려고 하지 않았다. 딱 나 한 사람 찾아갔는데, 선생님이 얼마나 좋아하시던지. 병실에 있던 과일이며 달걀이며 배가 터지도록 먹이시는 바람에, 그 배를 이고 있으려니 균형도 안 잡혔고 걸음까지 흔들거렸다. 그게 다 착해빠진 마음 씀씀이가 불러온 재앙이었다.

그래서 온종일 멍한 상태로 보냈는데, 사진 촬영을 마치고 돌아온 푸페이 사장이 카메라 든 김에 자리에 앉아 있던 날 찍어버렸다. 사진을 컴퓨터에서 열어볼 때 가서 봤더니 정말 기가 막히게

잘 찍은 거라. 아주 흐리멍덩하고 아주 예술적인 것이 환자 분위기가 줄줄 흘러나왔다.

곧 퇴근하려는데 휴대폰이 울렸다. 마침 화장실에 앉아 있던 참이었다. 내가 버릇이 하나 있는데, 일단 긴장하면 화장실을 죽어라 들락거린다. 대입시험 15분 전에도 화장실에서 쭈그리고 앉아 있었더랬지.

바지춤을 올리며 주머니에서 휴대폰을 꺼내니 과연 쟝천이었다. 숨을 깊게 들이마시다가 돌연 여기야말로 숨을 깊이 들이쉬기에는 부적합한 곳이라는 깨달음이 찾아왔기에 코를 쥐고 말할 수밖에 없었다. "여보세요?"

"나야."

"알아."

"너 왜 그렇게 코맹맹이 소리를 내냐?"

화장실 문을 밀고 나와서 쥐고 있던 코를 풀어놓으며 말했다. "아니야."

"너 방금 화장실에 있었어?" 그가 갑자기 웃으며 말했다.

덜컥 놀라 몸을 덜덜 떨며 상하좌우를 두리번거린 뒤에야 물었다. "어떻게 알았어?"

"때려 맞췄지. 퇴근했어?"

기분이 안 좋았다. "그렇게 잘 때려 맞추시면 연이어 때려 맞춰보시지."

"나 지금 너희 회사 아래층이니까 퇴근하면 내려오셔."

대충 물건을 챙긴 뒤 아래로 내려갔는데, 머리를 이리 돌려도 저리 돌려도 쟝천이 보이지 않았다. 이 인간이 설마 내가 예전에 데이트할 때마다 늦었다고 그 복수를 3년 만에 하기로 한 건 아니겠지?

귀신처럼 반나절을 어슬렁거리고 있는데, 세단 한 대가 내 앞에 멈춰 서더니만 클랙슨을 울려댔다. 고개를 숙여 봤지만, 유리가 새까맣다 보니 뭐 명확히 보이는 게 없어서 가까이 가서 보려는 참인데, 차 클랙슨이 또 울렸다. 그 바람에 깜짝 놀라서 몇 걸음 뒷걸음질 치다가 화가 치밀어 올라 욕을 퍼부어 주려는데, 차창이 흔들거리며 서서히 내려갔다. 쟝천이 고개를 옆으로 기울인 채 명령 조로 말했다. "타."

차 문을 열고 차에 올랐더니 그가 눈살을 찌푸리며 말했다. "왜 이렇게 꾸물거려. 너 5시 30분 퇴근 아냐? 안전벨트 매."

나는 굳은 얼굴로 듣거나 말거나 혼자 떠들어댔다. "퇴근한 거야? 오늘 밤 정말 신세 많이 지겠네. 고마워."

쟝천이 힐끗 날 흘겨보았다. "별말씀을."

나는 입을 삐죽였다. "예의 넘치기도 하셔라."

두어 번 슬그머니 그를 흘긋거렸다. 몸에 딱 맞게 재단한 검은색 양복 차림에 진보라색 넥타이를 맨 모습이 잔인할 정도로 멋졌다.

별안간 그가 몸을 숙이기에 얼른 안전벨트를 잡아당겨 채우고는 다급히 말했다. "나 안전벨트 맸어."

쟝천이 내 자리 서랍을 탁 하고 눌러서 열더니, 물을 한 병 꺼내 건네주다 날 힐끗거리며 콧방귀를 뀌었다.

그 광천수를 손에 들고 있는데 어찌나 죽고 싶던지, 내가 죽으면 쟝천이 사인死因란에 이렇게 쓰리라는 생각이 들었다. '혼자 김칫국 퍼마시다가 창피해서 사망'

차가 서서히 도로에 올랐고, 나는 광천수를 홀짝거렸다. 사실 갈증은 나지도 않는데 목은 당황스러울 정도로 메말라 있었다.

차 안에 괴이한 정적이 가득 맴돌았다. 심심해서 광천수 병에 붙은 라벨을 뜯었다가, 뜯고 보니 어디다 버려야 할지 알 수 없어서 어쩔 수 없이 쟝천에게 물었다. "어디다 버려?"

쟝천이 고개를 한쪽으로 돌려 날 잠시 바라봤다. "방금 그 서랍에."

서랍을 눌러서 열고 좀 살펴보다가 안에다 버렸다. 손을 가만두지 못해 생긴 일이라 마음이 좀 켕겨서 있는 말 없는 말 꺼내가며 물었다. "지금도 농부산천 마셔?"

내가 처음으로 농부산천을 사다 준 뒤로 그는 광천수를 마실 때면 늘 농부산천을 마셨다. 그때는 그게 꽤 자랑스러웠다. 비록 내가 2위안 아끼려고 농부산천을 샀다지만 정말 마음에 들어 하리라고는 예상 못 했던 터였다. 별생각 없이 그렇게 했는데 서로 텔레파시가 통했다니.

쟝천이 건성으로 대답했다. "명절 때 병원에서 나눠주더라. 뒷좌석에 한 상자 더 있어."

고개를 돌려보니 과연 뒷좌석에 농부산천이 한 상자 놓여 있었다. 나는 얼떨결에 병원을 칭찬해주었다. "명절에 선물도 주고 너희 병원 꽤 괜찮네. 명절에 야근시키는 우리 회사랑은 다르다."

쟝천은 말없이 운전에 집중했다.

보아하니 날 상대해주고 싶어 하는 분위기가 아니라 나도 입을 다물었다. 나이가 드니 웃는 얼굴로 냉랭한 얼굴에 들이대는 일도 달갑지 않았다. 예전에는 이런 냉랭한 반응 넘겨버리는 일이야 정말 뭣도 아니었는데. 그때는 내가 냉랭한 얼굴에 웃는 얼굴 들이대기 애호가여서, 바람이 불든 비가 내리든 어떤 역경도 다 이겨냈었다. 내 웃는 얼굴로 녀석의 냉랭한 얼굴을 뜨겁게 달궈주겠어! 이렇게 맹세하면서. 하지만 이젠 아니다. 세월이 가면서 혈액순환도 예전만 못하고, 냉랭한 얼굴에 계속 들이대다가 내 얼굴에 병만 뿌리내릴까 두렵다.

쟝천의 차가 루이뷔통 플래그십 매장 앞에 멈춰 섰다. 모 유명 작가의 책에서만 본 브랜드라서 나는 깜짝 놀라고 말았다.

운전석 옆 잠금장치가 '콕' 소리와 함께 풀렸다.

"내려서 기다리고 있어. 주차하고 올게."

차에서 내린 자리에서 쟝천을 기다리며 유리창 쇼윈도 너머 루이뷔통 매장을 슬그머니 훔쳐봤다. 아마 심리적인 요인 탓이었겠지만 주황색 불빛이 유난히 화려하고 사치스러워 보였다.

"가자." 언제 왔는지 쟝천이 내 옆에 서 있었다.

놀라서 말을 버벅거렸다. "돼, 됐어. 엄청 비, 비쌀 거야. 게다가 안에 드, 드레스는 보이지도 않고 배, 백만 파, 파는 모양인데."

쟝천이 내 시선을 따라 안을 들여다봤다. "내가 너 루이뷔통 매장에 데리고 가려는 줄 알았냐?"

"아니야?"

그가 정신병자 보는 눈빛으로 날 내려다봤다. "내 와이프도 아닌데 내가 너한테 뭐 하러 루이뷔통을 사주냐?"

쟝천은 나를 이끌고 루이뷔통 매장을 지나 골목으로 들어갔고, 우리는 한 의상실에 도착했다. 고개를 들어 쳐다보니, 가게 이름 한번 실용적이기도 하셔라. '루이뷔통은 비싸서 감당이 안 돼'

나는 간판을 보며 쟝천에게 말했다. "봐봐, 저게 너 비웃는다."

그가 고개를 들어 간판을 힐끗 쳐다봤다. "너 비웃는 거겠지."

나는 입을 삐죽거렸다. "돈만 생겨보라지, 내가 명품 매장이란 매장은 다 찾아가서, '이건 됐구요, 저것도 됐구, 나머지 다 포장해주세요.' 점원한테 이렇게 말해줄 테니까."

그가 고개를 흔들었다. "아예 '이거랑 저거 포장해주시고요, 나머지는 다 포장해서 적십자사로 보내주세요.' 이러지 그러냐."

공력이 본좌보다 십오하셔……

점주는 젊은 남자로, 외모가 그럭저럭 괜찮았다. 보고 있으려니 낯이 익었는데, 아마도 내가 무의식적으로 잘생긴 남자와는 어떻게든 죄다 친하게 지내고 싶어 하기 때문이었으리라.

젊은 남자가 다가왔다. "닥터 쟝, 여자 친구 데리고 옷 사러 오셨어요?"

쟝천이 날 앞으로 밀었다. "얘 파티에 입고 갈 옷 좀 코디해주세요."

젊은 남자가 날 머리끝부터 발끝까지 훑어보더니 말했다. "오케이. 이 미녀분 분위기가 우리 집 옷이랑 아주 잘 맞네. 바로 몇 벌 골라드리죠, 뭐."

알고 보니 내 분위기라는 게 루이뷔통은 비싸서 감당 못 할 그런 분위기였군⋯⋯.

점주가 옷 고르는 틈을 타 쟝천에게 물었다. "아는 사람이야?"

쟝천이 고개를 끄덕였다. "닥터 쑤 남동생이야."

귀가 기가 막히게 밝으신 닥터 쑤 남동생께서 우리 대화에 끼어드셨다. "쑤루이蘇鋭라고 해요. 조금 있으면 우리 누나도 올 거예요."

나는 고개를 숙여 그를 바라봤다. 그는 바닥에 쭈그리고 앉아 신발을 고르고 있었는데, 엉덩이를 높이 치켜든 데다 허리춤에서 한참 내려간 청바지를 입은 탓에 허리가 이만큼은 드러나 있었다.

"천샤오시." 쟝천이 별안간 날 불렀다.

"어?" 가늘고 잘록한 허리에 머물러 있던 시선을 거두고 고개를 돌려 그를 바라봤다.

그가 내 발을 가리키기에 고개를 숙였더니만, 도마뱀 비슷한 녹색 생명체가 내 발 옆에 멈춰 서서 긴 꼬리를 살짝살짝 흔들어대는 중이었다. 나는 조건반사적으로 발끝을 뻗어 놈을 재빨리 쳐내고는 깜짝 놀라 비명을 지르며 쟝천 뒤로 숨어버렸다.

바닥에서 한 바퀴 구른 녹색 생명체는 색이 살짝 옅은 뱃가죽을 드러낸 채 사지를 공중에서 마구 버둥거렸다.

쑤루이가 자리에서 일어나 이쪽으로 다가오면서 싱글벙글 웃으며 녹색 생명체를 집어 들더니 팔뚝에 올려놓고는 내게 말했다. "무서워 마세요, 무서워 마세요. 제가 키우는 도마뱀이에요."

나는 쟝천 등 뒤에서 고개를 내밀었다. "독 없어요? 사람 안 물어요?"

"안 물어요, 안 문다니까. 얼마나 착하다구요." 쑤루이가 팔뚝을 이쪽으로 뻗더니 아주 다정하게 내게 청했다. "만져보세요."

극진한 후의를 거절할 수 없어 달달 떨며 손을 뻗어봤는데, 겨우 근처밖에 가지 못했을 즈음, 녀석이 돌연 쩍 갈라진 두툼한 혓바닥을 쓰윽 내밀었다. 그 바람에 혼비백산한 나는 손을 냅다 뒤로 뺀 채 다시 쟝천 뒤로 숨어버렸다.

쑤루이가 껄껄거리며 웃어댔다. "샤오시小蜥[17], 누나 겁주지 마. 누나가 아까 너 일부러 걷어찬 거 아니야."

"샤오시?" 쟝천이 같은 말을 반복하며 웃었다.

멍청하게 대꾸 한마디 해주고 나서야 제정신이 들은바, 속에서 분노가 끓어넘쳤다. "쟤도 이름이 샤오시예요?"

"에?" 쑤루이는 아주 신이 나 있었다. "샤오시가 또 있어요? 정말 좋은 이름이라니까."

좋은 이름을 가진 이 몸께서 천천히 손을 들었다. "제가, 천샤오시인데요……."

"인연 한번 기가 막히네요!" 쑤루이가 쟝천 뒤를 돌아 내 앞까

---

17 '도마뱀'이라는 뜻의 '시(蜥)' 앞에 가깝고 친한 존재를 친근하게 부를 때 사용하는 '샤오(小)'를 붙여 만든 애칭인데, 공교롭게도 발음이 여주인공 천샤오시의 이름과 똑같다.

지 오더니 도마뱀 머리를 쓰다듬으며 말했다. "쑤샤오시, 누나가 너랑 이름이 같으시단다. 둘이 보통 인연이 아니네. 누나한테 인사드려. 자, 누나한테 뽀뽀."

나는 억지웃음을 지으면서 장천 앞으로 돌아갔고, 고개를 쏙 내민 채 손을 흔들었다. "안녕, 안녕, 남녀칠세부동석이라잖아. 뽀뽀는 안 해도 돼, 안 해도 돼."

장천이 자기 앞에 서 있던 날 잡아끌었다. "가서 옷이나 입으셔."

쑤루이는 그제야 쑤샤오시를 내려놓고는 옷걸이에서 몇 벌을 가져와 내게 건넸다. "한번 입어보세요. 신발 사이즈는 어떻게 되세요?"

발이 기형적으로 작은 내게 신발 사이즈 질문은 치욕인지라…… 이렇게 대답해버렸다. "35호요."[18]

장천이 한쪽으로 고개를 기울이더니 날 내려다보며 말했다. "33.5호요. 34호에 깔창 하나 깔아도 되고요."

쑤루이가 머리를 긁적이며 내게 말했다. "34호짜리 있는지 찾아봐야겠네. 일단 들어가서 옷이나 갈아입어 보세요."

옷을 들고 갈아입으러 갔다. 그런데 첫 번째 옷을 갈아입다가 그만 성가신 일이 생겨버렸다. 등 뒤 지퍼에 머리가 엉키는 바람에, 허리에서 반쯤 올라간 곳에 끼어버린 지퍼를 올릴 수도 내릴 수도 없어서 하는 수 없이 밖에다 대고 도움을 청해야 했다. "쑤루

---

18 한국 사이즈로 약 230mm 정도 된다.

이 씨, 지퍼가 끼어서 움직이질 않아요."

커튼을 밀어젖히고 들어온 사람은 장천이었고, 나는 그를 얼떨떨하게 쳐다봤다. 그는 아무 말 없이 곧장 내 등 뒤로 돌아가서 한 손으로 내 머리칼을 당겨 높이 들어 올린 다음, 다른 한 손으로 지퍼를 쭉 올리더니 곧바로 나가버렸다. 그 손놀림에 참으로 탄복하고 말았다.

옷을 꽤 여러 벌 갈아입은 끝에, 쑤루이가 옅은 녹색 면사 드레스를 골라주었다. 몸에 걸치니까 어찌나 하늘거리는지 옷을 입지 않은 느낌이 들어 당황스러울 정도였다.

쑤루이가 천신만고 끝에 34호짜리 밝은 노란색 하이힐을 찾아냈는데, 깔창 하나 깔고 신었더니 그런대로 안정적이었다.

쑤루이는 새롭게 단장한 날 보고 하늘에서도 땅에서도 없을 비범한 아름다움이라고 칭찬을 해댔다. 비록 거울에 비친 내 모습에서 그가 말한 아름다움은 전혀 찾아볼 수 없었지만, 어쩜 저렇게 딱 맞는 말을 할까 싶어 진심으로 친구가 되고 싶어졌다.

쑤샤오시는 몇 번이나 내게 다가오려 했지만, '감히 다가왔다가는 내 하이힐에 바스러질 줄 알라'는 내 눈빛에 식겁해서 달아나버렸다.

장천은 의상실 안 소파에 앉아서 이따금 두어 번씩 날 훑어봤다. 물론 그가 드라마나 소설에 늘 나오는 장면처럼 날 보고 숨이 멎을 듯 놀라는 모습은 감히 기대하지도 않았다. 그래도 그렇지 〈CCTV 뉴스〉에나 나올 법한 표정을 지을 필요는 없잖아.

"다 됐어?" 그가 소파에서 일어났다.

"응, 계산해." 고개를 숙인 채 옷깃을 살펴보니, 브이넥 옷깃 가장자리에 아주 예쁘장하게 들어간 주름이 꼭 녹색 보리 물결 같았다.

쑤루이가 소리쳤다. "됐어요, 됐어. 보통 인연도 아니고, 우리 샤오시가 샤오시에게 첫인사로 드리는 선물인 셈 치죠 뭐. 드레스 2,500위안, 신발 1,500위안, 합해서 4,000위안만 주세요."

내가 눈을 휘둥그렇게 뜨고 그를 쳐다봤다. 세상에 바가지 너무 씌운다, 인터넷에서 사면 배송비 포함 400위안이면 끝나겠구만.

쑤루이가 날 보며 웃었다. "양심 없는 악덕 장사꾼 보듯 보지 마세요. 이게 길거리에 천지로 깔린 옷이 아니라니까요. 제가 직접 디자인해서 만든 옷이라 딱 한 벌밖에 없다구요."

정작 장천은 별말 없이 돈을 내며 고맙다는 인사를 건네더니 날 끌고 의상실을 나왔다.

차를 타고 가는 도중에 힘겹게 화장을 했는데, 다행히 도로 상황이 그럭저럭 괜찮아서 화장을 마쳤는데도 이목구비가 그나마 정상적으로 붙어 있었다.

빨간불을 기다리는데 장천이 별안간 웃기 시작하더니, 눈에 사람 우롱하는 기색을 가득 머금고 말했다. "얘 화장 기술 엄청 늘었네."

난 한번 노려봐 주었다. 뭘 비웃고 있는지 알기에.

밤낮없이 대입시험과 목숨을 건 육박전을 벌였던 고3 시절, 멀찌감치 떨어진 곳에서 우리와 마찬가지로 대입시험과 목숨을 내놓고 육박전을 벌였던 학생 몇 명이 스트레스를 이기지 못하고 스스로 목숨을 끊고 말았다. 이 소식은 온갖 주요 부서를 돌고 돌아 한참이 흐른 뒤에야 궁벽한 작은 진에 있던 우리 학교로 흘러들었다. 교장 선생님은 긴급회의를 여셨고, 대입시험을 한 달 앞두었을 즈음, 선생님들은 고통의 늪에 빠져 있던 우리를 위해 야간 공연을 열기로 하셨다. 이름하여 '내일을 향해 나아가다'. 나는 별 의미 없는 이름이라 생각했다. 죽지 않고서야 누구나 다 내일을 향해 나아가기 마련이니. 낭송, 합창 등 전부 다 고1, 고2 학생들이 준비했는데, 좌우지간 봐봤자 내일까지 살고 싶다는 생각은 손톱만큼도 들지 않는 프로그램들이었다.

야간 공연 개최 전, 선생님들은 한 가지 난제에 당황하고 말았다. 학생들이 무대에 오르려면 화장을 해야 하는데, 학교에서 화장할 줄 아는 선생님이 몇 명밖에 안 되는지라 합창단 하나 화장해주면 날이 다 샐 지경이었다. 그래서 학교에서는 임시로 미술반 학생들에게 화장이라는 막중한 임무를 분담시켰다. 미술반 에이스였던 이 몸, 모든 걸 다 제대로 파악하고 있다 착각했으나 사람 얼굴과 캔버스는 천양지차라는 사실을 예상 못 한 탓에, 내가 화장해준 여학생들은 거울에 얼굴을 비춰보고는 하나같이 울음을 터뜨렸고, 그것도 모자라 이 꼴로 무대에 올라야 한다면 내일과 작별하는 길을 택하겠다고 했다. 그런데 때마침 쟝천이 그 교실을 지나가고 있었으니. 녀석은 내가 교실에서 울음을 터뜨리는 여 후배들에게 둘러싸여 어쩔 줄 몰라 쩔쩔매는 꼴을 교실 밖에서 보다가 몸을 들썩이며 미친 듯이 웃어댔다. 여학생들은 학교 간판스타의 비웃음에 목이 다 쉬고 기운이 다 빠지도록 더 심하게 울음을 터뜨리고 말았다.

오랜 세월이 흘렀건만, 그 일을 돌이켜 생각하면 관자놀이가 후끈거리고 울음소리가 높아졌다 낮아졌다 오르락내리락 귓가를 맴돈다.

"다 왔다." 장천이 차를 천천히 옆으로 세웠다.

나는 관자놀이를 문지르며 한숨을 내쉬었고, 푸념을 쏟아냈다. "앞으로 돌이키고 싶지 않은 옛일 기억나게 하지 말아주셔."

장천은 차가 그 자리에 멈춘 지 한참이 지나도록 문을 열지 않았다. 고개를 돌려 의심스럽게 쳐다봤더니만, 장천이 눈썹을 한껏 찡그린 채 먼 곳을 주시하고 있었다. 아래턱을 팽팽하게 조인 채 두 손을 운전대 위에 올려놓고 있었고, 손가락뼈가 다 허옇게 보였다.

화가 났다는 걸 알아챘지만 뜬금없이 화를 내니 도무지 갈피가 잡히지 않아서 떠듬거리며 물었다. "왜, 왜 그래?"

장천은 숨을 깊게 들이쉬더니 운전대를 천천히 돌렸고, 내 쪽으로 고개를 돌리며 웃어 보였다. 어쩌면 웃었다고 해서는 안 될지도 모르겠다. 입술이 일직선으로 오므려지고 왼쪽 뺨에 보조개가 깊이 파인 게 다였으니. "아냐, 위가 아파서."

"아, 그럼 어쩌지?" 나는 긴장하기만 하면 횡설수설 허둥댄다. "왜 위가 아파? 뭐 안 먹었어? 약은 있어? 우리 병원 가자……."

"별일 아냐."

"어떻게 별일이 아냐? 너도 알잖아. 위가 아픈 게 위출혈 때문일 수도 있고, 위궤양, 위천공, 위암일…….”

그가 날 보며 웃었다. “뭐 더 없냐?”

나는 아주 확신하지는 못한 채 말했다. “위 파열?”

내 말투가 다시 심각해졌다. “아우 몰라, 얼른 병원이나 가자구. 너 이러다가 곧 죽을지도 모른단 말야!”

쟝천이 갑자기 손을 뻗어 내 머리를 밀더니 웃으며 말했다. “네가 의사냐 내가 의사냐?”

뜬금없이 기분이 좋아진 그를 보며 도무지 뭐가 뭔지 모르겠고 곤혹스럽기도 했다. 하지만 내가 위가 파열된 건 아닌지 재차 확인하자 쟝천 역시 이미 괜찮아졌다고 거듭 장담하기에, 결국 어쩔 수 없이 위에 무슨 사단이라도 났다가는 그 수술은 내가 집도해버릴 줄 알라고 했다.

내 손에서 죽을 의향이 있다는 말에 그나마 마음이 놓였다.

4장

파티 홀에 들어가기 전, 계속해서 나를 앞서가던 쟝천이 돌연 멈춰 섰다. 그러더니 내 곁으로 몇 걸음 뒷걸음질 쳐와서 팔꿈치를 구부린 채 날 내려다봤다.

나는 의심스러운 눈빛으로 쟝천을 올려다봤다. "포즈라도 취해야 해? 우리 사진 찍어줄 사람 있나?"

쟝천이 쩨려보기에 얼른 실눈을 뜨며 웃었다. "농담이야."

말을 마치고 그의 구부러진 팔 안에 손을 살짝 걸었다. "텔레비전 보면 다 이런 장면 나오잖아. 들어갈 때는 손잡고 들어가야 한단 말야."

고개를 수그린 채 검은 양복 위에 걸쳐진 내 손을 바라보는데, 갑자기 명치가 뭐가 막힌 듯 답답해서 나도 모르게 그의 팔뚝을 꽉 잡았다. 쟝천이 눈을 내리깔고 날 보면서 나지막한 목소리로 진정시켰다. "영화 촬영 참관한다고 생각해."

나는 파티 홀을 둘러보았다. 천장에 드리운 대형 크리스털 조명이 휘황찬란하게 빛나고 있었고, 조명 아래에서는 수많은 남녀가 술잔을 주고받으며 돌아다니고 있었으며, 샴페인 빛깔 테이블보가 깔린 기다란 테이블 위에는 정신없이 군침을 삼키게 만드는 음식들이 가득 놓여 있었다……. 이거 미식 영화인가.

"천샤오시, 먹을 거 그만 보고 미소 지어." 쟝천이 별안간 몸을 숙이더니 내 귓가에 대고 말했다. 뜨거운 김에 귓가가 간질거려 나도 모르게 눈이 휘둥그레지고 말았다.

"미소 지으라니까." 쟝천이 한 번 더 반복했다.

그의 시선을 따라가 보니 사람들 무리에 둘러싸인 한 낯익은 노인이 느릿느릿 우리 쪽으로 걸어오고 있었다.

쟝천은 날 끌다시피 해서 그 사람들 쪽으로 데려갔다. 나는 미소를 쥐어짜며 물었다. "누가 네 환자인데?"

"가운데 있는 노인."

혈색 좋은 얼굴을 보아하니 막 큰 병 치른 모습 같지 않아서 다시 물었다. "무슨 병?"

"심장병."

쟝천이 말을 마쳤을 때 우리는 이미 그 사람들 앞까지 와 있었다.

간단히 인사말과 악수를 주고받았다. 쟝천이 장 서기라고 부르는 걸 듣고 나서야 왜 그 얼굴이 낯익었는지 이해가 갔다. 지역 뉴스에서 본 적이 있었다. 그것도 한 번이 아니었다. 1년 중 내 뉴스 시청 회수가 열 번을 넘지 않는다는 사실과 연결 지어보면 출연

회수가 상당히 높은 사람임이 분명했다.

장 서기가 싱글벙글 웃으며 날 바라봤다. "샤오쟝 여자 친구이신가?"

쟝천을 흘깃 쳐다보면서 이왕 돕는 거 제대로 도와주자 싶어 미소를 지으며 고개를 끄덕였다. "안녕하세요, 천샤오시라고 합니다."

장 서기도 고개를 끄덕였다. 이 연배 정도 되는 남자들은 좀 자상해 보이는 면이 있어서 웃기라도 하면 득도해서 신선이라도 된 듯 보인다. "대단한 미녀시구만. 잘 어울리는 한 쌍이야. 원래 내 손녀를 샤오쟝에게 소개해줄까 생각했는데, 보아하니 내 손녀가 복이 부족한가 보구만."

뭐라 대답해야 할지 알 수 없어 그냥 웃는 낯으로 대할 수밖에 없었다. 쟝천이 웃으며 말을 이어받았다. "장 서기께서 저를 많이 생각해주신 거죠. 제가 감히 넘볼 수가 있겠습니까."

웃음 짓던 장 서기가 갑자기 우렁차게 외쳤다. "여러분!"

아주 크지는 않았지만 뭔가 기이한 끌림이 느껴지는 목소리라 홀에 있던 사람들이 모두 잠잠해지더니 우리 쪽을 바라봤다. 내가 쟝천의 손을 당기며 의식적으로 힘을 꽉 주자, 그가 다른 손을 뻗어 내 손등을 가볍게 툭툭 쳐주었다.

장 서기가 손에 들린 술잔을 높이 쳐들었다. "이쪽은 내 은인 닥터 쟝입니다. 모두 저와 함께 닥터 쟝과 여자 친구분께 감사 인사를 전하는 마음으로 술 한잔해주시기 바랍니다. 고맙습니다!"

그의 말소리가 떨어지자마자 술잔이 우리 손을 쑤시고 들어왔다.

쟝천이 잔을 들었다. "그저 제가 해야 할 일이었을 뿐입니다."

솔직히 말해서 나는 기가 질려버렸다. 무슨 세상 구경을 해봤어야지. 기억 속에 내가 본 가장 큰 행사라고 해봤자 초등학교 때 합창대회가 전부였는데, 당시 사람들 무리에 섞여서 입을 벌렸다 닫았다 하던 나는 다리를 덜덜 떨었다.

그런데 지금 수많은 사람이 질서정연하게 이쪽을 바라보고 있었다. 하나같이 사회 엘리트에, 거두, 권력 있고 지위 높은 사람들 같아서, "저는 오늘 그냥 영화 촬영 구경 온 평범한 사람이니 저보지 마세요, 보지 마세요." 이렇게 말하고 싶었다.

다행히 그냥 일시적으로 지나가는 바람이어서 다들 술을 마신 뒤 각자 자리로 돌아갔고, 나는 그제야 긴장한 탓에 술을 손 전체에 엎질렀다는 사실을 깨달았다.

하지만 장 서기는 여전히 우리를 놔줄 생각이 없어 보였다. 그는 술잔 하나를 바꾸더니 우리에게 건배를 청했다.

"샤오쟝, 결혼할 때 잊지 말고 청첩장 보내주게."

"꼭 보내드리겠습니다. 하지만 술은 더 드시면 안 됩니다. 서기 님 심장이 견디지 못할 겁니다." 쟝천이 웃으며 하는 말에서 의사들 특유의 강경한 권위가 느껴졌다.

뜻밖에도 장 서기가 웃으며 술잔을 순순히 내려놓았다. 나는 도망치고 싶은 마음에, 고개를 숙인 채 내가 걸친 스커트를 집중해서 뚫어지게 바라보며 어느 부위에 손을 닦아야 덜 티가 날지 골몰했다.

"천샤오시, 가서 손 씻어." 쟝천은 이 말을 마치고 나서 장 서기 손에 어딘지 모를 곳으로 끌려갔다.

손을 씻고 나오니 멀리 쟝천과 장 서기가 사람들 속에서 뭔가 떠드는 모습이 보였다. 잠시 망설이다가 긴 식탁 테이블 옆에서 음식이나 먹는 게 더 재미있겠다고 생각했다. 어쨌거나 장 서기 손녀로부터 쟝천을 방어해야 하는 기능은 이미 발휘했으니, 이제 내 위의 기능을 발휘해도 되겠지.

식탁 옆에서 잠시 관찰해본바, 사람들에게 이 음식들은 장식품이었다. 오가는 사람 중 테이블 옆에 10초 이상 머무는 이가 거의 없었다. 그래서 나는 안심하고 커다란 접시를 들었고, 식욕을 만족시킬 요량으로 테이블 맨 앞에서 맨 뒤까지 먹어치울 준비를 했다.

그러나 겨우 네 가지 음식밖에 먹지 못한 상황에서 장애를 만나고 말았다.- 물론 내가 배가 불렀을 리 만무했다. 내가 또 내 위에 대해서라면 자신감이 넘친단 말이지.- 원인은 내 눈앞에 나타난 여자들 무리였다. 그 여자들은 식탁 테이블 옆에서 수다를 떨고 있었다. 당연히 다 화려한 옷들을 입고 있었다. 죄다 나는 살 수 없는 브랜드였다. 얼굴이 예쁜지 아닌지는 말하기 모호했다. 신기에 가까운 화장술 덕에 인류의 본래 얼굴이 없어진 지 오래인지라.

여자들은 벽 쪽에 붙은 식탁 테이블 옆에 딱 서서 세월아 네월아 수다를 떨 기세였고, 이는 파티가 끝나기 전 내가 모든 음식을 맛볼 수 없을지도 모른다는 의미였다. 여기까지 생각이 미치니 불이라도 놔서 눈앞의 저 여자들을 불살라 버리고 싶은 마음이 굴뚝같았다.

그래서 나는 조용히 여자들 곁을 돌아 일단 식탁 테이블 끄트머리에 있는 음식부터 먹기로 했다. 여자들 곁을 지나가는데 생각지도 못하게 그중 한 명이 날 불러 세웠다. "닥터 쟝 여자 친구분, 안녕하세요."

뒤돌아 고개를 들었다. 말을 건넨 여자는 미인이었다. 똑같이 짙은 화장을 하고 있었지만, 더 아름다우면서도 품위는 떨어져 보이지 않았다. 세계사 교과서에 나오는 이집트 여왕 클레오파트라 느낌이 물씬 났고, 상당히 큰 키에 발에는 눈대중으로 봐도 높이가 10cm는 넘을 하이힐까지 신고 있어서, 파티 홀 천장을 뚫어버리지 못하면 속이 시원하지 않을 것 같은 기세였다.

나는 그녀에게 웃어주었다. "안녕하세요."

그녀가 다가와 내 손을 잡아끌었다. "저희 할아버지가 이번에 정말 닥터 쟝 신세를 많이 지셨어요. 할아버지 투병하실 때 제가 병원에서 돌봐드렸는데, 닥터 쟝이 얼마나 몸과 마음을 다해서 환자를 돌보던지, 그 보름 동안 병원을 떠나 있는 모습을 거의 본 적이 없다니까요. 정말 이렇게 사리 분별 잘하는 여자 친구분이 계시니 얼마나 다행인지 모르겠어요."

내가 사리 분별 잘한다는 건 인정하지만, 그 일은 나와는 정말 아무 상관이 없는데……

나는 한 손으로는 커다란 접시를 들고 다른 한 손은 그녀에게 잡힌 채, 내 손을 잡아당기는 그녀의 손을 도리 없다는 듯 뚫어지게 바라볼 수밖에 없었다. 부드럽다 못해 뼈가 없는 것 같은 손, 가느다란 섬섬옥수 열 손가락, 손톱에 칠한 연한 핑크색 매니큐어,

그 위에 오래 끓여 만든 조림 양념장만 덧바르면 딱 홍콩식 닭발이었다.

아마도 내가 무안해하는 걸 눈치챘는지 그녀가 내 손을 풀어주며 말했다. "보아하니 닥터 장 아직도 우리 할아버지한테 붙잡혀 있는 모양인데, 그쪽도 혼자서는 심심하잖아요. 우리랑 같이 수다나 떨어요."

나는 접시를 내려놓고 흥미진진한 척하며 여자들의 잡담을 들어줄 수밖에 없었다. 아까 좀 들어본바 화제가 해외 아이비리그 명문대, 휴양지, 명품…… 나는 들어도 잘 모르는 이야기들이라 딱히 흥미가 나지도 않았다.

이번에는 어느 부잣집 아가씨가 이름이 길어빠진 명견을 기르는지, 어느 부잣집 아가씨가 망아지 같은 동물을 키우는지 같은 화제에서 음식 이야기로 바뀌었다.

입술을 시뻘겋게 칠한 여자가 입을 쩍 벌리며 말했다. "XX레스토랑에서 프랑스 송로버섯을 공수해 왔는데, 어제야 가서 먹어봤거든. 괜찮더라."

"정말? 그럼 내일 남자 친구한테 나 좀 데리고 가라고 해야겠다."

"XX레스토랑 대형 참치도 괜찮다던데."

"진짜? 우리 언제 같이 먹으러 가자. 하지만 난 그래도 고베 소고기가 더 좋더라."

"난 송로버섯 먹고 싶으면 프랑스나 이탈리아로 가는데, 프랑스에서 나는 검은 송로버섯 괜찮아. 이탈리아에서 나는 하얀 송로도 그럭저럭 괜찮고. 난 대형 참치는 안 먹어. 고베 소고기도 일본 갈 때나 마지못해 먹는 정도야. 그렇지만 캐비어는 엄청 좋아해. 가장 신선한 캐비어여야 하고, 손상된 곳 없이 알알이 가득 찬 캐비어를 조미료나 다른 음식 아무것도 넣지 않고, 얼음으로 차게 식힌 유리에 가득 담아서 상아 수저로 한 숟갈 한 숟갈 떠먹지." 부드러운 목소리에 부잣집 아가씨들이 이상할 정도로 조용해졌다.

말을 꺼낸 여자 쪽을 보니 여자는 마지못해 테이블에 기대 웃는 듯 마는 듯한 표정을 짓고 있었다. 정말 예뻤다. 하늘에서 내려온, 이 세상 사람 아닌 것 같은 그런 미모가 아니라, 침략적인, 남자들이 봤다가는 저도 모르게 헛된 꿈을 꾸게 할, 여자들이 봤다가는 황산이라도 뿌리고 싶어 안달할 그런 미모였다.

푸른색 바탕에 붉은 꽃이 들어간 개량식 치파오 차림이었는데, 치파오가 과장되게 푹 파였거나 가슴이 다 드러난 게 아니라, 자기 몸에서 자라난 듯 들어갈 데 들어가고 나올 데 나온 볼륨감 있는 몸의 곡선에 딱 붙어 있었다. 옷을 입고 있는데도 안 입은 듯 유혹적인 사람은 난생처음이었다.

게다가 이 여자가 말을 하면 주변 여자들이 하나둘 깔보는 표정을 지었고, 심지어 작은 소리로 이렇게 말하는 사람도 있었다. "여우."

여우라는 말을 듣자마자 석연치 않았던 점이 완전히 해소되었다. 맞네, 저렇게 생겼는데 여우 짓을 안 하는 건 그야말로 어마어마한 인재 낭비지.

상황이 썰렁하다 못해 얼어붙어서 그랬는지, 주인인 장 서기 손녀딸이 갑자기 내 쪽으로 몸을 돌리더니 웃으며 물었다. "평소에 어떤 걸 즐겨 드시나요?"

나는 이 질문에 어리벙벙해지고 말았다. 나를 구해주려는 건지, 아니면 난처하게 하려는 건지 알 수가 없어 대충 얼버무렸다. "특별히 좋아하는 건 없어요. 평소에도 그냥 대충 먹어요."

"아까 보니 적잖이 드시던데, 분명 미식에 상당히 조예가 깊으시리라는 생각이 들더라고요. 숨기지 말고 말해보세요."

"아." 나는 좀 난감해서 목을 문질렀다. "'데마에잇쵸出前一丁'[19]에서 나온 달걀 라면 정말 맛있어요. '캉스푸康師傅'[20]도 그럭저럭 먹을 만하고요. 게다가 저는 끓여 먹는 라면이 뜨거운 물 부어 먹는 라면보다 맛있더라고요. 끓이면서 달걀도 깨 넣는데, 두 개는 넣는 게 제일 좋아요. 하나는 휘저어서 라면 국물에 녹이고, 다른 하나는 달걀프라이로 만들어서 덮어 넣어요. 스프는 불 끄기 전에 넣고요. 너무 많이 넣으면 안 되고 조금 넣어서 맛만 내면 돼요. 소금 조금, 간장 조금 넣으면 맛이 끝내줘요."

사신이라도 찾아온 것 같은 정적이 감돌았다.

거봐, 나보고 경험 나눠달라고 하면 안 된다니까. 내가 안 한다고 말도 다 했구만.

내 소중한 라면 경험을 나눠 들은 뒤, 부잣집 아가씨들은 돌연 잡담에 흥미를 잃고 하나둘 핑계를 대며 자리를 떠났다. 좋지 않

19 일본 인스턴트라면 회사 닛신(日淸)의 라면 브랜드
20 중국의 유명 인스턴트라면

은 행동이라는 생각이 들었다. 이야기해달랄 때는 언제고 다 해주니 가버리네.

커다란 접시를 들고 이 긴 식탁 테이블 위의 음식들을 하나하나 계속해서 먹는데, 아까 그 미스 여우가 여전히 긴 식탁 테이블에 기댄 채, 언제 가져왔는지 손에 와인을 한 잔 들고 잔 안의 와인을 가볍게 흔들어대고 있었다. "이름이 뭐죠?"

나는 양옆을 두리번거려 보고 나 혼자 착각한 게 아니라는 확신이 든 뒤에야 대답했다. "천샤오시요. '희망'이라는 뜻의 '시希' 자를 써요."

그녀는 날 향해 잔을 들더니 손으로 오랫동안 흔들어대던 와인을 단숨에 들이켜고는 말했다. "후란란胡染染이라고 해요. '남과 붙어먹는다'는 뜻의 '란染'을 쓰죠."

술을 찾지 못해서 접시 안의 생선 초밥을 들어 그녀를 향해 흔든 뒤 한입에 삼켜버릴 수밖에 없었다. 하마터면 목 막혀 죽을 뻔했지만, 눈가의 눈물을 닦으며 말했다. "알게 돼서 반갑네요."

"그렇다고 감동해서 눈물까지 그렁그렁할 필요까지야." 그녀가 내게 휴지를 한 장 건네주었는데, 나는 이게 상당히 놀라웠다. 손에 파티 클러치백 같은 게 하나도 없었던 데다, 옷은 원래 피부 위에 한 겹 더 두른 피부처럼 딱 붙어 있어서 휴지 찔러 넣는 건 말할 것도 없고, 숨 한번 깊이 들이쉬었다가는 옷이 다 터질 판이었기 때문이다.

나는 휴지를 받아 눈물을 닦았다. "고마워요."

그녀는 테이블 쪽으로 몸을 기울여 기댄 채, 긴 테이블 옆을 신이 나서 돌아다니며 먹어대는 날 보며 물었다. "맛있어요?"

"맛있어요. 좀 드실래요?" 접시 안의 조각 케이크를 가리키며 한마디 했다가 그제야 그녀의 캐비어론이 떠올랐다. 쓸데없는 짓을 했다는 생각이 들었다.

그녀가 몸에 두른 치파오를 가리키며 말했다. "먹었다가는 다 터질 판이라."

내가 고개를 끄덕였다. "그 옷 정말 어마무시하네요." 그러고는 손바닥을 쫙 폈는데, 손바닥 가운데에 아까 받은 휴지가 하나로 돌돌 말려 있었다. 내가 물었다. "휴지는 어디 넣어둔 거예요?"

그녀가 두 종아리 사이를 가리켰다. "허벅지 안쪽에 붙어 있어요. 거기 휴대폰도 있고."

윤기가 줄줄 흐르는, 스타킹도 신지 않은 그 다리를 내려다보고 있으려니 입가가 다 실룩거렸다. 손안의 휴지를 보고 있자니 이걸 버릴 수도 없고, 그렇다고 가지고 있을 수도 없고. 방금 얼굴에 문질렀던 휴지가 다른 사람의 윤기 나는 허벅지 안쪽에서 꺼낸 거라 생각하니 별별 복잡한 생각이 다 들었다.

후란란이 깔깔거리며 웃었다. "장난친 건데, 그쪽 정말 귀엽네요. 식탁에 있던 냅킨이에요."

나도 목을 문지르며 따라 웃었다. "먹을 거 쳐다보는 데만 정신이 팔려서."

그녀가 지켜보는 가운데 태연자약하게 쉰여덟 가지 음식을 다 먹은 다음, 냅킨을 한 장 뽑아 후란란이 했던 대로 테이블에 기대 가슴을 내밀고 엉덩이를 치켜세우며 매혹적인 표정으로 입을 닦왔다.

후란란이 고개를 한쪽으로 기울이며 날 봤다. "그 의사 여자 친구예요?"

나는 코를 문질렀다. "그런 셈이죠."

속으로 몰래 '한때 그랬다'는 말을 덧붙였다.

그녀가 머리칼을 귀 뒤로 빼며 뭔가 생각에 잠긴 듯 말했다. "장첸룽張倩容한테 뺏길 텐데."

"네?" 나는 글램펌[21]을 한 그녀의 짙은 갈색 머리칼에서 간신히 눈길을 돌려 멍하니 말했다. "누구요?"

후란란의 헤어스타일은 내가 제일 좋아하는 글램펌이었다. 대학 시절 이 헤어스타일을 해본 적이 있기는 했다. 하지만 그때 쟝천이 나는 단발머리가 청순하고 자연스럽다고 해서 4년 내내 버섯 모양 단발머리를 하고 다니다가, 헤어지고 나서야 홧김에 머리를 기르기 시작했다. 이제 와 곰곰이 생각해보니 청순하고 자연스럽다는 게 무슨 칭찬인가 싶다. 아무리 봐도 딱 공기 정화제 광고 문구구만.

그녀가 슬쩍 턱짓을 했다. "장첸룽, 장 씨 노인네 손녀딸 말이에요. 저 봐, 지금 그쪽 남자 친구 쪽으로 걸어가네."

그녀의 시선을 따라가니, 장첸룽이 쟝천과 장 서기 쪽으로 천천히 걸어가는 모습이 보였다. 허리를 무슨 리듬체조 리본 흔들 듯 흔들며 걸어갔다.

---

21 굵은 웨이브 파마

"장 씨 노인네 늙기도 참 늙었다." 후란란이 갑자기 탄식을 내뱉었다. 그러더니 또 뭔가 생각에 잠긴 듯 보였다. "보아하니 몇 년 못 사시겠구만."

내가 의아해하며 그녀를 보자, 그녀가 웃으며 말했다. "내가 저 노인네 정부예요. 믿어져요?"

나는 믿는다고 하는 것도 아니다 싶고 안 믿는다고 하는 것도 아니다 싶어서 억지웃음을 지을 수밖에 없었다.

"내가 예전에 저 집 가사도우미였거든요."

나도 모르게 생각도 없이 지껄이고 말았다. "그게 어…… 어떻게…… 어떻게……." 어떻게 타령만 한참 해대며 묻고 싶은 걸 전할 뭔가 완곡한 표현을 찾지 못하고 있는데, 다행히 그녀가 친절하게도 말을 받아주었다. "어떻게 노인네 침대로 기어올라 갔냐고요? 노인네 혼자 집에 있기만 하면 가슴 확 파진 잠옷 입고 걸레질을 했었죠."

"그랬군요……." 나는 목소리를 길게 뽑았다. 도무지 어떻게 말을 받아야 할지 알 수 없었다. 정말 대단하다고 할 수도 없고, 성공 축하한다고 말할 수도 없고, 어떻게 그렇게 뻔뻔하냐고 하는 건 더 안 되고……. 정말 곤란해죽을 지경이었다.

그녀는 곤혹스러워하는 내 모습이 매우 흡족했는지 쉬지도 않고 웃어댔다.

제가 기쁘게 해드릴 수 있다니 정말 기쁩니다요…….

"그쪽 남자 친구 건너오네요." 그녀가 입을 가리고 말했다.

"네?" 그제야 고개를 들었더니, 장천이 어느새 내 앞에 딱 서 있었다. 나도 모르게 칭찬을 하고 말았다. "걸음걸이 진짜 빠르다."

쟝천은 후란란에게 예의 바르게 고개를 끄덕인 뒤, 날 힐끗 내려다봤다. "가자."

그렇게 말을 마치고는 제멋대로 밖으로 걸어나가 버렸다. 나는 후란란에게 손을 흔들며 정신없이 껑충껑충 쫓아갔다. 쟝천 등 뒤를 종종걸음으로 쫓아가며 물었다. "돌아가도 돼? 파티 아직 안 끝나지 않았어?"

그는 내가 자기를 따라잡아 어깨를 나란히 할 때까지 걸음을 멈추었다가 다시 밖으로 걸어나갔고, 걸으면서 내 질문에 대답했다. "가자. 나 내일 수술도 있어."

"어." 나는 쟝천을 따라 밖으로 나갔다.

그가 차를 가지러 간 사이 호텔 문 앞에서 기다리고 있는데, 불현듯 쟝천이 뭐 제대로 먹은 게 없는 것 같다는 생각이 들었다. 파티 전에 심지어 위까지 아팠으니 말이다. 그래서 몰래 파티장으로 돌아가 먹을 걸 좀 훔쳐다가 가져다줘야겠다는 생각에 뒤돌아서 가는데, 두 걸음밖에 못 가 뒤에서 클랙슨 소리가 울려 퍼졌다. 뒤돌아서 차 문을 연 뒤, 몸을 쑥 들이밀고는 쟝천에게 말했다. "너 위 아프지 않았어? 보니까 뭐 먹은 것도 없던데. 내가 가서 먹을 것 좀 가져올게. 곧 올 거야."

말을 마친 뒤 뒤돌아 안으로 들어가려는데, 쟝천이 뒤에서 연신 "천샤오시, 천샤오시" 불러대는 바람에 어쩔 수 없이 다시 돌아가 말했다. "걱정 마. 안에 있는 음식 엄청 맛있어. 게다가 먹는 사람도 없다구. 가져와도 신경 쓰는 사람 없을 거야."

"차나 타." 쟝천이 성가신 듯 운전대를 두드리며 말했다.

나는 문득 다시 만난 뒤로 쟝천이 툭하면 이상할 정도로 날 귀찮아한다는 걸 깨달았다. 한번 예를 들어 묘사해보자면, 개 한 마리를 길러서 통통하게 살이 오르면 잡아먹으려고 했는데, 이놈이 살이 안 붙는 건 그렇다 쳐도, 지가 무슨 애완동물인 줄 알고 주인을 붙잡고 애교를 떨어대니 귀찮지 않을 수가 있겠냔 말이지. 딱 그런 꼴이었다.

나는 조용히 차에 탄 다음, 차 문을 닫고 안전벨트를 매고는 웃으며 말했다. "우리 집 XX구 XX로에 있어. 너 불편하면 버스 역에서 내려줘. 내가 알아서 버스 타고 갈게."

그는 나를 한참을 뚫어지게 바라봤다. 눈은 마음의 창이라기에 쟝천의 창을 한참 응시해봤지만 다크서클이 좀 심하다는 생각만 들뿐, 미남은 다크서클이 내려와도 여전히 다크서클 내려온 미남이었다.

나는 결국 그의 눈에서 왜 그런 건지 이유를 알아내지 못했다. 눈이 확실히 마음의 창이기는 하지만, 어떤 사람들은 눈이 방범창이라서 보는 사람이 기술이 떨어지면 열불을 내며 주먹이나 불끈 쥘 수밖에 없다.

쟝천은 그래도 날 우리 집 아래까지 데려다주었고, 나는 간단히 고맙다는 인사말을 건넸다. 그는 내가 자기를 따라 접대 자리에 가준 일에 대해 고맙다는 말 한마디 하지 않았지만, 그걸 따지고 들 생각은 없었다.

차에서 내려 차 문을 닫으려다 나도 모르게 그를 힐끗 훔쳐봤다. 오랜 짝사랑의 후유증이었다. 4년 동안 사귀면서 나는 늘 의식적으로 그를 훔쳐보곤 했다. 그 바람에 쟝천이 '안과학' 수업을 들을 당시, 한동안 혹시 내가 열성 사시는 아닌지 의심했을 정도였다.

그가 오른손을 운전대에 올려놓은 채, 왼손으로 위를 누르고 눈썹을 찡그렸다. 꼭 차 문 닫히는 소리가 나기를 기다리며 정신을 집중하는 듯한 모습이었다.

나는 결국 문을 닫고 몸을 안으로 쭉 내밀며 애걸복걸하는 말투로 말했다. "우리 집 갈래? 내가 국수 한 그릇 말아줄게. 금방 돼. 10분이면 다 할 수 있어."

그가 고개를 내저었다. "됐어. 가서 약 먹으면 돼."

나는 엉덩이를 차 안으로 들이밀어 앉고는 양손으로 팔짱을 꼈다. "우리 집 가서 국수 먹으라고! 안 그러면 나 안 내려."

쟝천이 고개를 한쪽으로 돌려 잠시 날 뚫어지게 바라보다가 결국 한숨을 쉬며 말했다. "가자."

나는 싱글벙글거리며 차에서 뛰어내린 뒤, 4층에 세 들어 사는 집으로 그를 데려갔다.

나는 물을 한 잔 따라준 뒤, 부엌으로 들어가서 바삐 움직였다. 라면은 건강에 좋지 않으니 말린 국수를 삶고 달걀을 두 개 깨 넣었다. 하지만 면을 받쳐 들고 나왔을 때, 쟝천은 소파 팔걸이에 기대 잠들어 있었다.

나는 그릇을 테이블 위에 내려놓고 쟝천 앞에 쭈그리고 앉아 깨워야 할지 말아야 할지 한참 머뭇거렸다. 심지어 영화 속 한 장면처럼 몰래 뽀뽀라도 해볼까, 아니면 손가락으로 얼굴 윤곽을 따라 그려볼까, 그것도 아니면 잠든 얼굴을 조용히 지켜보며 온 얼굴이 눈물범벅이 되도록 울어볼까 머뭇거리기도 했다…….

그러다 결국 그냥 어깨를 툭툭 쳐버렸다. "쟝천, 국수 다 됐어."

시합 참가처럼 기권하면 더는 무대에 오를 자격이 주어지지 않는 일들이 있다. 그럴 때는 그저 아픔을 참으며 지켜볼 수밖에.

쟝천은 눈꺼풀을 조금 움직이더니 눈을 살짝 떠 몽롱한 눈빛으로 날 잠시 보다가 다시 눈을 감아버렸다.

나는 다시 그를 밀칠 수밖에 없었다. "일어나. 면 다 불겠어."

그가 쭛쭛거리면서 눈을 감은 채 내 손을 밀어젖혔다. "그만 떠들어. 나 엄청 피곤해."

아마 너무 당연하다는 듯한 말투로 저렇게 말해서 그랬겠지만, 뭔가 좀 다정한 느낌마저 들었다.

바닥에 무릎을 세우고 앉아 팔로 감싸 안은 채 멍하니 쟝천을 바라봤다. 어쩌면 어느 구석을 바라본 걸 수도 있고. 순간 나 자신이 사람 하나 없는 곳에 혼자 남겨진 듯 가엽게 느껴졌다…….

쟝천은 어느새 그릇을 들고 소파 구석에 앉아 국수를 먹으면서 텔레비전을 보고 있었다. 소리는 아주 작았지만, 그는 텔레비전을 보는 데 정신이 팔려 있었다.

나는 고개를 돌려 텔레비전을 흘끗 봤다. 농구 경기 중계방송이 한창이었는데, 훅 튀어 오른 흑인이 슛을 던진 백인의 겨드랑이를 세게 들이받자, 부딪혀 쓰러진 백인이 바닥을 데굴데굴 구르며 죽는 시늉을 했다.

쟝천은 국수를 다 먹고서 휴지를 달라고 해 입을 닦은 뒤, 그만 가보겠다고 말했다.

생각해봐도 좀 더 남아 있게 할 핑계가 없어 이렇게 말할 수밖에 없었다. "그래, 운전 조심하고."

쟝천은 입구까지 걸어가더니 고개를 돌려 날 바라봤다. 무슨 눈치를 주는 것 같아서 어쩔 수 없이 자리에서 일어나 쟝천이 서 있는 쪽으로 걸어가며 말했다. "입구까지만 나갈게. 저녁 내내 하이힐을 신고 있었더니 다리가 다 끊어질 것 같아. 너 아래층까지 데려다주면 또 4층까지 기어 올라와야 하잖아."

쟝천은 입구에 기댄 채, 내가 자기 앞까지 걸어오기를 기다렸다가 돌연 말을 내뱉었다. "천샤오시, 너 정말 단 한 번도 나한테 미안했던 적 없어?"

이건 전형적인 반문구反問句라는 생각이 들었다. 반문구의 특징은 답이 문제 속에 숨어 있다는 것. 나는 짧은 분석을 거쳐 쟝천은 내가 자신에게 분명히 미안해하고 있으며, 또 그래야만 한다고 생각하고 있다고 판단했다. 다만 3년 전의 이별을 겨냥한 질문인지, 아니면 내가 아래층까지 데려다주기를 귀찮아한 일을 겨냥한 질문인지는 알 수 없었다.

잠시 생각해본즉, 쟝천이 뭘 겨냥해서 한 질문이든 나는 잘못한 쪽일 수밖에 없다는 생각이 들었다. 그러니 미안하다고 못 할 것도 없어서 발꿈치를 모은 뒤, 두 손을 바지 솔기에 딱 붙이고 기본 군인 자세로 진심을 다해 쟝천에게 사과하려 했다. 하지만 쟝천은 내가 이 세트 동작을 완성하기도 전에 마지막으로 날 흘끗 보더니 내려가 버렸다.

이번에는 그의 눈빛을 읽어냈다. 그건 미움과 혐오, 메스꺼움에 지나지 않았다. 이해할 수 있었다. 나도 나 자신이 너무 역겨웠으니까.

5장

며칠 뒤, 출장에서 돌아온 쟝둥나가 전화로 감사 인사를 전해왔다. 대충 쟝천이 내게 인사치레를 하지 않았다는 사실을 알았다며, 우리 그이가 생각이 좀 짧은 것 같다는 내용이었다. 그녀가한 말은 이러했다. "자기도 알다시피 우리 자기가 처세를 많이 케어care하는 사람이 아니잖아. 하지만 그게 또 장점이기는 해. 아이카인다 라이킷I kinda like it. 호호."

영문과 졸업생인 쟝둥나는 입만 열면 영어 단어를 애용했다. 예전에 온라인으로 대화를 나눌 때도 영어 끼워 쓰는 걸 좋아했었다. 예를 들면, "나 이번 주말에 출장 가니까 돌아와서 다시 회의하자고요"를 "이번 weekend에 출장 가니까 돌아와서 다시 meeting 열자고요." 이렇게 쳐 보내는 식이었다.

나중에 한번은 쓰투모가 도저히 못 참겠다면서 아주 순진무구하게 쟝둥나에게 물었다. "매번 그렇게 입력기 바꾸면 피곤하지 않으세요?" 남의 충고를 잘 받아들이는 챵둥나는 입력기 바꾸는 버릇을 고쳤고, 쓰투모는 이에 크게 기뻐했다.

그녀는 답례도 하고 미안한 마음도 전할 겸 둘이 내게 한턱 쏘겠다고 했다. 완곡하게 거절했지만, 너무 완곡했는지 가고 싶지 않다는 내 뜻을 그녀는 전혀 알아듣지 못했다. 어쨌거나 그녀는 자기 마음대로 시간과 장소를 알려주고는 전화를 끊어버렸다.

강제로 식사 대접을 받게 생긴 판이라 기분이 엉망이었다. 나는 동료인 푸페이 사장과 쓰투모에게 뜬금없이 수차례 화풀이를 해 댔다. 화가 난 쓰투모는 회사 때려치우고 집에 가서 남편한테 먹여 살리라고 해야겠다고 말했고, 나는 그녀가 남편을 백으로 들먹인 일을 놓고 또 욕을 퍼부었다. 결국, 그녀가 자신을 양성해준 국가에 미안하다고, 자신은 양심이라고는 없는 기생충이라고 인정한 뒤에야, 기분이 그나마 좀 나아졌다.

퇴근 전 쑤루이의 전화를 받았다. 그 파티가 끝난 뒤 나는 생뚱맞게도 그의 친구가 되어 있었다.

파티 때 입은 옷을 세탁기에 넣고 돌렸는데, 돌리고 나서 보니 옷이 무슨 시들어빠진 채소 이파리 같아서 옷을 들고 쑤루이를 찾아갔었다. 그가 진공청소기처럼 생긴 기계로 옷을 다리자 옷이 다시 하늘하늘해졌다. 그는 그 기계가 스팀다리미라고 알려주었다. 그에게 내 생각에 그건 그냥 진공청소기라고 말해줬다. 뒤이어 우리는 싸우기 시작했다. 쑤루이는 내가 자신을 존중하지 않는다고 했고, 나는 쑤루이가 별것도 아닌 일로 시끄럽게 군다고 했다. 싸움이 밥때까지 이어지자, 그는 날 데리고 밥을 먹으러 나갔고, 다 먹은 뒤 돈은 내가 냈다. 그는 우리가 싸우다가 정든 친구가 되었다고 선언했다.

쑤루이는 우리 회사 근처에서 볼일이 있다며 퇴근 뒤 같이 밥이나 먹지 않겠느냐고 물었다. 나는 쟝천 그리고 쟝천의 여자 친구와 함께 먹기로 했다고 이야기했다. 쑤루이는 날 동정하면서 함께 가주겠다고 자원했는데, 본인 말로는 내 용기를 북돋아주겠다고 했지만, 내 보기에는 빌붙으려는 심산으로 보였다.

잠시 생각해본바, 혈혈단신으로 예전 남자 친구 커플을 보러 가려니 정말 좀 처량하기도 해서 쑤루이를 끌어들이고 말았다.

우리가 레스토랑에 도착하니 쟝천과 쟝둥나는 아직 도착 전이었다. 잡담을 좀 나누던 중 의견이 맞지 않아 싸움이 벌어지는 바람에, 쑤루이가 종업원에게 펜 두 자루를 가져다달라고 부탁해서 각자 냅킨을 쫙 펼쳐놓고 그림을 그리기 시작했다. 그는 의상 디자인 밑그림을, 나는 삽화를 그렸다. 다 그리고 났는데도 쟝천과 쟝둥나가 도착하지 않아 이번에는 서로의 그림을 교환해서 평가했다. 쑤루이는 내 삽화가 유치하다며 어린아이한테 보여주면 딱이라고 했고, 나는 쑤루이가 디자인한 옷이 너무 흉측해서 인간이 입을 수 있는 옷이 아니라고 했다…… 다행히 쌈박질로 번지기 전에 쟝천과 쟝둥나가 도착했다.

"드디어 오셨구만." 나는 웃는 얼굴로 불평을 늘어놓으면서, 어떻게든 쟝천의 팔뚝에 걸쳐 있는 쟝둥나의 다섯 손가락에서 눈길을 돌리려 애썼다. "조금 더 늦었다가는 나 대신 시신 수습들 하실 뻔했어."

챵둥나가 웃으며 해명했다. "따로따로 오자고 했는데, 이이가 굳이 회사까지 와서 날 픽pick해 오는 바람에 길을 더 돌았지 뭐야. 쏘리Sorry." 말을 마친 챵둥나는 잠시 쉬었다가 쑤루이 쪽을 바라봤다. "이 분은?"

"쑤루이라고 합니다. 샤오시와는 친구 사이고, 제 누나는 닥터 쟝과 동료고 그렇습니다. 오늘 원래 샤오시 밥이나 사주려고 했더니 약속이 있다고 해서, 같이 와서 빌붙으려고 얼굴에 철판 깔고 떼 좀 썼는데, 괜찮으시죠?"

"오브 코스 노우Of course no, 사람이 많아야 분위기가 들썩들썩하죠." 챵둥나가 말하며, 본인을 위해 의자를 꺼내주고 있던 쟝천 쪽으로 고개를 돌리더니 생긋 웃음을 지었다.

자리에 앉아 음식 주문을 마치자 갑자기 아무도 입을 열지 않았다. 삽시간에 분위기가 굳어버렸다. 맞은편에 앉은 두 사람은 이 분위기를 살리려는 뜻이 없어 보였다. 나는 썰렁한 분위기 앞에서는 등골이 다 마비되는 사람인지라, 좀 살려달라는 눈빛으로 쑤루이를 바라볼 수밖에 없었다.

쑤루이가 손 가는 김에 테이블 위에 있던 냅킨을 잡아채 챵둥나에게 건넸다. "제가 방금 샤오시 몸에 딱 맞게 그려본 의상 디자인 밑그림입니다."

챵둥나가 건네받아 꼼꼼히 살펴보더니 칭찬의 의미로 말했다. "유 아 쏘 탤런티드You are so talented. 옷도 정말 예쁘고 샤오시한테도 핏fit해 보여요." 말을 마치고는 쟝천 앞으로 그 그림을 내밀기까지 했다. "어때요?"

쟝천은 무심하게 쓱 한번 보더니 말했다. "응."

바로 몇 분 전에 이건 사람이 입을 옷이 아니라고 욕했던 사람으로서, 이렇게 칭찬이 오가는 상황이 되니 눈물을 머금고 억지웃음을 지으며 분위기를 맞춰줄 수밖에 없었다.

쑤루이는 머리를 만지작거리며 수줍은 웃음을 지었다. "대충 그려본 거예요. 왜인지는 모르겠는데, 샤오시가 제 디자인 스타일에 썩 잘 맞더라고요. 지난번에 닥터 쟝이 샤오시 데리고 옷 사러 왔을 때 알았죠. 하지만 그때는 두 사람이 연인 사이인 줄 알았어요."

나는 서둘러 쟝둥나에게 해명했다. "나보고 쟝천이랑 같이 파티 좀 가달라고 했던 그때 말이야."

쟝둥나는 웃기만 할 뿐 아무 말이 없는데, 오히려 쟝천이 고개를 들어 날 훑어봤다. 그는 그제야 이곳에 들어와 처음으로 날 똑바로 바라봤다. 여러 해 동안 쟝천에게 괴롭힘을 당한 탓인지, 그가 날 보고 있단 걸 안 순간, 나는 황급히 비위를 맞추며 웃어 보였다. 웃음의 대가로 돌아온 그의 무관심한 눈빛에 나라는 인간은 어쩌면 이렇게 비굴할까 그런 생각이 들었다…….

쟝천이 주문한 음식이 먼저 나왔다. 미디엄 웰던으로 주문한 스테이크가 석판 접시에서 지글지글 소리를 냈다. 그가 포크로 그 옆에서 아직 출렁거리고 있던 달걀프라이를 터뜨리자 터진 노른자가 유유히 김을 내뿜는 접시로 흘러들었고, 뜨거운 기름이 지글

지글 소리와 함께 후두둑 튀었다. 쟝천은 자연스럽게 손 옆에 있던 냅킨으로 기름방울이 튀는 걸 막았고, 냅킨으로 접시 주변을 한 바퀴 닦아내기까지 했다.

나는 그게 쑤루이의 밑그림이 그려진 냅킨이라는 걸 알아챘다. 쟝천이 그 김에 그 냅킨을 돌돌 말아버리는 모습을 보고 있으니 왠지 모를 통쾌함이 느껴졌다.

쑤루이와 쟝둥나는 온갖 잡다한 이야기를 늘어놓았고, 나는 이따금 몇 마디 장단을 맞춰주었지만, 쟝천은 거의 말을 하지 않았다. 화제가 자기한테로 옮아가도 무덤덤하게 물리쳐버렸다.

나한테는 정말 즐겁지 않은 식사 자리였다. 쟝천은 말을 하지 않았지만, 쟝둥나는 툭하면 그의 귓가에 대고 귓속말을 해댔고, 말하면서 눈동자를 뱅글뱅글 돌리며 날 바라보는 것이 웃는 것 같기도 아닌 것 같기도 했다.

쑤루이 역시 화가 나서는 내 귓가로 몸을 기울이며 조용히 속삭였다. "저 여자 너 자극해보려는 티를 너무 내는데, 정말 수준 떨어진다."

나는 한 손으로 그를 밀어냈다. "내 귓가에 대고 속삭이지 마셔. 토 나와."

쑤루이가 사람 좋게 웃었다. "부끄럽기라도 하신가 봐?"

나는 옥수수 수프 그릇을 들었다. "이 부끄러움이 분노로 돌변할지 어떨지 한번 시험해보시든가."

쑤루이가 다급히 손사래를 쳤다. "잘못했다, 잘못했어."

수프 그릇을 만족스럽게 제자리로 가져다 놓다가, 그제야 쟝둥나가 우리를 뚫어지게 바라보면서 꽤 흥미진진하다는 듯 웃고 있다는 걸 깨달았다. 곁눈질로 장천을 흘긋 보니, 아무 일 없다는 듯 숙련되고 우아한 동작으로 스테이크를 썰고 있었다.

그 표정에 돌연 대학 시절, 그가 기숙사에서 돼지가죽과 소장으로 수술 봉합과 매듭짓기를 연습할 때 옆에 있었던 때가 떠올랐다. 말없이 진지한 그 모습에 난 늘 변태 외과 살인마가 나오는 영화를 보는 듯한 기분이 들곤 했었다.

"샤오시, 쑤루이 씨 너한테 정말 잘한다." 창둥나는 웃는 얼굴로 말하면서 맞장구 좀 쳐달라는 듯 장천에게 고개를 기울였다. "그렇죠?"

장천이 진료 보는 의사 눈빛으로 우리를 휙 둘러보더니 뜨뜻미지근하게 한 글자를 내뱉었다. "네."

쑤루이는 부끄러움이라고는 아예 없이 기분이 방방 떠가지고 그 말에 묻어갔다. "천샤오시, 다들 나 괜찮다고 하는데 너만 날 몰라본다니까."

갑자기 왜 이 인간과의 입씨름에 흥미를 잃었는지는 모르겠지만, 나는 맥 빠진 대답을 내놓았다. "나도 너 꽤 괜찮다고 생각해."

내 말투가 공기 중에서 퍼져나가다 왜곡이라도 된 건지, 아니면 쑤루이 귓속에 귀지 같은 장애물이 너무 많아 내 목소리가 변조되어 들린 건지는 모르겠다. 어쨌거나 이 말을 진담으로 받아들인 쑤루이는 처음에는 어리벙벙해하다가, 별안간 물처럼 부드러워진 두 눈으로 날 뚫어지게 바라보더니 부끄러운 듯 웃었다. 뜬금없이 벌겋게 달아오른 얼굴로.

그 모습에 놀라 손발이 다 서늘해진 내가 목을 문지르며 말했다. "쓸데없이 얼굴은 왜 빨개진대. 나 보고 웃지 마셔, 너 웃으면 난 소름이 다 끼쳐."

쑤루이는 싱글벙글 웃으며 어쩔 줄 모르고 쩔쩔매는 날 바라봤다. 나는 그 얼굴에 드리워진 붉은 기가 신기하게도 썰물처럼 빠져나가는 모습을 바라보며 의심스럽게 물었다. "너 지금 나 갖고 노는 거지?"

그는 날 흘끗 보더니, 말없이 고개를 숙인 채 해물 덮밥을 먹기 시작했다.

쑤루이가 느닷없이 그렇게 부끄러워하자, 나는 좌불안석이 되었다. 개미 떼가 발바닥에서 시작해 내 몸을 타고 느릿느릿 기어 올라 머리로 올라가는 것 같았다…….

남은 파스타를 거의 게 눈 감추듯 먹어치우다 하마터면 목에 사레가 들릴 뻔했는데, 쑤루이가 친절하게 내 등을 두드려주었다. "조심해야지. 목 막혀 죽으면 안 되지."

너처럼 말하는 사람도 있냐고 한마디 해주려는 참인데, 장천이 돌연 입을 열었다. "걱정하지 마세요. 쟤 안 죽어요. 면이 콧구멍에서 튀어나와도 안 죽는 애니까."

나는 쑤루이의 손을 옆으로 치우며 장천을 매섭게 쏘아봤다.

장천은 나와의 첫 정식 데이트에서 일어난 일을 언급한 거였다. 당시에 우리가 간 곳은 학교 부근에 하나밖에 없던 양식 레스토랑이었다. 그날은 유난히 긴장돼서, 하늘에서 떨어진 떡을 요행으로 주운 것 같기도 했고, 인간 세상으로 떡을 떨어뜨린 사람이 후회하며 되찾아 가겠다고 할 것 같은 불안에 시달리기도 했다.

나는 얼빠진 모습으로 파스타를 한 접시 주문한 뒤 머리를 처박고 먹어댔다. 아주 열심히 먹어대고 있는데, 맞은편에 앉아 있던 쟝천이 돌연 한마디 했다. "천샤오시, 오늘 밤에 같이 있자."

너무 심하게 놀라는 바람에 목이 막혀서 눈물, 콧물이 줄줄 흘러나왔다. 제일 끔찍했던 건, 기침을 세게 했다가 내 입속에 있던 파스타 면 가락이 콧구멍에서 튀어나온 일이었고…….

유리컵에 걸려 아래로 떨어질 듯 흔들리는 파스타 면 가락을 보고 있으니 모두 도로아미타불이 되었다는 생각이 들어서, 쟝천에게 헤어지자고 앞으로 다시는 귀찮게 하지 않겠다고 울먹였다.

쟝천은 냅킨으로 눈물, 콧물을 닦아주며 날 위로했다. "나 아무것도 못 봤어. 정말 아무것도 못 봤다니까……."

나는 울먹이며 그의 품에 쓰러졌다. 손 맞잡기, 어깨에 손 올리기, 허리 감싸기 등 차근차근 밟아가야 할 순서를 죄다 건너뛴 채, 첫 데이트에서 바로 포옹으로 넘어가 버렸으니 수확은 꽤 풍성한 셈이었다.

나중에 쟝천에게 들어보니, 그때 의학 '4대 명저' 중 하나인 『병리학』 시험이 코앞이라, 강의실에서 밤새워 공부할 때 그냥 옆에 좀 있어달라는 말이었다. 이 일은 이후 오래도록 사상이 불순하다며 쟝천이 날 공격할 때 근거가 되어주었다.

나는 쟝천을 매섭게 노려봤고, 쟝천은 곁눈질로 날 차갑게 바라봤다. 공기 중에 불길이 타닥타닥 치솟는 것 같았다.

"미안해요. 우리 자기가 농담한 거예요." 상황이 아니다 싶어지자, 좡둥나가 서둘러 수습에 나섰다.

"괜찮습니다. 우리 샤오시도 개의치 않을 겁니다." 쑤루이가 내체면을 세워주겠다는 듯 말했다.

……

내 입꼬리가 실룩거렸다. 하이고, 아주 '우리'로 다 한 가족이 돼버렸구만.

이 둘이 대화를 통해 나누는 감정의 친밀도를 설명해줄 수 있는 건, 우리가 어렸을 때 유행했던 나라 사랑 메시지가 담긴 노래 한 곡뿐이라는 생각이 들었다. "우리에게 하나의 집이 있으니, 이름은 중국이요…… 우리의 대중국, 거대한 우리의 집……."

식사가 끝난 뒤, 좡둥나는 여주인 자격으로 통 크게, 그리고 인사치레로 좡천에게 우리를 집에 데려다주라고 했다. 나와 쑤루이는 장소와 시간, 그리고 택시비를 고려해 통 크게, 그리고 뻔뻔하게 이 은혜를 받아들였다.

나는 좡둥나가 우리를 데려다주는 내내 같이 있을 줄 알았다. 그러나 뜻밖에도 우리 닥터 좡께서 실사구시를 추구하는 의사의 효율적인 일 처리 방식으로, 우리 셋의 주소지를 하나의 선으로 이어 가장 간편한 노선을 그려내시었다. 그래서 쑤루이가 내리고 난 10분 뒤, 좡둥나도 집에 도착했다. 그녀는 차에서 내리기 전 날 지그시 바라봤는데, 나는 그 눈빛을 이렇게 해석했다. 이 언니 남자 친구에게서 멀찌감치 떨어지렴. 그리고 너 이 눈치 없는 훼방꾼아, 너 때문에 이 몸이 남자 친구랑 작별 키스도 못 하잖아!

차 안에 나와 장천만 남자, 저녁 식사 때의 일촉즉발 위기를 되풀이하지 않기 위해 나는 하는 수 없이 눈을 감고 자는 척해야 했다. 그런데 어쩐 일인지 차가 길가에 서서 꾸물대며 움직이지 않는 바람에 잠자는 척하는 게 여간 불편하지 않았다.

죽자고 자는 척을 해야 할지, 아니면 깨서 왜 그러냐고 정확히 물어봐야 할지 끙끙거리고 있는데, 별안간 장천의 목소리가 귓가로 전해졌다. "천샤오시, 자는 척 그만하시지. 차 시동 꺼졌어. 내려서 좀 밀어."

평생 차 타이어 하나 살 형편도 안 될 거라고 확신하고 산 탓에, 자동차 브랜드와 구조에 관한 내 이해 수준은 그야말로 낫 놓고 기역 자도 모르는 정도에 머물러 있었다. 이를테면, BMW의 중국 명칭인 '바오마寶馬'에 '보배'를 뜻하는 '寶'가 들어 있으니 BMW는 차 중 가장 비싼 차이고, 벤츠의 중국 명칭인 '번츠奔馳'가 '질주하다'라는 뜻이니 벤츠는 속도가 가장 빠른 차이며, 폭스바겐의 중국 명칭인 '다중大衆'은 이름부터가 친절하기 그지없으니 가장 싸고 서민적인 차라는 식이었다. 그리고 다른 차는 브랜드니 뭐니 내 알 바 아니라며 굴러다니기나 하는 차였다.

장천의 차가 바로 그 내 알 바 아니라며 굴러다니기나 하는 차였다.

텔레비전 드라마에서도 차 시동 꺼진 장면이 자주 나오는 까닭에 나는 태연하게 그 말을 그대로 받아들였고, 차에서 내리면서 조용히 중얼거렸다. "고물차, 고물차, 시동 꺼졌네, 시동 꺼졌어."

다만 내가 힘이 무궁무진해서 그런 건지, 아니면 굴러가기만 하는 차는 시동 꺼지는 것도 제멋대로라서 그런 건지, 대충 한번 밀기만 했는데 이 차가 '털털털털' 소리를 내며 앞으로 가버리고 말았다. 성취감 느끼기도 민망할 정도였다.

종종걸음으로 걸어가서 차 문을 잡아당겼다가, 쟝천이 차 문을 잠가버렸다는 걸 눈치챘다. 순간 화가 치밀어 올라 밴댕이 소갈딱지 같은 마음으로, 쟝천 이 인간이 분명 일부러 차에서 내리라고 나를 속인 거라고, 나 갖고 장난치는 거라고 생각했다. 그래서 고개를 홱 돌리고 가버렸다. 이상할 정도로 느러터진 걸음걸이로 말이다. 그건 그냥 포스를 보여주고 싶어서, 내 자존심을 찾고 싶어서였지 정말 갈 수는 없었다. 여기가 정말 차 잡기 힘든 곳이었기에.

다행히 쟝천이 차를 후진해서 쫓아왔다. 골똘히 생각해본바, 지금 내 남자 친구도 아닌 쟝천이 내게 퇴로를 열어주는 것도 드문 일이니 물러날 길 열어줄 때 못 이기는 척 얼른 가자, 퇴로마저 막혀 발 동동 구르게 되면 뭐 하겠나 싶었다.[22] 그래서 얼른 가서 차 문을 열었더니만 문이 여전히 잠겨 있었다…….

화를 참지 못하고 욕을 퍼부었다. "쟝천, 너처럼 사람 업신여기는 인간 나도 됐어. 집에 데려다줄 건지 말 건지 솔직히 말해. 차 문 안 열어주는 건 무슨 뜻이야?"

---

22 당나라 때 시인 두추랑(杜秋娘)의 「금루의(金縷衣)」에 나오는 구절 '花開堪折直須折, 莫待無花空折枝(꽃이 탐나면 얼른 꺾을 일, 꽃 진 뒤 빈 가지 꺾어 무엇하리)'를 코믹하게 바꾼 것이다.

앞좌석 차창이 서서히 내려가더니, 쟝천이 안에서 머리를 내밀었다. "천샤오시, 너 무슨 병 있냐, 앞좌석에 타!"

……

나는 무안해서 귀를 만지작거리며 앞좌석 차 문을 열었다. 차 안에 들어가 앉은 뒤, 안전벨트를 매고는 간절하고 의미심장하게 쟝천에게 말했다. "방금 너한테 농담한 거야. 그러니까 화내는 건 아니라구."

쟝천은 날 거들떠보지도 않고 액셀을 끝까지 밟았다. 나는 안전벨트를 만지작거리며 정말 다행이라고 생각했다. 재빨리 안전벨트를 맸으니 망정이지, 안 그랬으면 벌써 차 유리를 뚫고 튀어나 갔을 테고, 10분 뒤 경찰 아저씨가 분홍색 분필을 가져와서 내 시신의 윤곽을 그려줘야 했을 테니.

쟝천은 한동안 쉭쉭 바람 소리를 내며 차를 몰다가, 생명의 소중함에 생각이 미치기 시작했는지 서서히 속도를 내렸다. 나는 그제야 한숨을 돌린 채 아까운 목숨 잃기라도 할까 달달 떨던 낯짝을 거두고, 대신 산전수전 공중전 시가전 다 겪은 여장부의 담담한 표정을 지어 보였다.

쟝천과 나는 우리 집에 도착할 때까지 내내 아무 말도 하지 않았다. 쟝천이 브레이크를 밟았다. "다 왔어."

나는 안전벨트를 풀며 고맙다고 했다. "오늘 식사 대접해주고 집까지 바래다줘서 고마워."

그는 고개만 살짝 끄덕일 뿐 나와 인사말을 주고받을 마음이 조금도 없는 듯했다.

차 문을 열고 내리려고 할 즈음, 그러니까 아직 다리가 미처 차 문밖으로 나가지 못했을 때 휴대폰이 울렸다. 차에서 내리면서 가방을 뒤져 휴대폰을 찾아보았다. 발이 땅에 닿을 즈음, 때맞춰 휴대폰을 찾았다. 쑤루이였다.

"여보세요."

"턴타오티, 디베 도타켔더?(천샤오시, 집에 도착했어?)" 목소리가 우물거렸다.

"막 도착했어." 뒤돌아 차 문을 닫으려는데, 그러니까 내가 겨우 차 문을 툭 건드리며 차 안의 쟝천에게 손을 흔들려는데, 쟝천의 차가 시위 떠난 활처럼 '슝' 소리와 함께 쏜살같이 튀어나갔다.

"그덤 대뗘……(그럼 됐어……)." 나는 쑤루이가 우물거리며 하는 말을 귓가로 들으면서 쓴웃음을 지으며 공중에 붕 떠버린 손을 거두어들였다. "말 좀 똑바로 해, 못 알아듣겠잖아."

"지금 아이스크림 먹고 있단 말야. 닥터 쟝이 널 흔적도 없이 처리했을까 봐 걱정이 다 되더라니까. 의사가 흔적 없이 사람 죽이는 건 최고라고."

나는 입을 삐죽거렸다. "기지배처럼 뭔 아이스크림이냐!"

"누가 아이스크림 먹는 거 보고 기지배 같대?" 쑤루이가 크게 외쳤다. "우리 아버지도 아이스크림 드시거든!"

내가 크게 웃으며 말했다. "그건 네 아버님에게도 여성스런 면이 있단 걸 증명해줄 뿐이야."

"헐, 우리 아버지까지 끌어들이면 속상한데." 목소리에서 쑤루이도 웃고 있다는 걸 알 수 있었다. "비록 우리 아버지가 엄마한테 장가들어 나랑 누나를 낳으신 게, 그냥 가림막이 필요해서가 아니었나 의심해오긴 했지만 말야. 내가 우리 매형한테 아버지 좀 연구해보라고도 했다니까. 아쉽게도 매형이 감히 엄두를 못 냈지만."

"널 낳느니 고깃덩이를 낳는 게 낫지." 나는 수다를 떨면서 가방 안 열쇠를 뒤적거렸다. "아, 나한테 또 뭐 볼일 있어? 열쇠를 못 찾겠네. 난 열쇠나 좀 열심히 찾아봐야겠다."

"어떠. 무덩한 잉간 가트니라고(없어. 무정한 인간 같으니라고). 바이바이." 쑤루이가 또 말을 우물거렸다. 또 아이스크림을 먹는 모양이었다.

"바이바이." 나는 휴대폰을 가방에 던져 넣은 뒤, 희미한 가로등 불빛 아래 가방을 뒤집어엎었다. 갑자기 차가 한 대 이쪽으로 달려오는데, 차량 불빛에 눈이 부셔서 나도 모르게 가방으로 눈을 가렸다. 빨리 지나갈 줄 알았건만, 차는 멀지 않은 곳에 멈춰 서더니 전조등도 끄지 않았다. 차량 불빛이 더 환해지고, 더 눈이 부신 것 같은 느낌이 들었다. 강한 불빛에 애써 적응하며 가방을 천천히 아래로 내려놓는데, 강렬한 불빛 속에 날 향해 서서히 걸어오는 사람이 보였다.

장천이었다.

가장 순수하고 가장 아름다웠던 세월을 나와 함께했던 그 장천이, 내가 가장 사랑했던 장천이 무정한 시간을 뚫고 우주의 혼돈 속에 돌연 내 앞에 다시 서 있었다.

나는 입술을 깨물며 쓴웃음을 지었다. 어쩐지, 갱영화에서 경찰이 범인 심문할 때 보니까 다들 강한 불빛 쏘이는 수법을 애용하더라. 그게 머릿속 깊은 곳에 숨겨져 있던 뭔가를 순간적으로 쏟아내고 싶게 만드는 거였구만.

"천샤오시." 쟝천이 머리를 수그리며 날 불렀다.

나는 고개를 들어 그를 쳐다보면서 애써 평온한 척 미소 지었다. "왜 되돌아왔어?"

나는 마음 깊은 곳에서 느껴지는 미칠 듯한 두근거림을 죽을힘을 다해 억눌러가며, '천샤오시, 너 이 사람 잡는 죽일 놈 어서 되찾아와'라는 부르짖음을 죽을힘을 다해 무시해버렸다.

그가 내 앞으로 손을 뻗더니 손바닥을 펼쳤다. "너 내 차에 열쇠 떨어뜨렸더라."

"아마 아까 휴대폰 찾을 때 떨어뜨렸나 봐." 나는 그의 손바닥에서 열쇠를 집어왔다. "고마워."

영화를 보면 긴 세월 세상사에 시달리다 되돌아온 남자 주인공 치고 돌아와서 열쇠만 주는 사람은 단 한 명도 없더구만. 망할, 난 정말 여주인공 할 팔자는 아닌가 보다.

쟝천은 내 생각처럼 고개를 홱 돌려 가버리지는 않았다. 하지만 그 자리에 서서 날 내려다보고 있으니 고맙다는 뜻으로 허리라도 굽혀야 하는지, 아니면 무릎이라도 꿇어야 하는지 강한 의구심이 들었다.

얼마가 지났는지도 모르겠을 즈음, 그가 말했다. "천샤오시, 나 엄청 바빠. 할 일도 엄청 많고. 알아?"

나는 웃음을 지어 보였다. "알아. 여기까지 또 오게 해서 미안해."

그는 그래도 움직이지 않았다. "그런 얘기 아니라는 거 알잖아."

나는 고개를 저었다. "모르겠는데."

별안간 그의 표정이 사나워졌다. "꼭 내가 분명하게 말로 해줘야겠어?"

나는 고개를 끄덕였다. "분명하게 말해봐."

쟝천은 정말 화가 나 있었다. 그는 화가 나면 입을 꼭 오므리는데, 그럴 때면 웃을 때보다 더 깊이 팬 보조개를 억지로 쥐어짜내곤 하기 때문이었다. 나는 빛을 등진 상태에서 쟝천 얼굴의 어느 부위보다 더 어두워진 보조개를 실눈을 뜬 채 찬찬히 살펴봤다. 마음속에서 돌연 이상한 충동이 일었다. 그리고 내가 미처 뭔가 반응을 보이기도 전에 먼저 뻗어나간 손가락이 그의 보조개를 두 번 콕콕 찌르고 말았다.

쟝천은 분명 내가 이런 행동을 하리라고는 생각지도 못했을 것이다. 나도 생각 못 했으니까.

양쪽이 다 예상 못했던 결말은 이러했다. 우리 둘 다 너무 놀라 그는 나를, 나는 그를 서로 아무 말 없이 바라보기만 했던 것이다.

결국 그가 두어 번 헛기침을 했다. "너 이거 무슨 뜻이야?"

나는 솔직하게 그를 쳐다봤다. "나도 모르겠어."

쟝천은 긴 한숨을 내뱉었다. 한숨이 얼마나 길던지. 그러고는 두 손 두 발 다 들었다는 듯 말했다. "넌 어떻게 된 애가 아무것도 모르냐?"

나는 윗입술을 깨물었다. "뭐든 다 아는 네가 알려줘 보라니까."

그는 복잡한 표정으로 잠시 날 내려다봤다. 무슨 결심을 한 것 같기도 하고, 또 될 대로 되라는 심정 같기도 했다. 쟝천이 나직하게 말했다. "나한테 사과해."

나는 어리벙벙해졌다. "뭐?"

"나한테 사과하라고." 그가 또다시 나직하게 같은 말을 반복했다.

뭔가 좀 믿기지 않았다. 그렇게 나직하고 성숙한 목소리로 그렇게 유치한 요구를 하면서 그렇게 당당하다니, 이 인간 도대체 왜 이래?

"사과해." 그는 짜증을 내며 재촉했다.

쟝천 앞에 서면 난 늘 괜스레 나 자신이 보잘것없이 느껴졌고, 그 보잘것없는 느낌으로 인해 나도 모르게 그가 말한 대로 해버리곤 했다. 그래서 손안의 열쇠를 꼭 쥔 채 작은 소리로 말했다. "미안해."

그가 조용히 한숨을 내쉬었다. "다음에는 그러지 마. 알았지?"

나는 고개를 주억거렸다. 어렴풋하게나마 우리가 같은 이야기를 하고 있는 게 아닌 것 같은 느낌이 들었다. 사실 우리는 정말로 같은 이야기를 하고 있는 게 아니었다. 쟝천이 갑자기 날 보며 너무나 부드럽게 웃었기 때문이다.

"이리 와."

무슨 말인지 알 수 없어 그를 향해 두 걸음 앞으로 다가갔다. 그가 몸을 수그리더니 내게 입을 맞췄다.

기나긴 입맞춤이었다. 내가 삼킨 쟝천의 침이 대충 콜라 한 캔 정도는 되겠다 싶었을 정도로.

6장

이 마른하늘에 친 날벼락 같은 충격이 지나간 뒤, 내가 어떻게 계단을 올라가서 세수를 하고 침대에 누웠는지는 당연히 기억이 나지 않는다.

침대에 누워 적어도 반 시간은 보낸 뒤에야 서서히 정신이 들었다. 낮에 생각했던 일을 밤에 꿈에서 본 건지, 아니면 쟝천이 머리가 어떻게 된 건지, 내가 심하게 환상에 빠진 건지, 아니면 쟝천이 귀신에 씐 건지 생각해보기 시작했⋯⋯. 이리 생각해보고 저리 생각해봐도 도무지 합리적으로 설명이 되지 않아서, 그냥 개한테 물렸다고 생각하기로 마음먹을 수밖에 없었다.

나는 개한테 물린 느낌을 음미하며 천천히 잠들었다.

이튿날 일어나서 보니 볼이 기이할 정도로 아팠다. 아마 어젯밤에 꿈을 끝도 없이 꾼 모양이었다. 내용이라고는 쟝천 그리고 그 입맞춤뿐인 꿈이었다. 그 입맞춤 때문에 우리는 빈번하고 과하게 혀를 사용했다. 이러는 거 안 좋다 싶은 생각이 들었고 좀 부끄러워졌다.

　출근길 지하철 안에서 휴대폰이 울렸다. 액정 화면 위에서 깜빡이는 '쩡둥나'라는 세 글자에 흠칫 놀라 몸이 덜덜 떨렸다. 그 순간 이 사회의 내연녀들에게 몹시 탄복하고 말았다. 도대체 얼마나 강심장이면 조강지처와 대치할 때의 그 죄책감을 견뎌낸단 말인가.

　침을 삼키며 전화를 받았다. "여보세요."

　"헤이, 잇츠 미Hey, it's me. 어젯밤에 어땠어?" 목소리가 아주 신이 나 보였다.

　나는 입을 열자마자 혀를 깨물 뻔했다. "둥나…… 내가…… 그게……."

　"그게 뭐?" 그녀가 캐물었다.

　미안하다고 말하고 싶었지만, 나도 정말이지 억울하다는 생각이 들기도 했다. 그래서 '그게' 타령만 한참 하면서 정작 '그게' 뭔지는 말도 못 하다가, 결국 이렇게 서둘러 말할 수밖에 없었다. "나 지금 출근하는 길인데 지하철에 사람이 너무 많아. 조금 있다가 내가 다시 전화할게." 말을 마치고는 멋대로 전화를 끊어버렸다.

　사실 오늘 아침 지하철에는 사람이 별로 많지 않았다. 내 말이 떨어지자마자, 같은 칸에 타고 있던 예닐곱 명밖에 안 되는 사람들이 일제히 날 쳐다봤다. 사람들 표정이 이렇게 말하는 것만 같았다. "저 뻔뻔하게 거짓말 지껄이는 낯짝 좀 보게. 낯짝만 봐도 상간녀 티가 나네. 분명 곱게는 못 죽겠구만……."

곱게 죽어서는 안 될 나는 주눅 든 모습으로 구석 자리에 숨어 든 뒤, 쓰투모에게 전화를 걸어 상황 경과를 간단히 알린 다음, 한 사람의 아내로서 나의 이 죄가 죽을죄인지 아닌지 가려달라고 부탁했다.

쓰투모는 무서워하지 말라고 날 위로했다. 창둥나 같은 여자가 제일 심하게 복수한다고 해봤자 머리채 잡고 벽에 내리치는 정도일 거라면서. 막판에 가서는 푸페이 사장에게 전화해보라고도 했다. 그녀는 푸페이 사장이야말로 여자랑 숱하게 놀고도 아직도 붙잡히지 않고 감방에 가지 않은 전형적인 유형인바, 분명 도덕과는 한참 동떨어진 이런 상황을 어떻게 처리해야 할지 알려줄 적임자라고 생각했다.

사장은 중요한 건 빼고 중요하지 않은 것만 들어간 내 설명을 들은 뒤, 일고의 가치도 없다는 투로 말했다. "새벽 댓바람부터 전화해서 남의 단꿈을 망친 이유가 겨우 그거냐. 그런 일이야 당연히 남자가 나서서 해결해야지, 네가 뭔 쓸데없는 걱정이야?"

역시 꽃밭에 사는 인간다웠다. 과연 말 한마디로 큰 깨달음을 주시었나니.

사장의 전화를 끊고 쟝천에게 전화를 걸었다. 배짱 두둑하게 덤벼보려고 전화가 연결되자마자 다다다다 쏟아부었다. "쟝천, 너 잘 들어. 어젯밤 네가 나한테 왜 키스했는지는 내 알 바 아니지만, 키스한 건 한 거고, 나로서는 네 그런 행동이 몹시 잘못됐다는 걸 지적할 수밖에 없어. 너 지금 여자 친구 있잖아. 그러면서 나한테 키스하면 그건 날 제삼자의 길로 내모는 거란 말야…… 우리 엄마 말이, 남의 꽃밭 망치는 상간녀는 다 벌받는다더라. 맞아. 나 아직도 너 사랑해. 하지만 너 사람 우습게 보지 마. 난 결단코 상간녀 짓은 안 해……."

잠시 숨을 고르며 헉헉거리는데, 전화기 저쪽이 조용했다. 그래서 쟝천이 반성이라도 하는 줄 알고 승리의 기세를 몰아 더 고삐를 죄었다. "어젯밤에 그냥 충동적으로 벌인 일이면 나도 없었던 일로 해주겠어. 네가 나한테 아직 미련이 남아 있다면 같이 순서를 밟아나가야 한다구. 일단 쳥둥나한테 똑바로 말하고 나서 나한테 대시해……. 너 근데 왜 계속 말이 없냐?"

"아…… 저 닥터 쑤인데요." 전화 저쪽에서 여자 목소리가 들렸다. "닥터 쟝이 자리를 비웠는데, 휴대폰이 너무 오래 울려서 보니까, 화면에 그쪽 이름이 뜨기에 제가 대신 받았어요."

갑자기 마른하늘에 날벼락이 쳐도 유분수지, 방금 쏟아낸 뻔뻔스러운 말들이 닥터 쑤의 귓가로 들어갔다는 생각에 휴대폰을 삼키고 콱 죽고 싶은 마음이 굴뚝같았다.

나는 어금니를 꽉 문 채 원망을 쏟아냈다. "아니 전화 받으시면서 어떻게 아무 말도 안 하세요?"

"그쪽 말이 너무 빨라서 소리 낼 겨를이 없었어요."

그건 아니다 싶은 생각이 들어 다시 말했다. "저 분명히 중간에 쉬면서 숨 골랐는데요."

"아, 그때는 제가 이미 이 얘기에 혹했을 때였어요. 너무 흥미진진해서 소리를 낼 수가 없더라고요."

......

　정말이지 은인한테 욕으로 안부를 묻고 싶지는 않아서, 어쩔 수 없이 화를 꾹 참으며 말했다. "좋아요. 번거로우시겠지만 쟝천에게 저한테 전화하라고 좀 전해주세요."

　"잠깐, 잠깐만요. 그쪽, 닥터 쟝 정말 좋아하는 모양인데, 그럼 제 남동생은 어떻게 하나요?" 닥터 쑤가 몹시 초조해하며 물었다.

　나는 얼떨떨하기만 했다. "그게 쑤루이와 무슨 상관이에요?"

　"제 남동생이 그쪽 좋아한단 말예요. 제가 방법을 알려드리는 편이 낫겠네요. 헤어진 남자 다시 되돌아보다 상간녀 되지 말고, 제 남동생이랑 만나보세요. 걔 법정 결혼 연령 될 때까지 기다렸다가, 때 되면 둘이 결혼해서 결혼 증명서 받으면 되겠네요."

　어렴풋이 뭔가 잘못됐다는 생각이 들었다. "무슨 말씀이세요. 쑤루이 올해 나이가 어떻게 되는데요?"

　"열일곱이요. 작년에 대입시험 보는 거 내키지 않는다고, 자기는 창업하겠다고 하더니만, 나가서 가게를 차렸어요. 가게 안에 있는 옷 죄다 걔가 디자인한 거예요. 제 생각에는 걔 천재예요. 우량주라니까요. 걔랑 사귀어보세요. 우리 집에서도 그쪽 나이 많다고 꺼리고 그러지는 않을 거예요."

　열일곱이라……. 걔는 애가 왜 그렇게 나이가 들어 보인 거냐고.

　나는 무력하게 말했다. "농담 그만하세요. 미성년자 꼬드겼다가는 저 감옥 간다고요."

　그녀가 곧이어 날 타일렀다. "난 연상연하 커플 좋기만 하던데. 양기로 음기를 보충하니 그쪽도 쉽게 나이 들지 않을 테고."

나는 진심으로, 내가 속세에서 잘 먹고 잘사는 꼴이 보기 싫어, 하느님이 날 혼꾸멍내려고 쑤씨 집안 남매를 내려보내셨다는 생각이 들었다.

그래서 휴대폰을 좀 멀리 떨어뜨린 채 둥둥 떠다니는 목소리로 말했다. "무슨…… 아…… 지하철…… 신호가…… 호가…… 잘 안 잡혀…… 저 출근해야 해서…… 그럼 이만……."

휴대폰을 챙긴 뒤 고개를 들어 안도의 한숨을 내쉬다가, 승객들이 일제히 날 뚫어지게 바라보고 있다는 사실을 깨달았다. 하나같이 멸시의 눈빛이 가득했다. 나는 무의식적으로 입을 벌려 뭐라고 해명이라도 해보려다가, 결국 뒤돌아서 지하철 칸 벽을 쳐다보는 길을 택했다.

내 뒤에서 크지도 작지도 않은 말소리가 들려왔다. "하이고, 요즘 젊은것들은 거짓말도 제대로 못하네. 주말에 뭔 출근이래."

"그건 본인이 시대에 뒤떨어진 거지. 주말이랑 밤에 장사 잘되는 직업도 있다고."

"미성년자 꼬드기는 인간들은 총살해야 해."

"어휴, 그거야 네가 뭘 모르는 거지. 사랑 앞에서는 성별이고 나이고 키고 뭐고 다 상관없다잖아."

……

나는 다음 역에서 도망치듯 내려 반대 방향으로 가는 지하철로 갈아타고 집으로 갔다. 어째서 오늘이 주말이라는 사실을 잊어버렸을까…….

한 시간 넘게 고생하다가 겨우 집에 돌아갔다. 이쯤 되니 나도 복잡하게 뒤얽힌 사랑이고 뭐고 따지고 들기도 귀찮을 정도로 피곤해서, 아름답디 아름다운 주말에 주야장천 잠이나 퍼질러 자자고 마음먹었다. 아무리 짜릿한 연애도 근심 걱정 없는 잠이 주는 기쁨에야 비할 수 없다는 뜻으로 일부러 휴대폰까지 꺼두었다.

휴대폰을 끄고 잠옷으로 갈아입은 뒤, 침대에서 이리 뒤척 저리 뒤척거려봤지만 마음의 안정을 찾을 길이 없었고, 머릿속은 지하철 안 사람들의 눈빛으로 가득 차서, 뭐라도 하지 않았다가는 죽어서 지옥에 떨어질 거라는 생각만 들었다.

그리하여 침대에서 일어나 휴대폰을 켜고 쾅둥나에게 전화를 걸 준비를 했다. 손가락이 통화 버튼 위에서 몇 초를 머물렀지만, 결국 용기가 부족해 문자 메시지 하나 보내는 데 그쳐버렸다. "어젯밤에 장천이 내게 키스했어. 맹세컨대 내가 꼬드긴 건 아냐. 미안해."

예상대로 전화가 빛의 속도로 울리기 시작했다. 쾅둥나가 내게 놀라운 소식을 전해주었다. 그 말에 따르면, 장천과는 원래 사귀는 사이가 아니었다며, 장천 부탁으로 몇 번 연기를 해준 것뿐이라고 했다. 그 대가로 앞으로 병원에 치료받으러 갈 일 생기면 가족 같은 보살핌을 받기로 했다면서. 순간, 이 일에 어떤 대답을 내놔야 할지 알 수가 없어서, 그 거래에 놀라움을 표할 수밖에 없었다. 어쨌거나 그 대가라는 게 내용도 불길하기 그지없었고…….

마지막에 쾅둥나가 어젯밤에 같이 식사했던 쑤루이를 자기한테 소개해줄 수 없겠느냐고 묻기에, 쑤루이 겨우 열일곱밖에 안

됐다고 알려줬더니, 그녀는 'F'로 시작되는 단어를 써가며 통화를 끝내버렸다.

전화를 끊고 나니 마음을 좀 제대로 정리해봐야 할 필요가 있다는 생각이 들어서, 찻잔을 들고 창가에 앉아 심사숙고 모드를 연출했다.

헤어진 3년 동안, 나는 정말 쟝천을 기다리지 않았다. 내가 찾고 싶었던 사람이 어쩌면 그와 눈이 닮고, 보조개가 닮고, 그와 마찬가지로 농부산천을 즐겨 마시는 사람이었는지는 모른다. 또 어쩌면 그와는 하나도 닮지 않은 사람을 찾고 싶었던 건지도 모르고……. 그런 뒤 연애하고 결혼해서 오래도록 서로 의지하며 살고 싶었다. 쟝천을 사랑했듯 아낌없이 그 사람을 사랑하면서.

그런데 내가 기다리지 않았던 그 쟝천이 우여곡절 끝에 또다시 내 앞으로 돌아왔다. 게다가 그는 나와는 달리 날 기다리고 있었던 모양이다. 그렇지 않았다 해도 계속 그렇게 오해하기로 했다. 누가 저보고 가짜 연인 행세하랬냐고. 텔레비전 드라마 남녀 주인공들이 다 상대방의 질투에 불을 지피려고 이 수법을 쓴다. 비록 쟝천이 쳥둥나에게 제공한 대가를 보아하니, 쟝천이 실은 병원 고객 확보를 위해 그랬을 가능성이 훨씬 더 높기는 하지만 말이다.

나는 마음속으로 말없이 쟝천을 내가 돌아오길 간절히 기다리고, 날 위해 수단, 방법 가리지 않은 사람으로 만들었다. 게다가 분석해보니 이게 퍽 재미있는 일이기도 했다. 그 순간, 이런 유치한 일을 저지른 쟝천의 지능을 어떻게 평가해야 할지 알 수 없었다.

하지만 쟝천의 연애 지능은 높았던 적이 없었다. 이 방면에서는 내가 베테랑이었다.

우리의 첫 키스가 그러했듯이.

때는 나와 쟝천이 사귄 지 반년이 되었을 무렵으로, 우리의 진도는 내내 손 맞잡고 손에 난 땀이나 나누는 얕은 단계에 머물러 있었다. 어쩌다가 쟝천의 남성 호르몬이 증가해 내 뺨에 뽀뽀를 하기도 했지만, 순수하고 아름다운 느낌이 물씬 나는 정도였다.

하지만 연애 경험 풍부한 기숙사 친구 린샤오林曉가 보통 청춘 남녀의 연애를 기준으로 보면, 우리는 진도가 심각하게 뒤떨어져 있다고 콕 집어 일러주었다. 괴로워 애가 탔다. 내가 매력이 부족하다는, 쟝천이 젊은 남자라면 느끼게 마련인 충동도 못 느낄 정도로 부족하다는 생각이 들었다. 그래서 기숙사 전체에 호소해 내 결점을 점검한바, 나한테 여성미가 부족하다는 최종 결과가 나왔다. 그런데 우리처럼 상아탑을 나가보지 못한 인간들에게 여성미란 치마 입기와 동의어였고, 최고는 가슴이 푹 파인 옷 입기였다.

사실 이건 편견이다. 여성미는 정말 맨 종아리나 가슴을 드러내는 것과는 아무 상관이 없다.

그래서 세상에 못 할 게 없는 룸메이트들이 가슴이 살짝 드러나면서 가슴골이 보이는 원피스를 찾아왔다. 그 차림으로 기숙사를 몇 번 돌며 뽐 좀 냈더니, 다들 여성미가 물씬 느껴진다고 몇 번이나 입을 모았다.

그러고는 요염하게 쟝천과 데이트를 하러 나갔다. 운동장 가장

자리 벤치에 앉아 있는데, 쟝천이 확실히 들떠 보였다. 성취감이 상당해서 치마 끝단을 쓸어 올려봤는데, 올리자마자 허벅지에 모기 물린 빨간 자국이 줄지어 나란히 보이는 바람에 어쩔 수 없이 다시 잡아당겨야 했다.

쟝천은 의예과에서 일어난 재미난 일을 이야기해주었다. 한 학번 위 선배 몇 명이 실험을 마치고 나서 양羊 다리를 기숙사로 가져가 훠궈火鍋[23]를 해 먹었는데, 다 먹고 나서 기숙사 학생 전체가 이틀 동안 혼수상태에 빠졌단다. 알고 보니 그 양이 엄청난 양의 마취제를 맞은 양이었다나. 또 한번은 의예과 기숙사에서 도둑을 잡았는데, 사람들이 그 도둑을 둘러싸고 한동안 미친 듯이 때려줬더니, 도둑이 도저히 참을 수가 없어 죽은 척했단다. 누군가 침실을 뒤져 청진기를 찾아왔는데, 진단 결과 이 도둑 심장이 강하고 힘 있게 잘만 뛰어서 다들 더 신이 나서 때려줬다나. 그리고 또…… 하여튼 쟝천이 갑자기 수다쟁이가 되는 바람에 여자 친구인 나는 그저 같이 웃어주는 수밖에, 그것도 아주 환하게 웃어주는 수밖에 없었다. 안 그랬다가는 쟝천 체면이 서지 않을 테니.

이야기를 계속하다가 쟝천이 돌연 물었다. "향수 뿌렸어?"

향수를 뿌리지는 않았기 때문에 나는 고개를 절레절레 흔들었다.

그가 미심쩍은 얼굴로 날 바라보며 숨을 깊이 들이쉬었다. "분명 무슨 향을 맡았는데."

---

23 진한 육수에 얇게 썬 양고기, 소고기, 생선, 채소, 온갖 부 재료를 익혀 먹는 중국의 국물 요리

힘껏 숨을 들이쉬다가 갑자기 깨달았다. "아, 이거 말이구나. 모기 물린 데 쓰는 화장수 향이야. 어제 모기한테 다리 물렸거든."

쟝천은 반신반의했다. "화장수 향이 아닌데."

좀 생각해보다가 머리를 긁적이며 말했다. "화장수가 덜 시원해서 물파스도 좀 발랐어."

……

쟝천은 더는 말을 하지 않았다. 나 역시 내가 뭘 잘못 말했는지 알 수가 없었지만, 내 몸에서 나는 향을 좋아하지 않나 보다 싶어 소리 없이 벤치 끄트머리로 옮겨 앉았다. 엉덩이 한쪽을 공중에 띄운 채로.

우리는 운동장 벤치에서 이렇게 한동안 답보 상태에 빠져 있었다.

결국 그가 성을 내며 말했다. "천샤오시, 이리 와봐."

설마 날 때리려는 건 아니겠지. 자기 여자 친구 때리는 걸 즐기는 남자도 있다던데. 그래도 엉덩이를 들고 수평으로 움직이면서 물어봤다. "왜?"

"뽀뽀해줘." 녀석이 대답했다.

벤치의 삼 분의 일 정도에서 몸이 굳어 뭘 어떻게 해야 할지 난감했다. 쟝천이 내 최종 목표를 요구 사항으로 내걸었건만, 나는 못난이처럼 겁을 집어먹고 말았다. 내가 바로 심보는 도둑놈 심보인데 도둑질할 담력은 없는 전설 속의 그 인간이었다.

"빨리." 쟝천이 재촉했다.

"어." 나는 무의식적으로 잽싸게 녀석의 곁으로 다가갔다. 녀석

옆자리가 좀 차가웠는데, 거기 내가 몸이 굳은 채 앉아 있으니 꼭 석판 위에 또 다른 석판이 수직으로 서 있는 것만 같았다.

쟝천이 내 어깨를 당겨 안았다. 그런데 힘이 어찌나 센지, "아야" 소리로 내 어깨 비틀어 탈구시키면 안 된다고 일깨워줘야 했을 정도였다.

"아야는 무슨, 넌 어쩜 그렇게 분위기라는 걸 모르냐?"

말을 마치더니 녀석이 입술을 내밀며 다가왔다. 난 이래서는 안 되겠다 싶었다. 나한테 뭐라고 해놓고선 해명할 시간도 주지 않고 내 입을 막아버리면 안 되지. 지가 무슨 입막음 비용 주는 것도 아니고 말이야.

나중에 치마 입고 살랑거리는 내 모습에 마음이 끌린 거냐고 물었더니만, 쟝천은 아니라고 너 종아리 엄청 두껍다고 했다. 그럼 설마 화장수에 물파스가 더해진 향에 끌린 거냐고 다시 물었더니만, 아니라고 냄새가 꼭 포르말린 같았다고 했다. 내가 곧 죽어도 포기를 못 하고 그럼 설마 운동장 모기가 네 동물적 본능을 일깨우기라도 했냐고 말하자, 녀석은 너 돌았냐고 했다. 그럼 대체 뭐냐고 하니까, 입술 피부조직과 일반 피부조직의 촉감이 어디가 다른지 알고 싶어 뽀뽀해본 거라고 했다.

……

꽃잎처럼 낭만적이었던 내 첫 키스의 꿈은 이렇게 녀석에게 무참히 짓밟히고 말았다. 차라리 행인한테 첫 키스를 바치는 게 나을 뻔했지……

그때 행인에게 첫 키스를 바치지 못했던 일에 번민하며 내 평생 만나본 가장 잘생긴 행인을 회상하고 있을 즈음, 초인종이 울렸다. 마음이 무게 중심을 잃은 엘리베이터처럼 몇 번을 쿵쿵거리기에, 숨을 깊게 들이쉬고는 계모 같은 얼굴로 장천을 응대할 준비를 했다. 어쩌면 여러 해 동안 고생고생해 가며 그를 쫓아다녔던 내 어린 시절에 대한 보상으로 그의 애원 섞인 몇 마디를 들을 수도 있을 터였다.

다만 너무 기뻐서 그랬는지, 손을 뻗어 문손잡이를 비틀어 돌리는데, 손에 2천만 위안이라도 들린 듯 손이 달달 떨렸다.

부들부들 떨며 문을 열었더니, 어찌나 세게 껴안는지 누군지 제대로 보기도 전에 하마터면 그 포옹에 숨이 끊어질 뻔했다. 장천의 격정이 폭발했다고 착각한 나는 위로하듯 그의 어깨를 두드리며 말했다. "너무 흥분하지 마, 너무 흥분하지 마."

겨우 말을 마친 참인데, 뭔가 진한 오드콜로뉴 향이 진동하기에 날 꼭 안은 사람을 힘껏 밀어냈다.

눈앞에 서 있는 사람은 긴 눈에 눈꼬리를 위로 올린 채, 입꼬리를 살짝 삐딱하게 올려 웃고 있었다. 입꼬리에서 곡선이 두 줄 펼쳐졌다. 사악함 가운데서 자유분방한 기운이 슬쩍 묻어났다.

우보쑹吳柏松이었다.

인정해야 할 게 있다. 나는 단 한 번도 용감하고 인내심 강한 사람이었던 적이 없다. 평생 가장 용감하게, 가장 인내심을 발휘했던 일이 바로 장천을 쫓아다닌 일이었지만, 그마저도 장천에게 높은 평가를 받지는 못했다. 쟝천은 내게 넌 고양이 사료만 먹어본 고양이처럼 쥐만 보면 그냥 천성으로 쫓아다닐 뿐이라고, 물고기라도 봤다가는 삽시간에 그 유혹에 넘어가고 말 거라고 했다. 신이 내린 듯한 그 비유에서 나는 고양이, 쟝천은 쥐, 그리고 우보쑹이 바로 그 물고기였다.

다시 말해서 우보쑹은 쟝천을 향한 내 짝사랑 가시밭길에 끼어든 삽입곡이었다. 나는 이 삽입곡을 사랑을 얻지 못하고 갈구하던 길에 주운 또 다른 작은 행복으로 묘사했다. 쟝천의 묘사는 더 직접적이고 날카로웠다. 녀석은 식물이 포함된 성어로 묘사했다. '수성양화水性楊花, 홍행출장紅杏出牆[24].' 내 생각에는 그야말로 오해였다.

우보쑹은 고1 때 외지에서 우리 반으로 전학 왔다. 책가방을 메고 담임선생님 뒤를 따라 문을 열고 들어왔는데, 훤히 벗겨진 이마에 말할 때마다 입가에서 침이 튀는 변태 같은 담임 덕에, 전학생의 귀를 덮은 무성한 갈색 머리칼과 입꼬리를 삐딱하게 올린 채 미소 짓는 모습이 어찌나 돋보이던지, 신이라도 내려온 듯 깜짝 놀라고 말았다.

녀석이 고개를 끄덕이며 웃었다. "안녕, 우보쑹이라고 한다."

우보쑹이 고개를 숙이는 순간 뭔가 한 줄기 빛이 반짝이는 느낌이 들었는데, 그제야 귓볼에서 뭔가가 반짝이고 있다는 걸 알아챘

---

24 수성양화(水性楊花)는 '물은 일정하지 않게 흐르고 버드나무는 바람 부는 대로 흔들린다'는 뜻으로, 바람난 여자를 형용한 표현이며, 홍행출장(紅杏出牆)은 '붉은 은행나무가 담장 밖을 넘어갔다'는 뜻으로, 바람난 유부녀를 묘사할 때 쓰는 표현이다.

다. 대충 보니 피어싱을 한 모양이었다.

정체불명의 전학생 앞에서는 다들 호기심이 끓어넘치게 마련이다. 귀에 피어싱을 하고도 선생님 손에 귀가 잘려나가지 않은 정체불명의 전학생 앞에서 우리의 호기심은 끓어넘치다 못해 곧 폭발할 지경이었다.

호기심교 교주였던 이 몸께서 뭇사람들의 감언이설에 떠밀려 전학생과 담화를 나누게 되었다.

내가 꺼낸 말의 서두는 이랬다. "새로 온 친구, 우리 얘기 좀 나눠보자."

책상 서랍에 책을 넣던 우보쑹은 내 말을 듣고 동작을 멈추더니, 고개를 들어 날 바라봤다. "뭔 얘기? 보호비 내라고?"

나는 말을 못 알아듣고 머리를 긁적였다. "무슨 보호비?"

녀석은 손에 들고 있던 마지막 책을 서랍에 쑤셔 넣고 자리에서 일어서더니, 입꼬리를 삐딱하게 당겨 올리며 웃었다. "농담이야. 난 우보쑹이라고 한다. 넌?"

내 뒤에서 놀라 숨을 헉 들이켜는 소리와 부스럭거리며 "천관시"라고 하는 소리가 또렷하게 들렸다······. 들으면 들을수록 화가 치밀어 올라서 뒤를 돌아 허리에 손을 얹고 뒤에 있던 여자아이들에게 소리를 질렀다. "천관시는 무슨 천관시야! 난 천샤오시라고. 그거 재미없다고 몇 번을 말해야 알겠냐. 재미없어재미없어재미없다고!"

비록 그때가 아직 '애정 행각 시리즈'라는 천관시의 위대한 첫 시도가 일어나기 전이기는 했지만, 몇 번이고 나와 천관시의 이름을 갖고 농담 따먹기 하는 할 일 없는 인사들이 적지 않았고, 허구한 날 놀림을 당하던 난 진저리가 나 있었다. 안 웃긴다고, 안 웃긴단 말이야. 도대체 어디가 웃기다는 거야…….

……

정말이지…… 살고 싶지가 않았다.

우보쑹이 내 뒤에서 웃으며 물었다. "네 이름이 천샤오시냐?"

나는 등을 진 채로 고개를 끄덕였다. "응. 우리 반에 온 걸 환영해."

나는 말을 마친 뒤 고개 한번 돌리지 않고 내 자리로 도망쳤고, 책상에 엎드려서 죽은 척했다. 나의 죽은 척하기에 한창 물이 올랐을 즈음, 그러니까 나도 내가 정말 죽었다는 착각이 다 들 무렵, 등 뒤에서 뭔가가 쿡쿡 찌르기에 맥없이 고개를 돌렸다. 뒷자리에 앉아 있던 쟝천이 집게손가락과 엄지손가락 사이에 볼펜을 끼운 채 빙빙 돌리고 있었다. "너 펜 떨어졌어."

겸사겸사 펜을 넘겨받았다. "어."

"오지랖 떨더니만." 쟝천은 네 불행은 내 행복이라는 투로 고소해했다. "'천관시'가 너 뚫어지게 보면서 웃는다 야."

고개를 옆으로 기울여 우보쑹을 흘끔거렸더니, 아니나 다를까 이 녀석이 날 보고 슬며시 웃고 있었다. 어쩔 수 없이 억지웃음을 쥐어짜내 응해준 뒤, 쟝천의 책상에 엎어져 울부짖었다. "개망신, 정말 살기 싫다 싫어."

쟝천은 손에 들고 있던 연습 문제집으로 내 머리를 쳤다. "쌤통이다. 망신당하기 싫으면 앞으로 함부로 끼어들지 마셔."

녀석의 공격에는 일찌감치 눈 하나 깜짝하지 않게 된 터라, 그 상황에서도 뻔뻔스럽게 쟝천에게 물었다. "내가 재랑 놀면 너 질투할 거야?"

녀석은 날 흘끗 봤다. "나야 고맙지."

……

우보쑹의 등장은 이 궁벽한 학교 남학생들에게 신선한 활력을 불어넣었고, 여학생들은 갑자기 빨빨거리고 싸돌아다니며 소식을 전하느라 바빠졌다. "1학년 6반에 외모가 아주 독보적인 애가 하나 왔는데, 웃으면 신기할 정도로 천관시를 닮았어. 진짜 괜찮은 신상이라니까."

우보쑹이 몰고 온 파란이 한때 쟝천을 다 덮어버릴 정도여서 내가 안타까워했더니, 쟝천은 나보고 너 머리에 무슨 병 있는 거 아니냐고 했다.

학교 최고 간판스타라는 쟝천의 지위를 옹호하기 위해, 나는 '우보쑹 현상'에 코웃음 쳤다. 게다가 공개적인 장소에서 흥분한 모습으로 우보쑹의 외모를 대차게 까댄 것도 한두 번이 아니었는데, 그 내용에는 수많은 여학생들이 미화한 일본식 갈색 머리 스타일과 영미권 및 유럽식 피어싱도 포함되어 있었다. 나는 머리가 노란 건 영양이 부족한 탓이라고 했고, 피어싱은 기지배 같은 짓이라고 했다. 그것도 모자라 불량소년처럼 하고 다니는 꼬락서니를 보아하니 성적은 분명 바닥을 길 거고, 좋은 아이는커녕 건달일 거라고, 어쩌면 마약 흡입에 살인까지 저지르고 다닐지도 모른다고 떠들었다.

하지만 우보쑹은 내가 끊임없이 자신을 모욕하는데도 같은 또래에게서는 보기 힘든 태도를 보였다. 언제든 눈이 마주치기라도 하면 빙그레 웃어 보였고, 말썽꾸러기 아들을 바라보는 아버지처럼 눈빛에는 웃음기가 가득했다.

오히려 날 놀라게 한 건 쟝천의 반응이었다. 녀석이 한번은 갑작스레 날 어두컴컴한 구석으로 불러냈다. 좋아한다고 털어놓거나 스킨십이라도 하려나 보다 싶어 가슴이 두근두근 방망이질을 쳐댔다.

그런데 쟝천이 엄숙하고도 진지한 얼굴로 이렇게 말할 줄 누가 알았겠냐고. "천샤오시, 나 너 우보쑹 흉보는 소리 듣기 싫어."

실망한 마음을 억누르며 물었다. "어째서?"

"유언비어 퍼뜨리는 건 나쁜 짓이야." 딱 이 말뿐이었다.

나는 절굿공이처럼 고개를 끄덕이며 애초에 그런 짓을 하지 말았어야 했다고 후회했다.

당시 나는 쟝천에게 말로는 설명할 길 없는 일종의 숭배심을 갖고 있었다. 녀석이 하늘이 녹색이라고 해도, 구름이 파란색이라고 해도, 똥이 무지개색이라고 해도 고개를 끄덕이며 맞다고, 네 말이 다 맞다고 했을 것이다.

물론 생각이라곤 없던 시절, 내가 숭배했던 사람이 쟝천 딱 하나였다는 사실 역시 내게는 큰 행운이다. 녀석은 내게 그런 행동은 옳지 않다고 알려주었고, 그 일들은 정말 옳지 않은 일들이었으니까.

나는 장천에게 내가 정말로 개과천선했음을 증명해 보이기 위해, 짝꿍 책상 위에 있던 F4[25] 사진이 찍힌 공책 속장을 찢어서 수학 시간에 우보쑹에게 줄 유려하고 감동적인 참회의 쪽지를 적어 내려갔다.

구체적으로 뭐라고 썼는지는 이미 다 잊어버렸지만, 우보쑹이 보낸 답장을 받았던 기억은 난다. 연습장에 이렇게 쓰여 있었다. "괜찮아. 그런데 내 이름 우보쑹이야. 오쑹보가 아니고."

수정해준 걸 보니 이름을 꽤 복잡하게 지었다는 생각이 들었다.[26] 그 바람에 초등학교 여름방학 숙제 중 한 문제가 떠올랐다. "아래에 열거된 단어들과 동일한 관계의 단어들을 써보세요. '꿀벌 : 벌꿀'" 그 일이 이렇게 인상 깊게 남아 있는 까닭은, 내가 쓴 답안―'류샤流下 : 샤류下流'[27]―를 본 라오천 동지에게 세게 얻어맞았기 때문이다.

이 일이 있고 나서 우보쑹에 대한 내 호감도가 눈에 띄게 상승했다. 나는 그 녀석이 정말이지 원수에게 은혜를 베푼 선량한 사람이라고 생각했고, 그 녀석 귀에서 반짝이는 피어싱도 무척 마음에 들었다.

---

25 일본 인기 만화 『꽃보다 남자』를 원작으로 한 대만 드라마 〈유성화원〉에 출연한 남자 주인공 네 명을 말한다. 당시 중화권 전역에서 선풍적인 인기를 끌어모았다.

26 우보쑹의 이름 '보쑹'을 뒤집은 '쑹보(松柏)'는 '소나무와 잣나무'라는 뜻의 단어일 뿐 아니라, '쑹보'가 들어간 성어도 적지 않기 때문에 헷갈리기 쉽다.

27 '류샤(流下)'는 '흘러내리다'라는 뜻이고, '샤류(下流)'는 '하류'라는 뜻이다.

그런데 이상하게도 우보쑹은 내게 유별나게 잘해줬다. 매점에서 온갖 간식거리를 사다 줬고, 나한테 영어도 가르쳐줬다(내 추측이 맞았다. 녀석은 영어만 빼고는 성적이 엉망이었다. 놀랍게도 영어는 전교 1등이었지만, 다른 과목 점수는 한 자리 숫자였다). 갑자기 온도가 뚝 떨어지면 나한테 외투를 주기도 했다……. 한번은 내가 학교가 끝난 뒤에 남아 칠판에 학급 소식을 적고 있는데, 이 녀석이 기숙사에서 라면을 끓여 교실에 있던 내게 대령해주기도 했다(우보쑹은 학교에서 유일한 기숙사생이었는데, 혼자 교사 숙소에 살았다). 라면에 달걀까지 올라 있었다. 라면에서 올라오는 김에 눈이 다 시릴 지경이었는데, 후루룩후루룩 라면을 먹으면서 나 대신 칠판에 색을 칠하고 있는 우보쑹에게 물었다. "너 나한테 왜 이렇게 잘해줘?"

나는 칠판에 소녀를 그려놓은 참이었다. 그 소녀는 아주 어질고 선한 모습으로 책을 한 권 들고 있었다. 우보쑹은 바로 그 책의 표지를 노랗게 칠하는 중이었다.

우보쑹은 고개도 돌리지 않았다. "딱히 무슨 이유가 그렇게 많겠냐."

순간 이 인간이 설마 내가 마음에 든 건 아니겠지, 이런 생각이 들었다. 하지만 또 그게 어떻게 가능이나 하겠어, 얘가 눈이 삔 것도 아닌데, 이런 생각도 들었다……. 내 자신감은 장천 덕에 혼비백산 달아난 지 오래라 득도한 고승도 불러올 수 없을 수준이었으니.

그래서 분필 가루가 사방에서 춤추듯 흩날리는 가운데 라면을 먹으면서 어쩌다가 한두 마디 물어봤다. "너 원래 어디서 학교 다녔어? 왜 우리 학교로 전학 온 건데?"

녀석은 벌써 소녀의 치마에 분홍색 칠을 해주고 있었다. "T시에서 다녔어. 아버지가 2학년 되면 외국에 유학 가라면서 학교에도 다 연락해놨다고 하시더라구. 그래서 아버지한테 할아버지 고향에 한번 가보고 싶다고 했지."

"어, 너 그럼 금방 가겠네?" 돌연 너무 서운한 마음이 들었다. 이 녀석 가버리면, 누가 한창 청춘의 발육기에 접어든 내 위를 채워주지?

녀석은 곧장 분필을 내던지더니, 몸을 뒤로 틀어 껑충 뛰어오르면서 내 앞에 있던 책상 위에 앉았다. "왜, 서운하나?"

나는 손을 뻗어 내 앞에서 흔들리는 녀석의 두 다리를 툭 쳤다. "흔들지 좀 마. 너무 흔드니까 머리가 다 어지럽단 말야. 너 가버리면 나는 쫄쫄 굶겠다 야."

우보쑹은 아무 말 없이 뭔가 생각에 잠긴 듯 창밖을 바라봤고, 나도 바보처럼 녀석을 따라 창밖으로 고개를 돌렸다. 마침 쟝천이 창가에 서 있었다. 오후의 어슴푸레한 빛 속에서, 쟝천은 그 비범한 분위기로 영화 〈천녀유혼倩女幽魂〉의 유혼, 그러니까 유령이 나오는 부분을 딱 떨어지게 표현해냈다.

왜 그런지는 몰라도, 역광으로 흐릿해진 쟝천의 그림자를 보고 있으니 불현듯 바람피우다 현장을 걸린 사람처럼 마음이 찔리는 것이, 들고 있던 라면 그릇을 누구 머리에 엎어버리고 싶은 마음이 굴뚝같았다.

쟝천이 손을 들어 유리창을 톡톡 두드렸다. "천샤오시, 방금 골목에서 아저씨 뵀는데, 너 밥 먹으러 들어오래."

장천은 말을 마친 뒤, 고개 한번 돌리지 않고 가버렸다.

나는 라면 그릇을 책상 한쪽에 올려놓고 다급히 밖으로 뛰어나갔다. 우보쑹이 뒤에서 내 이름을 두 번 불렀다. 교실 입구까지 뛰어갔을 때, 녀석이 뒤에서 하는 말이 들렸다. "너 다 안 먹었잖아."

내가 대답했다. "버려. 집에 가서 밥 먹을래."

뛰어나갔지만 장천은 찾을 수 없었다. 과연 다리가 나보다 엄청기신지라······.

운동장에서 몇 분 멍을 때리다가 다시 교실로 돌아가 가방을 챙겼다. 우보쑹은 여전히 그 소녀의 치마를 칠하고 있었고, 나는 교실 앞문에 서서 멀리 녀석을 바라봤다. 황금색 노을빛이 창문과 문, 그리고 틈이 있는 모든 곳을 통해 쏟아져 들어왔고, 분필 가루가 빛다발 속에 무리 지어 마구 흩날렸다.

나는 그 녀석 쪽으로 걸어갔다. "책가방 가져가는 걸 잊었어. 그리고 라면에 얹혀 있던 달걀도 아직 안 먹었더라구."

우보쑹이 고개를 돌리며 웃는데 가지런한 앞니가 눈에 확 띄었다. "달걀 내가 먹었지롱."

내가 놀라서 말했다. "그래도 그렇지, 너 너무 빠른 거 아냐."

녀석이 억울해하며 말했다. "네가 나보고 버리라며. 달걀 하나에 5마오[28]인데, 얼마나 낭비냐."

우보쑹이 말을 마치기도 전에 라면 위에 떠 있는 달걀프라이가 눈에 들어왔다. 나는 눈을 흘겼다. "너도 참 할 일 없다."

---

28 '마오(毛)'는 중국의 화폐 단위 중 하나로, 10마오가 1위안이다.

녀석은 어깨를 으쓱하더니 고개를 돌려 계속 그림을 그렸고, 나는 젓가락으로 달걀프라이를 콕 찔렀다. 그걸 젓가락으로 들었더니 무슨 우산같이 보이기에 엄청 신이 나서 녀석에게 보라고 했다. "야, 이거 봐봐. 우산 같지 않냐?"

우보쑹이 고개를 옆으로 돌리더니 아주 개무시하는 기색으로 슬쩍 바라봤다. "너 안 먹으면 내가 먹는다."

말이 떨어지자마자 녀석이 갑자기 젓가락에 꽂혀 있던 달걀을 입에 물고 가버렸고, 나는 텅 빈 젓가락을 든 채 어안이 벙벙해지고 말았다. 저거 분명 입으로 뭐 물고 가는 연습해봤을 거야……

그날 쟝천이 총총히 자리를 뜨면서 녀석에 대한 내 마음 역시 잠시나마 데려갔는지도 모르고, 또 우보쑹이 곧 떠날 거라는 사실을 알게 되면서 내가 우보쑹과의 우정을 더 소중히 여기게 됐는지도 모른다. 하여튼 나는 더는 온종일 쟝천 곁을 뱅뱅 돌지 않게 되었고, 별안간 도리어 우보쑹과 잘 아는 사이가 되었다. 오랜 친구라도 되는 양 말이다. 하지만 반 친구들 눈에 우리는 이미 '어린 연인'의 모습이었다. 그럴 가치도 없다는 생각이었는지, 아니면 우리는 결백하다는 굳은 태도였는지는 모르겠지만, 우리 둘 다 무슨 해명을 덧붙이지도 않았다. 일견여고一見如故[29]니 뭐니 하는 심오하기 그지없는 말은 겨우 고등학생이었던 아이들로서는 이해하기 어려운 것이었다.

---

29 '첫 대면에 마음이 맞아 오랜 친구 사이처럼 가까워졌다'는 뜻이다.

우보쑹은 우리 학교에서 한 학기를 마치고 1학년 여름방학이 되자 출국하게 되었다. 장거리 버스를 타고 시내로 가서 기차로 갈아타 Y시로 간 뒤, Y시에서 비행기를 타고 뉴질랜드로 가야 했다. 나는 버스 정류장까지 녀석을 데려다줬다. 녀석의 배낭끈을 잡아당기다 눈시울이 붉어졌다. "뉴질랜드 간식 보내주는 거 잊지 마……."

우보쑹이 내 머리를 툭툭 치고는 읍하며 눈을 찡긋거렸다. "나중에 다시 보자."

차가 움직이자 나는 죽어라 손을 흔들었고, 녀석은 창문을 열고 고개를 내밀었다. "뉴질랜드 간식 보내줄게."

나는 눈물을 머금은 채 힘껏 머리를 끄덕였다. "제일 맛있는 거 보내줘야 해. 그리고 우린 영원한 베프야."

그가 웃으며 소리쳤다. "그래!"

집에 돌아오는 길에 골목길 입구에서 장천을 만났던 기억이 난다. 녀석은 나를 등진 채 자기 집 전기계량기 앞에 서서 드라이버로 전선을 헤집고 있었는데, 땀에 푹 젖은 흰 티셔츠가 등에 나른하게 붙어 살색이 보일락 말락 했다.

나는 호기심을 참지 못하고 장천에게 물었다. "너 뭐 해?"

녀석이 고개를 돌리더니 놀라 멍한 모습으로 말했다. "너 울었냐?"

나는 눈을 비비적거렸다. "우보쑹 떠났어."

장천은 "아" 소리와 함께 자기도 안다고 담담히 말했다. 그러더니 다시 고개를 돌려 그 빨갛고 노랗고 하얀 전선들을 헤집었다.

내가 다시 물었다. "너 도대체 뭐 하냐니까?"

쟝천이 별안간 드라이버를 청바지 주머니에 쑤셔 넣더니만 퉁명스럽게 말했다. "전선 센다. 안 되냐?"

녀석이 갑자기 사납게 나오니까 머리가 다 쭈뼛거려서 더듬거리고 말했다. "되, 되지. 난 그냥 퓨, 퓨즈 고치는 줄 알고."

쟝천은 얼굴이 시퍼레지더니 잠시 뒤에야 조용히 입을 열었다. "내가 돌았나 보다." 그러고는 뒤돌아서 집으로 가버렸다.

사실 녀석이 활짝 열어놓은 계량기 문을 닫으면서, 전선 세는 행동이 좀 또라이 짓 같다는 생각을 나도 하기는 했다…….

7장

"천샤오시, 너 손님을 문간에 세워놓고 예의가 너무 없다는 생각 안 드냐?" 우보쑹이 활짝 열린 철문을 두드리며 '쾅쾅' 소리를 냈다.

들어오라고 몸을 옆으로 기울이자, 우보쑹이 단박에 소파로 튀어가서 앉더니 날 보며 웃었다. 나는 여전히 추억과 충격 속에서 헤어 나오지 못한 채 눈을 깜빡거렸지만, 녀석은 계속 그 자리에 있었다.

나는 녀석을 뚫어지게 바라봤다. 시선이 녀석의 아쿠아 블루 빛깔 폴로셔츠에서 나이키 운동화로 옮아갔고, 여전히 열일곱 열여덟 청춘 같은 얼굴로 다시 옮겨갔다. 쑤루이가 얘한테 피부 관리 방법 좀 제대로 배워야겠다 싶었다.

우보쑹이 돌연 주머니에서 뭔가 꺼내더니 내 앞에 주먹 쥔 손을 뻗었다. "빚진 뉴질랜드 간식."

반신반의하며 녀석의 손바닥을 펴려 하자, 녀석이 주먹을 내 손바닥 위로 올려다놓았다. 녀석이 손을 펴자 녹색 포장지로 된 기다란 껌이 떨어졌다. 포장지도 그렇고 포스도 그렇고, 아주 국제적인 분위기만 넘치는 평범하기 그지없는 더블민트 껌이었다는.

우보쑹은 그래도 날 보고 웃었다. 머리를 휙 돌리는데, 돌연 눈물을 터뜨리고 싶은 충동이 일었다. 정말이지 억지를 쓰자는 게 아니라, 어린 시절 내게 제일 잘해준 친구가 갑자기 사라졌다가 또 갑자기 나타나버린 거였다. 마치 내 인생을 놓친 적이 없다는 듯이 말이다.

게다가 얘는 여전히 이렇게 젊어 보이는데, 시간이 얘 피부는 아까워서 줄 하나 긋지 않고 지나갔으면서 내 피부는 능지처참 수준으로 갈기갈기 갈라놓았으니, 내가 슬프지 않을 수 있겠냐고, 내가 울지 않을 수 있겠냐고?

놀란 우보쑹이 다급히 말했다. "왜 울어?"

나는 발을 동동 구르며 녀석에게 소리쳤다. "그 여러 해 동안 너 어딨었어? 남자 친구랑 싸웠을 때도 안 보이고, 실연했을 때도 안 보이고, 직장 잃었을 때도 안 보이고, 배고플 때도 안 보이더니만……."

우보쑹은 소리소리 지르는 날 보고 웃으며 소파 쪽으로 잡아당겼다. "자, 정신 좀 차리시고. 내가 무슨 네 천스메이^{陳世美}[30]도 아

---

30 중국 희곡 「찰미안(鍘美案)」의 등장인물로, 출세한 뒤 조강지처를 버리는 배은망덕한 남자를 상징한다.

니잖아. 이렇게 울면 안 좋지."

나는 눈물을 글썽이며 녀석을 노려봤다. 내가 빗방울 머금은 배
꽃 같은 자태로, 이렇게 애처롭고 가냘픈 모습으로 내 잃어버린
청춘의 세월을 추모하고 있는데, 까마득해진 우리 우정을 위해 눈
물을 쏟고 있는데, 잘난 척 좀 그만하시지……

그 뒤 우리는 소파 앞 바닥에 책상다리를 하고 앉아, 끓여서 식
힌 물을 마시며 지난 일들을 이야기했다.

"뉴질랜드 도착한 지 보름 정도 지나서 모든 게 겨우 좀 자리를
잡았다 싶었을 때였어. 아버지가 전화해서 하시는 말씀이, 회사가
파산 선언을 했다는 거야."

나는 파산해본 적이 없다. 우리 집 재력 역시 그래봤자 돈 없다
선언할 정도지 파산 선언할 자격은 되지도 않았다. 그래서 나로서
는 그 일의 심각성을 이해할 수 없었지만, 그렇다고 무지를 드러
내 보이고 싶지는 않아서 깊은 동정심을 담아 슬프게 말했다. "어
머! 어떻게 그런 일이……."

이 말이 완곡한 위로의 말이었다는 건, 힘든 상황에서 고통받은
친구를 가엾게 여긴 탄식이었다는 건 하늘이 알고 땅이 안다. 그
런데도 우보쏭은 아버지가 어떻게 사람을 잘못 믿었고, 경영에 어
떻게 문제가 생겼는지, 어쩌다가 자금 융통에 문제가 생겼는지 설
명하기 시작하더니, 내 두 눈에 생기가 사라지고 표정이 흐리멍덩
해지도록 떠들어대다가, 마지막에 가서는 또 이렇게 말했다. "너
한테 한참 늘어놔 봤자 넌 이해 못 해."

말해줘도 난 이해 못 할 거라고 하더니만, 우보쑹은 또다시 내가 이해할 거라고 제멋대로 가정한 뒤, 파산법 조항 설명을 잔뜩 늘어놓았다. 이야기 듣는 것도 얼떨떨한 판인데, 그것도 모자라 너무나 비통한 척 연기까지 해야 했다. 결국 도저히 참지 못하고 녀석을 말렸다. "그만 얘기해. 가슴이 너무 아파서 그래. 너 더 얘기했다가는 내가 너한테 기부라도 할 판이라구."

우보쑹이 진지하게 내 눈을 응시했다. "너 못 알아들었지, 그지?"

나는 어깨를 으쓱거렸다. "못 알아들은 것 같아. 차라리 갑자기 왜 사라졌는지 그것부터 얘기해주는 게 낫겠는데."

그가 쓴웃음을 지었다. "누님, 타향에서 부잣집 도련님으로 지내다 낮이고 밤이고 아르바이트해서 먹고살아야 하는 신세로 추락했는데, 제가 누님 안부 여쭙고 돌봐드릴 새가 어디 있었겠습니까?"

나는 이해한다는 뜻으로 고개를 끄덕였다. "너 그럼 지금은 성공해서 귀국한 거야?"

우보쑹이 날 노려봤다. "일단 내가 그 몇 년 동안 어떻게 고생고생해 가며 지냈는지, 그것부터 좀 관심을 가져야겠다는 생각은 안 드냐?"

"들지. 하지만 내 관심의 정도는 네가 성공했는지에 따라 결정될 수밖에 없다구."

우보쑹은 손에 들고 있던 물을 나한테 뿌려버리기라도 할 태세였다. "몇 년 못 본 사이에 많이 인색해지셨네."

내가 득의양양하게 말했다. "다 국가 교육 덕분이지."

곧이어 녀석은 타향에서의 고군분투기를 늘어놓았다. 아르바이트에, 장학금 시험에, 다국적기업 입사에…… 어쨌든 매우 긍정적이고 매우 사람을 고무시키는 이야기여서 듣는 나도 피가 끓어올랐고, 열심히 노력하고 분투해서 한 단계 더 올라서고 싶은 마음이 들끓었다.

그래서 녀석에게 물었다. "그럼 회사에서 중국으로 파견되는 바람에 돌아온 거야?"

우보쑹이 고개를 끄덕였다. "그렇지. 막 돌아와서 물갈이를 하는 바람에, 사흘을 배탈이 나서 병원에 갔다가 쟝천을 만났지 뭐냐."

"쟝천이 나 여기 있다고 알려줬어?"

그제야 복잡다단하게 얽힌 나와 쟝천의 일이 떠올라 거짓말 좀 더하고 과장 좀 보태서 그 이야기를 늘어놓았다.

우보쑹이 또다시 한숨을 쉬었다. "걔도 널 만난 걸 보면 어지간히 운이 없다니까."

듣자마자 화가 머리끝까지 치밀어 올라서, 그 자리에서 튀어 오르며 빗자루 찾아서 쫓아버리겠다고 녀석을 위협했다.

우보쑹은 손오공 여의봉처럼 바닥에 곧추서서 아주 침착하게 말했다. "너 생각 좀 해봐라. 죽어라 쫓아다녀서 사귀더니만, 그러고 나선 또 온갖 억지 써가며 헤어지자고 하고, 그래놓고는 또 쟝천이 울며불며 난리 치고 목이라도 매겠다고 너한테 달려와서 빌기를 바라니, 사람 너무 괴롭히는 거 아니냐."

"너 사람이 그러면 안 돼. 사람이 경우가 있어야지. 너는 내 친구잖아. 그럼 내 편 들어주는 게 네 도리지. 내가 사람을 죽이면, 넌 날 도와서 시신이라도 훼손해야 도리에 맞는 거라고."

우보쑹이 물을 한 모금 마셨다. "내가 그렇게 멀리 떠나면서도 너랑 연락을 안 한 건, 내가 마음을 쓰지 않아도 넌 잘 지낼 수 있을 거라고, 장천이 너 잘 보살펴줄 거라고 믿었기 때문이란 말야."

"너 사람이 진짜 너무한다. 너 이 인간, 우리 우정은 내팽개쳤으면서 말만 뻔드르르하게 하고. 무슨 일이든 다 지 말이 옳다 이거지. 지가 가장이라도 되는 줄 아네."

"너도 알다시피 우리 그때 항상 같이 붙어 다녔잖아. 항상 멀리서 은은하게 바라보는 녀석 눈빛이 느껴지더라. 너에 대한 그 녀석 감정이 절대 그 녀석에 대한 네 감정보다 모자라지 않는다구."

"우보쑹, 너 진짜 뻔뻔하다. 멀리서 은은히 바라보는 그 녀석 눈빛에서 나에 대한 감정을 알아차렸다면서, 내 은은한 눈빛에서 내가 네 그 거창한 도리 때문에 미치고 팔짝 뛰려는 건 눈치 못 채겠냐. 그럴 거면 뉴질랜드로 돌아가서 코알라랑 같이 나무에서 잠이나 처주무셔."

"너, 너랑 걔랑은 될 수가 없다고, 걔 어머니가 허락하지 않으시리라 생각하는 모양인데, 너 로맨스 소설이랑 로맨틱 코미디 드라마 좋아하지 않아? 진정한 사랑이라면 모든 걸 다 이겨내야 하는 거 아냐? 모든 걸 이겨내지 못한다면 그게 어떻게 진정한 사랑이냐고. 그리고 코알라는 호주 출신이지 뉴질랜드 출신이 아니거든요."

한나절을 싸워도 여기서 한 발치도 못 나가겠다 싶어서 아주 엄숙하게 의견을 제시했다. "됐다, 됐어. 우리 이 얘기 그만하고 좀 진지한 얘기나 하자."

"진지한 거 뭐?"

"외국에서 막 돌아왔으면 외국 수입품 뭐라도 좀 가지고 왔을 거 아냐. 입는 거든 먹는 거든 쓰는 거든, 하다못해 비닐봉지 하나라도 나한테 줘야 하는 거 아니냐고. 내가 외국 거라면 좀 사족을 못 쓰는 사람인지라 말이지."

우보쑹이 또 한숨을 쉬었다. "난 네가 태도를 좀 똑바로 고쳐먹으면 좋겠어. 만날 그렇게 손이나 벌리고 있지 말고. 넌 네가 아직도 무적의 청춘 미소녀인 줄 아냐."

"너 그러는 거 아냐. 말을 제대로 해야지. 사람 나이 가지고 공격하는 인간이 무슨 멋진 남자냐. 그리고 나도 십 년 전에는 열다섯이었거든요."

우보쑹이 마지막에 폭탄을 내던졌다. "쟝천이 너한테 전해주라더라. 오후에 큰 수술 들어가야 하고, 밤에는 당직이라 저녁밥 먹을 시간 없으니 밥 좀 가져다달라고."

"내가 무슨 지 보모도 아니고, 안 보내 안 보내, 안 보낸다고."

그가 어깨를 으쓱거렸다. "마지막에 보내는지 안 보내는지 어디 한번 같이 보자 그래."

우보쑹은 과연 우리 집에 눌러앉아 갈 생각을 하지 않았다. 소파에서 꼼짝 않은 채 집주인의 십 년 된 고물 텔레비전을 제멋대로 들들 볶아댔다. 상품 질이 정말이지 해가 갈수록 떨어지는 게, 십 년 된 이 고물 텔레비전 리모컨은 건전지 두 개면 1년을 쓰는데, 새로 산 우리 집 액정 텔레비전 리모컨은 한 달이면 건전지를 바꿔줘야 한다. 매번 월말에 집에 전화를 걸면 그 액정 텔레비전 리모컨 건전지가 또 바닥이 났다고, 이게 다 네 아빠가 멀쩡한 텔레비전 두고 액정 텔레비전으로 바꾼 탓이라고 엄마가 떠드는 소리가 들리곤 한다.

밥 먹을 시간이 되자 도저히 참을 수가 없어서 가방을 들고 녀석을 불렀다. "우보쑹, 밥이나 사. 이 몸께서 멀리서 오신 손님맞이 제대로 해드리지."

우보쑹이 황당해하며 눈살을 찌푸렸다. "이 사람 잡는 뻔뻔한 논리 보게."

나는 겸허하게 그의 칭찬을 받아들이며, 끝까지 녀석을 속여 이 동네 최고급 호화 호텔로, 평소 멀리서 그저 바라볼 수밖에 없었던 그 호텔 문 앞으로 데리고 갔다. 우보쑹은 택시 문에 딱 붙어서는 무슨 말을 해도 내리지 않을 태세로, 내가 딱 보니까 이 호텔 식재료도 나랑 마찬가지로 외국에서 들어온 지 얼마 안 된 게 분명한데, 쟝천 몸보신해 주는 데 내 돈 쓰면 안 되는 거 아니냐고, 이거 내가 피땀 흘려서 번 돈이라고, 우리 아버지는 파산까지 하셨다고 떠들어댔다.

택시 미터기가 쭉쭉 올라가자, 거무튀튀한 얼굴이 초콜릿처럼 녹아내린 기사님께서 마음 따뜻해지는 말씀을 해주셨다. "아이고, 젊은 부부인 모양인데 그만들 싸우고 잘 좀 얘기해봐요. 나는 안

급하니까. 젊은 부부가 다 그렇지 뭐."

교통 운수업 종사자들이 본인들 마음대로 남녀 짝 지우는 걸 즐기는 일에 대해 나는 깊은 무력감을 느꼈다. 사실 이 말도 맞지는 않은 것이, 모든 업종 종사자들이 다 눈앞에 보이는 남녀를 마음대로 짝 지우길 좋아한다. 게다가 짝을 지우는 논리가 비도덕적이기 그지없다. 전에 아빠를 모시고 쇼핑몰에 신발을 사러 갔는데, 매장 언니가 나와서 아빠가 신어본 가죽 구두를 내내 칭찬하면서 말했다. "아가씨가 눈이 정말 높으셔서 고르신 신발이 남자 친구 분한테 너무 잘 어울리네요."

……

우리는 싸우고 싸우다 결국 값싸고 맛 좋은 밥집으로 가게 되었다. 어쩐 일인지 갑자기 쟝천네 병원에서 유독 가까운 그 집 음식이 너무 먹고 싶었다. 나는 이게 바로 하늘이 알아서 정해준 운명이라서 그런 거라고 넘겨짚어 버렸다.

저녁밥을 먹고 나니, 우보쑹이 이 일진 사나운 식당에 뭉개고 앉아 무제한으로 리필되는 인스턴트 밀크티나 마시자고 제안했다. 원래 우보쑹은 똑같이 무제한으로 리필되는 커피를 마시자고 했지만, 내가 보기에는 그게 너무 뻔뻔한, 너무 뻔뻔하게 누릴 것 다 누리려는 소小부르주아지 같은 행동이어서 무제한 리필되는 밀크티로 바꿔버렸다.

그러나 종업원이 밀크티를 다섯 번째 리필해서 가져다준 뒤에는 둘 다 마실 엄두도 내지 못했다. 표정이 썩어 들어가는 종업원이 밀크티에 침이라도 뱉지 않았을지 의심스러웠다.

창밖에서 서서히 어두워지는 하늘색을 바라보며 나는 주머니에 있던 휴대폰을 만지작거렸고, 뉴질랜드 양고기 스테이크가 얼마나 신선하고 부드럽고 육즙이 많은지 생생하게 묘사하던 우보쑹의 말을 끊어버렸다. "너 분명 피곤할 거 아냐. 그러니까 집에 가서 시차 적응이나 하셔."

우보쑹이 곁눈질로 날 힐끗 봤다. "돌아온 지 일주일 지났는데 무슨 시차 적응을 하냐?"

"물갈이하느라고 배앓이했다며. 그게 바로 본인은 시차 적응다 한 줄 알았는데, 실은 시차가 널 놓아주지 않고 있다는 증거지."

우보쑹이 콧방귀를 뀌며 웃었다. "밥 가져다주고 싶은 거지? 같이 가자, 그 김에 병원 진료나 다시 받게."

이 몰염치한 인간 좀 보게. 배앓이같이 별것 아닌 병으로 재진을 받으러 가겠다니, 이야말로 국가 의료 자원 낭비가 아닌가 말이다.

나는 머리를 쓸어 올리며 밀크티를 한 모금 마시다, 이 밀크티에 침이 들어갔을지도 모른다는 생각에 문득 부아가 치밀어 올랐다. "내가 밥 가져다주러 간다고 누가 그래! 내가 그렇게 비굴한 사람이냐고!"

우보쑹이 위로의 뜻으로 머리를 끄덕였다. "안 보내면 안 보내는 거지, 뭘 흥분하시나. 밥 한 끼 안 먹는다고 죽는 것도 아니고."

나는 불안한 마음으로 조금씩 어두워지는 하늘을 바라봤다. 순간, 쟝천이 위출혈로 수술대 위에 고꾸라지는 망상에 빠져들었다. 또 쟝천이 허기를 달래려고 자기 손톱을 물어뜯는 망상도 찾아왔다. 쟝천이 위통이 극심해 수술칼로 자기 배를 직접 가르는 망상이 떠오르기도 했다…….

머릿속에 공포영화감독이 살고 있었다. 나는 정신병원에서 사는 게 어울리는 사람이었다.

맞은편에서 초조해하는 날 느긋하게 바라보는 우보쑹을 보며 갑자기 깨달음이 찾아왔다. 이 몸이 비웃음거리가 돼도 쟝천 앞에서 돼야지, 여기서 수출용에서 국내용으로 돌려진 이 자식이나 즐겁게 해주고 있다니, 내가 병이 보통 심각한 게 아니구나 싶었던 것이다.

그래서 탁자를 탁 쳤다. "종업원!"

종업원이 손에 밀크티 주전자까지 들고 느릿느릿 걸어오더니 지루하기 짝이 없다는 듯 물었다. "밀크티 리필해드려요?"

"해물 리소토 하나, 닭고기 수프 하나 싸주세요." 내가 우보쑹을 노려보며 말했다.

녀석이 맑고 우렁차게 휘파람을 불며 농담을 던졌다. "너 그게 더 들어가겠냐."

나는 우보쑹이 침이 들어갔으리라 의심되는 밀크티를 들어 한 모금 마시는 걸 바라보면서 생글생글 웃었다. "쟝천한테 가져다주려구."

우보쑹이 컵을 내려놓더니 웃었다. "그럼 얼추 됐구만. 암, 자기 자신 못살게 구는 사람이 바보지."

나는 녀석의 웃음에 온갖 세상사 겪을 대로 겪기라도 한 듯 괜스레 처량한 마음이 들고 말았다.

나는 손을 뻗어 녀석의 손등을 톡톡 토닥여주었다. "혹시 날 사랑하는 거라면 나한테 알려줘야 한다. 그래야 이 몸이 거절하지."

그가 눈을 부릅뜨고 날 바라보며 느긋하게 한마디 내뱉었다. "꺼지셔."

난 상관하지 않았다. "정말이야, 나 같은 사람이 있다니까. 둔하고 자신감이 부족해서 네가 정확히 말해주지 않으면 몰라."

우보쑹이 손바닥을 뒤집어 내 손을 툭툭 쳤다. "모든 사람이 다 너처럼 운 좋게 만회할 기회를 얻는 게 아냐."

녀석은 말을 마치더니 쓴웃음을 지었고, 나를 꿰뚫어 보는 듯한 눈빛으로 저 먼 곳을 응시했다.

나처럼 생각 많고 감상적인 것과는 거리가 먼 사람은 이렇게 탄식과 감탄이 필요한 장면 앞에서는 뭘 어떻게 해야 할지 늘 갈피를 잡지 못한다. 그나마 우리가 친한 친구라서 다행이었다. 떨어져 있었기에 서로의 이야기를 잘 알 수 없게 됐지만, 이런 서먹서먹한 느낌이 두렵지도 않았다.

나는 음식을 들고 병원으로 향했고, 우보쑹은 맞은편 큰길에서 날 향해 손을 흔들었다. 진열대 위에 앉아 손을 흔드는 복 고양이 인형처럼.

장천의 진료실 위치는 여전히 기억하고 있었다. 딱 한 번 가보기는 했지만, 내가 길치기는 해도 기억은 했다. 왼쪽으로 돌고 다시 오른쪽으로 돈 다음, 계단을 올라가면 소화전이 보인다는 사실을 알고 있었다.

하지만 나는 입구에 서서 문패 위의 '전문의 쟝천'을 아주 오래, 한참을 뚫어지게 쳐다봤다. 청소 도우미 아주머니께서 젖은 걸레로 문패를 닦으시더니, "아가씨 혹시 위에서 위생 점검하라고 내보낸 사람은 아니지. 내가 이 문패 만날 닦는다니까." 이렇게 말씀하실 정도로 한참을.

아주머니를 더 놀라게 해드릴 수는 없다는 생각이 들어서 다급히 웃으며 말씀드렸다. "아니에요, 아니에요. 저 쟝천 선생님 뵈러 왔어요."

아주머니께서 안도의 한숨을 내쉬며 말씀하셨다. "내가 이 병원에 오래 있었어도 도시락 들고 연줄 대러 온 사람은 못 봤는데."

"아니에요, 아니에요. 실은 도시락통 안에 100위안짜리 지폐가 가득 들어 있거든요."

"아가씨 도시락통이 겨우 요만한데 돈이 들어야 얼마나 들었겠어. 요즘은 다 신용카드를 주던데, 세상이 바뀌면 따라서 바뀔 줄 알아야 하는데, 아가씨가 뭘 몰라도 너무 모르네."

뭐라고 더 말을 하려는데, 문이 열리더니 쟝천이 무표정하게 내게 들어오라고 말했다.

내가 들어서자마자, 쟝천은 내 손에 있던 포장 음식을 낚아채더니, 자기 굶겨 죽이려고 작정했냐고 했다.

그는 책상 한 귀퉁이를 치우더니 포장 음식을 책상에 올려놓고,

나는 신경도 쓰지 않은 채 밥을 먹기 시작했다. 나는 꿔다놓은 보릿자루 꼴로 쟝천이 눈살을 찌푸리며 양파를 골라내는 모습을 지켜봤다. "천샤오시, 왜 양파 들어간 음식 주문해 온 거야?"

나는 "넌 어쩜 이렇게 뻔뻔하냐, 밥을 사다 줘도 까탈을 부리니." 이렇게 말해주고 싶었다. "어디 그렇게 날뛰어보셔, 내가 다음에 밥을 사다 주나 어쩌나." 이렇게 말해주고 싶었다…….

하지만 말하지는 않았다. 아주 오래전 우리가 아직 대학에 다니던 때가 떠올랐다. 내가 이 녀석의 옷과 이불을 기숙사로 가지고 와서 빨아 햇볕에 말렸는데, 기숙사에서 빨고 햇볕에 널어 말리느라 꼬박 사흘 부산을 떨었건만, 그걸 가져다줬더니 하는 말이, "천샤오시, 너 내 옷 다 물들여놨잖아"였다. 그때 나는 넌 어쩜 그렇게 뻔뻔하냐고, 네가 어디 가서 이렇게 다정한 여자 친구를 얻겠느냐고, 내가 너 쫓아다녔다고 해서 날이 가면 갈수록 기어오르는데 정도껏 하라고 했다.

쟝천은 내게 너 돌았냐고, 나는 지금 미래 와이프의 기준으로 너한테 요구하는 거라고, 싫으면 그만두라고 했다.

나는 녀석에게 착 달라붙어 녀석의 팔뚝을 흔들며 말했다. "어디 어디, 어디 물이 들었는지 알려줘 봐봐, 다음엔 안 그럴게."

하, 그 시절이여.

"천샤오시", 쟝천이 내 얼굴 앞에서 젓가락을 몇 번 휘둘렀다. "너 어디 정신이 팔린 거야?"

나는 고개를 절레절레 흔들며 웃었다. "예전에 너 옷 빨아줬던 때. 네가 이 까탈 저 까탈 부리던 뻔뻔한 얼굴이 떠올라서."

쟝천이 오징어를 집어 입에 욱여넣으며 우물우물 말했다. "내가 너만큼 뻔뻔할까."

나는 순간 멍해지고 말았다. 그래, 나만큼 뻔뻔할까. 오고 싶으면 오고, 가고 싶으면 가고. 그래놓고 또 후회나 해대니.

쟝천이 돌연 고개를 들더니 날 주의 깊게 바라봤다. "난 도서관 그 일 말한 건데."

아, 그 이야기였구만. 사람 자기 비하하게 만들고 있어.

대학 3학년 겨울, 나는 매일매일 쟝천과 함께 도서관에서 공부했다. 남쪽 지방에 있는 학교 도서관에는 난로 같은 게 없는 데다 난 추위를 싫어했지만, 쟝천 곁에 함께 있어주고 싶기도 해서 옷을 좀 두껍게 입는 수밖에 없었다.

내 기본 착장 세트는 다음과 같았다. 보온 내복 상의 한 벌, 메리야스 한 벌, 스웨터 두 벌, 외투 한 벌, 보온 내복 하의 한 벌, 청바지 한 벌, 양말 두 켤레, 숏 부츠 한 켤레, 목도리 하나, 장갑 한 켤레. 이것들을 죄다 몸에 걸쳤더니 옷장이 텅 비어 보였던 기억이 난다.

좀 두껍게 껴입었더니 움직이기가 조금 불편했는데, 가장 티 나게 불편할 때가 바로 소설 볼 때였다. 두꺼운 양털 장갑을 끼고 있으니 손가락이 너무 굼떠져서 얇디얇은 종잇장을 정확히 비벼서 페이지 넘기는 동작을 할 수가 없었다.

그런데 쟝천 학우께서 날이 춥다 보니 머리가 멍해진 건지, 아니면 멍청해진 건지, 그것도 아니면 추운 날씨에 깨달음이 찾아왔는지, 내가 똑같은 페이지 앞에서 10분 동안 멍 때리는 모습이 보일 때마다 알아서 그 페이지를 넘겨주는 거였다. 그러다 우리 둘 사이에 서서히 이상한 텔레파시가 형성되었다. 내가 쟝천 옆에서 조용히 책을 읽다가 페이지를 넘겨야 할 때가 되면 팔뚝으로 녀석을 툭 쳤고, 녀석은 고개도 돌리지 않고는 나 대신 손을 뻗어 책장을 넘겨주었다.

실은 결코 뻔뻔한 게 아니라 그야말로 훈훈하다 할 만한 일이었다. 뻔뻔한 건 이 훈훈한 일에서 뻗어 나온 의외의 에피소드였다.

우리가 매일같이 도서관에서 이 '툭 치면 넘겨주는' 일상적인 동작을 하고 있을 때였다. 우리 학교의 모 교지 기자가 도서관 바깥 풀밭에서 할 일 없이 햇볕을 쬐다가 무심결에 도서관 커다란 통유리창을 통해 나와 쟝천의 세트 동작을 발견했고, 이것이 곧 기획할 예정인 '캠퍼스 안의 소소한 행복'이라는 주제에 무척이나 적합하다는 생각을 하게 되었다. 그래서 그녀는 도서관에서 몇 날 며칠을 잠복했고, 초상권은 무시하고 전방위 360도로 우리를 몰래 촬영해버렸다. 뻔뻔한 건, 그녀가 사진을 찍은 뒤 후반 보정 작업에 들어갈 무렵, 내가 예술학과 학생이라는 이야기를 듣고 곧장 날 찾아왔다는 것이다. 더 뻔뻔한 건 무릇 청춘이란 다채로워야 한다는 그녀의 지칠 줄 모르는 설득에 넘어가, 그 사진 시리즈의 포토샵 작업 등 후반 보정 작업을 무상으로 해주겠다고 흔쾌히 동의했으며, 너무나 몽환적이고 아름답게, 더할 나위 없는 선남선녀 커플로, 서로 끔찍이 아끼고 사랑하는 한 쌍으로, 물에서 노니는 한 쌍의 원앙 같은 효과가 나게 이 몸이 손수 보정 작업을 해주었다는 것이다…….

이 사진들은 학교 교지에 게재된 뒤 빅히트를 쳤고, 교지와 학교 게시판은 이 여세를 몰아 '캠퍼스 커플' 비교 대회를 열었다. 3위 안에 든 장천은 여자 친구의 반지를 건져내려고 강으로 뛰어든 중문과 선배, 여자 친구에게 손수 전통 의상을 지어준 역사학과 선배와 나란히 경쟁하게 되었다. 이 둘과 비교하면 장천이 보잘것없어 보이기는 했지만, 여기서 지적해야 할 건, 중문과 선배는 중학교 국어 교과서에 나오는 시인 도연명陶淵明을 닮았고, 역사학과 선배는 학과 특색이 아주 잘 드러나는 생김새, 이를테면 베이징원인猿人[31]을 복원한 조각상을 닮았다는 점이었다. 그 바람에 털끝만큼도 전형적인 의대생처럼 생기지 않으신 의예과 학생 장천 학우께서 높은 표차로 1등에 오르며 영광스럽게도 캠퍼스 커플 칭호를 얻게 되었다. 이 결과는 우리에게 사회에서는 얼굴이 끝판왕이라는 사실을 알려주는 결과이리라.

나는 장천이 이 경쟁의 유일한 이과생으로서 이과생의 얼굴을 빛내주었다고 생각했다. 그래서 장천이 사태의 전후 맥락을 알게된 뒤, 어째서 화가 나서 벽에 날 처박아버릴 뻔했는지 이해할 수 없었다.

---

31 1929년 베이징의 어느 동굴에서 발견된 화석 인류

8장

　장천은 십 분도 안 되는 사이에 바닥이 다 드러나도록 밥을 먹
어치우더니, 아예 나보고 음식 포장을 가져다 버리라고 했다. 비
닐봉지를 들고 나섰다가 공교롭게도 쓰레기를 치우고 계시던 청
소 도우미 아주머니와 마주치고 말았다. 아주머니께서 친절하게
날 부르셨다. "아가씨, 선물은 줬어 그래?"
　아주머니의 '아가씨' 소리에 마음이 아주 편해져서 솔직히 말
씀드렸다. "실은 제가 선물 가져다 바치려고 온 게 아니고요, 밥
가져다주려고 온 거거든요."
　"쟝 선생님이 막 뭐라고 그랬어? 아가씨, 걱정 말어. 애고 어른
이고 위아래로 어디 아픈 사람 없는 집 있어? 의사한테 뭐 좀 보내
놓으면 가족도 마음이 좀 편하잖아. 내가 이 병원에서만 수십 년
일해서 그런 거 많이 봤다니까. 안심해. 함부로 말하고 다니지 않
을 테니까."

더 이상 정확하게 해명을 하지 않았다가는 의사로서 쟝천의 도덕성에 먹칠을 하게 될 것 같았다. 그건 별거 아니라지만, 아주머니가 멀쩡한 우리 가족을 아프다고 믿게 되면 그거야말로 간접적인 저주나 마찬가지다 싶어 안 좋겠다는 생각이 들었다. 그래서 솔직하게 다 털어놓았다. "실은 이렇게 된 거예요. 저와 쟝천 선생이 예전에 연인 사이였거든요. 지금은 감정적으로 응어리가 좀 남아 있는 상태고요."

아주머니가 날 흘끗 보셨는데, 놀라신 기색이 역력했다. 위아래로 날 한참 훑어보시더니만, 마지막에 한숨을 내뱉으시면서 쓰레기통을 밀며 가버리셨다. 가시기 전 작은 소리로 하신 말씀, "이제 보니까 젊은 나이에 마음에 병이 있어 왔구만."

……

진료실로 돌아와 보니, 쟝천이 머리를 처박고 뭔가를 열심히 쓰고 있었다. 다가가서 탁자를 두드렸더니, 그가 고개를 들었다.

"별일 없으면 나 가볼게."

쟝천은 오른손으로 펜을 돌리고 왼손으로 책상 위의 종이를 넘기면서 무심하게 말했다. "천샤오시, 너 오늘 여기서 나가면 우린 그걸로 끝이다."

듣기에 상당히 격한 내용이라는 생각이 들었다. 거세게 출렁이는 감정의 색채를 띤 말을 잔잔한 물처럼 담담하게 내뱉으며, 쉬어가는 곳 하나 없이 단숨에 일을 해치우다니, 과연 인재다웠다.

나는 서 있었고 그는 앉아 있었으니, 내가 위에서 내려다보고 있는 셈인데도 나조차도 뭔가 포스에서 내가 살짝 밀린다는 느낌이 들었다. 나는 쟝천을 내려다보고 있었고 그도 날 올려다보고 있었지만, 이렇게 가까이 있는데도 쟝천이 무슨 생각을 하고 있는지 알 수 없었다.

"그렇게까지 심각하게 말할 필요 없잖아. 너 너무 바빠 보여서 귀찮게 하고 싶지 않았어."

쟝천의 펜이 아직도 손가락 사이에서 빙빙 돌고 있었다. "닥터 쑤 말이, 네가 오늘 아침에 전화해서 나한테 똑바로 말하라고 했다던데, 지금 똑바로 말해줄 테니까 다 듣고 가."

나는 침을 꼴깍 삼키며 동의의 표시로 대답했다. "응."

"3년 전에 네가 헤어지자고 한 거지."

"그래."

"우리 어머니 때문에 헤어지자고 한 거야, 그렇지?"

나는 그렇다고 했다가 곧장 말을 바꿔 그런 것도 같다고 하고는, 사실 나도 뭐라고 정확히 말을 못 하겠다고 했다.

그가 펜을 책상 위로 탁 던지는데 가슴이 덜컥 내려앉았다. 저 거 엄청 비싼 파카 만년필일 텐데.

쟝천이 피곤한 듯 콧등을 살짝 쥐었다. "천샤오시, 말해봐. 너 3년 동안 내 생각했냐?"

감정 전환이 빨라도 너무 빨랐다. 뭐라고 말을 하고 싶은데, 꼭 목이 뭐에 막힌 것만 같았다.

쟝천과 헤어지고 난 첫 주, 나는 거의 매일 밤 잠결에 화들짝 놀라 깼다. 젖은 머리칼이 뺨과 목에 달라붙어 있었고, 베개와 이불을 만져보면 푹 젖어 있었다.

너무 힘들었다. 쟝천에게 돌아가서 빌고 싶었다. 다 내 잘못이라고, 내가 다 고치겠다고, 고치겠다고…….

실은 갔었다. 병원 앞에서 오전 내내 서 있다가, 쟝천이 동료들과 웃고 떠들며 병원 옆 식당으로 밥 먹으러 가는 모습을 봤다. 멀찍이서 그의 웃는 얼굴을 바라보는데, 매력 넘치는 보조개까지 다 보였다. 미웠다. 마음이 시렸다. 내가 바보 같았다. 큰길로 튀어나가서 차에 치여 죽어야겠다는 생각이 들었다. 쟝천이 설마 내 붉은 피를 보고도 밥이 넘어갈 거라는 생각은 들지 않았다.

당시 수많은 생각이 머릿속에서 떠올랐지만, 결국 난 집으로 가기로 했다. 아래층 빵집에서 곰보빵을 하나 사다가 점심으로 먹고 싶었지만, 내가 너무 심하게 울어 깜짝 놀라셨는지, 마음씨 좋은 주인아주머니께서 빵 세 개를 공짜로 주시면서 인생에서 넘기지 못할 고비는 없다는 말씀까지 해주셨다. 연기만 괜찮았으면 만날 가서 빵을 받아 왔을 거다.

어떤 사람은 그리움에 가슴이 미어지지만, 어떤 사람은 그리움이란 세 글자를 건드릴 엄두조차 내지 못한다. 언젠가 말했듯 난 단 한 번도 용감한 사람이었던 적이 없다. 난 고통이 무섭고 슬픔이 두려웠다. 그를 향한 그리움을 상자에 담아 봉한 뒤 딱지를 붙였다. '열었다가는 죽음의 고통을 맛보게 되리니, 쌤통이어라.'

정말 효과가 있었다. 그래서 난 그를 생각해본 적이 없었다.

쟝천이 못 견디겠다는 듯 탁자를 두드렸다. 말투가 훨씬 더 딱딱해졌다. "이게 그렇게 어려운 질문이야?"

갑자기 미움이 어마어마한 기세로 용솟음쳤다. 주먹을 꽉 쥐고 이를 악문 채 세 글자를 모질게 토해냈다. "어려워."

그가 차갑게 웃었다. "천샤오시, 너 도대체 뭘 믿고 그렇게 당당하냐?"

차갑게 웃었다 이거지? 누군 못 하냐, 이빨만 드러내면 내가 바로 그 전설의 냉소 대마왕이라고!

나는 몇 번을 흥흥거리며 차갑게 웃은 뒤, 그에게 되물었다. "넌? 넌 도대체 뭔데 나 안 찾아왔어? 넌 도대체 뭔데 나 찾아와서 달래지도 않았어? 넌 도대체 뭔데 내가 헤어지자 한다고 정말 헤어져? 네가 뭔데 나보고 널 생각했냐고 물어? 네가 뭔데 넌 앉아 있고 난 서 있냐고……."

나의 이 대구 질문 시리즈에 정신이 좀 어리벙벙해진 쟝천이 한참 뒤 느릿느릿 자리에서 일어섰다. 쟝천이 일어나는 걸 보고 있자니 당황스러워서 몇 걸음 뒤로 물러나고 말았다. "일어나서 뭐 하게?"

녀석이 갑자기 웃음을 지었다. 그러고는 손을 쭉 뻗어 내 손목을 잡더니 힘껏 끌어당기면서 날 의자에 눌러 앉히고는 말했다. "이제 네가 앉아 있고 내가 서 있네, 좋냐?"

웃을 수도 울 수도 없었다. 쟝 선생님, 유머 감각 참 뜬금없으시네요, 이런 생각이 들었다. 내가 엄청 이상한 지점에서 웃는 걸로 유명하기는 하다만, 이건 정말 웃음이 터지지 않았다.

그가 두 손으로 의자 손잡이를 짚는 바람에 나는 그와 의자 사이에 에워싸이고 말았다. 이 동작 좋지, 썸 타는 분위기잖아. 보통은 남자 주인공이 여자 주인공에게 거칠 게 나올 때 취하는 동작이라구.

그는 웃으면서 내 얼굴 가까이 다가오다가, 내 얼굴 위로 김을 내뿜을 수 있을 만한 거리에서 딱 멈춰 서더니 말했다. "네가 헤어지자고 했는데, 내가 왜 저자세로 찾아가서 기어들어 가는 목소리로 달래줘야 하는데?"

내가 목을 움츠렸다. "너 남자잖아. 네가 나 좀 달래주면 안 돼?"

그가 날 바라봤다. 표정이 아주 평온했다. "그때 나 정말 지쳐 있었어."

나도 많이 평온해졌다. "너야 오랫동안 지쳐 있었지."

가시가 돋친 말이었다. 그렇지만 무슨 특별한 의미로 한 말이 아니라, 그냥 무의식중에 입에서 툭 튀어나온 말이었다.

쟝천이 한숨을 쉬었다. "사실 너 찾아갔었어."

그 말을 듣자마자 깜짝 놀라고 말았다. 머릿속으로 그 당시의 기억을 열심히 더듬어봤다. 길목에서 남자 지인과 포옹을 하거나, 남자 지인이 눈 안의 모래를 훅 불어줘서 오해를 불러일으켰을까 봐 걱정스러웠지만 그런 일은 없었다. 그 당시 난 떠다니는 유령 꼴이었다. 영화 〈사랑과 영혼Ghost〉 팬이 아닌 이상, 정상인 남자치고 나한테 접근하고 싶은 사람은 없었을 것이다.

그래서 아주 떳떳하게 반박했다. "허튼소리하지 마. 네가 어디

가서 날 찾았다는 거야?"

그가 뭔가 말하려는데, 책상 위의 휴대폰이 갑자기 명이라도 재촉하는 듯 '디리리리 디리리리' 울리기 시작했다. 쟝천은 고개를 돌려 휴대폰을 힐끗 보고 나서 돌연 내 쪽으로 몸을 숙였다. 나는 숨을 꾹 참았다. 왔다, 왔어. 짐승남 될 시간이 다가왔다구. 그의 스마트 밴드가 내 어깨를 넘어가자, 심장이 미친 듯이 쪼그라들었다. 그런데 쟝천이 의자 뒤에서 의사 가운을 재빨리 낚아채더니 몸에 걸치며 설명했다. "응급실 전화야."

쟝천은 휴대폰을 움켜쥔 뒤 밖으로 나가며 전화를 받았고, 문은 '쾅' 소리와 함께 열리더니 다시 '쾅' 소리와 함께 닫혀버렸다……

난 혼자서 진료실 가득 내려앉은 외로움을 마주한 채, 이놈의 휴대폰 울리는 타이밍 한번 기가 막힌다고 생각했다. 감독이 "액션!"이라고 외치기라도 했니?

쟝천이 한동안은 돌아오지 않으리라는 생각이 들었다. 심심하기도 해서 두 발로 땅을 짚고 미끄러지면서 밑에 바퀴가 달린 사무용 의자로 진료실 여기저기를 미끄러지며 돌아다녔다. 한창 신나게 미끄러지며 돌아다니고 있는데, 갑자기 '쿵' 소리가 나더니 의자가 균형을 잃었고, 나는 '쾅' 소리와 함께 의자를 따라 바닥에 처박히면서 그만 땅에 이마를 먼저 박고 말았다.

그야말로 야무지고 멋들어지게 처박혔다. 와이드샷으로 쫙 잡아당겨서 보면, 요리사가 생선을 죽이기 전 도마에 패대기쳐서 기

절시키는 동작처럼 깔끔하고 군더더기가 없었다.

나는 의자를 끌어안고 바닥에 앉아 정신을 못 차리다가 한참이 지나서야 정신을 차렸다. 서서히 자리에서 일어나던 중에 응급실로 쟝천을 찾아가야 한다는 데 생각이 미쳤다. 이것도 응급 상황이니, 어쩌면 뇌진탕으로 내부 출혈이 일어났을지도 모를 일이었다.

나는 병원 안내표지를 따라 천천히 벽을 짚으면서 움직였다. 초조하고 무서웠지만, 성큼성큼 걸어갈 엄두는 나지 않았다. 뇌진탕과 내부 출혈이 액체와 관련이 있으니 급하게 걸었다가는 뇌척수액이나 혈액이 심하게 흔들려 쏟아져 나올 거라는 생각이 들었다.

간신히 응급실 문 앞까지 가서는 벽을 부여잡고 안쪽을 향해 울음 섞인 목소리로 외쳤다. "쟝천, 쟝천, 빨리 나와봐. 나 천샤오시야."

나온 사람은 쟝천이 아니라 간호사였다. 그녀가 굳은 얼굴로 소리쳤다. "여긴 병원입니다. 병원이라고요! 선생님처럼 그렇게 고래고래 소리 지르는 사람 보셨나요?"

감히 간호사 선생님이 저보다 더 크게 고래고래 소리 지르고 계신다고 말할 엄두는 나지도 않았다. 그 간호사가 더 크게 소리를 질렀다가 음파가 고막을 통해 뇌파를 진동시키기라도 할까 봐 두려웠다. 내 뇌가 엄청 약한 상태였으니 말이다.

그래서 천천히 말했다. "쟝천 선생님 좀 불러주시겠어요?"

그녀가 눈을 흘겼다. "쟝 선생님 화장실 가셨는데요."

생각 못 한 답변이었다. 아까 그렇게 다급히 가기에 분명 머리가 깨지고 피가 줄줄 흐르는, 내장이 다 쏟아지고 썩은 환자라도 생겼는 줄 알았건만, 물 빼러 갈 시간이 다 있었구나…….

간호사는 뒤로 돌아 응급실로 돌아갔고, 나는 벽을 짚은 채 쟝천이 돌아오기를 기다렸다.

병원의 백열등은 이전과 다름없이 눈을 자극했고 창백했다. 나는 내 혈색이 훨씬 더 창백할 거라고 믿었다. 쟝천이 100m 밖에서 날 향해 달려왔기 때문이다. 마음속으로 생각했다. '정말 낭만적이야. 드라마 〈안개비 연가情深深雨蒙蒙〉의 이핑依萍이 기차역에서 이렇게 수환書桓을 향해 달려왔었잖아. 지금 우리는 남녀 역할이 바뀐 것뿐이라구.'

내가 아주 부드럽게 그의 품으로 쓰러졌던 모양이다. 쟝천은 한 손으로 내 머리를 받친 채 다른 손을 덜덜 떨며 내 눈꺼풀을 뒤집었다. 손을 너무 덜덜 떠는 바람에 내 눈 찔러서 실명이라도 시킬까 봐 어찌나 걱정이 되던지.

한참 동안 생난리를 쳤지만, 그냥 가벼운 뇌진탕이었다. 하늘과 땅이 빙빙 돌았던 건 내가 겁을 집어먹어 생긴 증상이었는데, 그 바람에 쟝천도 엄청 놀라고 말았다. 여기서 쟝천의 심리 상태를 좀 비판해야겠다. 피비린내 나는 현장에서 여러 해를 보낸 의사가 어쩜 그렇게 세상 물정 겪어본 적 없는 애송이처럼 구느냐 말이다.

뚱한 얼굴의 어린 간호사가 목격한 진술에 따르면, 닥터 쟝은 내 머리를 받쳐 든 채 응급실을 향해 사자후를 토했다고 한다. "손전등! 청진기!"

비틀거리며 손전등과 청진기를 갖고 나온 어린 간호사가 쟝천이 덜덜 떨며 내 눈꺼풀을 뒤집고 손전등으로 내 동공을 비춰보는 틈을 타, 한번 해본다고 뭐 어찌 되겠냐는 심정으로 간호사 특유의 힘을 줘서 내 인중을 눌렀더니, 내가 비명을 지르면서 튀어 오르며 정신을 차리더란다.

정신이 든 나를 본 쟝천의 표정이 엄청 안 좋았다. 아마도 간호사가 의사인 자신이 내야 할 생색을 가로챘다고 생각했나 보다. 그는 작은 손전등으로 내 동공을 자세히 살펴보고 난 다음에야 손전등을 의사 가운 주머니로 집어넣으며 내게 물었다. "어떻게 된 거야?"

나는 날 안고 있는 그의 팔뚝을 꼭 붙잡으며 똑바로 앉았다. "고꾸라지면서 머리를 부딪쳤어."

그가 눈살을 찌푸리며 내 뒤통수를 어루만졌다. 쟝천의 손가락은 내 머리칼을 지나 두피를 조심스럽게 누르다가, 내가 "아!" 소리를 내며 아파하자 그제야 멈춰 섰다. 그러더니 또 내 손을 잡고 그쪽으로 가져가서 두피를 어루만졌다. "봐라, 여기 혹 큰 거 하나 생겼네."

말투가 아주 담담했다. 내가 모기한테 물려서 머리에 큰 혹이 생기기라도 한 것처럼.

그 돌기를 눌러봤는데 크기는 대충 메추리알만 했고, 껍데기 까지 않은 달걀보다는 부드러운데 껍데기 벗긴 달걀보다는 딱딱한 것이 딱 알맞게 굳어 있었다.

쟝천이 손으로 내 앞머리를 가르며 물었다. "또 어디 넘어졌는데?"

고개를 흔들며 다른 데는 부딪친 데 없다고 말하자, 그가 내 목을 꼭 잡았다. "머리 흔들지 말고! 너 어디서 넘어진 거야?"

"네 진료실에서." 내가 그의 손을 툭 치며 말했다.

그는 내가 일어서도록 부축해주었다. "왜 나한테 와달라고 전화 안 했어?"

나는 억울한 마음에 그를 흘긋 봤다. "잊어버렸어."

나는 쟝천의 어깨를 짚은 채 그를 따라 천천히 응급실 쪽으로 걸어나갔고, 그 간호사는 우리 뒤에 딱 붙어서 뒤늦은 관심을 내비쳤다. "어머! 쟝 선생님 친구분이신 줄 알았으면 들어오시라고 했을 텐데요."

쟝천은 날 응급실 병상에 눕혔다. "약 가져올게."

어린 간호사가 병상 앞에 의자를 끌고 와서 앉더니, 눈을 가늘게 뜨고 웃으며 물었다. "쟝 선생님 여자 친구분이시죠?"

대답하기도 귀찮았다. 뒤통수에 난 혹을 급히 눌러봤는데, 살짝 힘을 주니까 찌르르한 통증이 이마에서 다리 끝까지 쫙 퍼져나가는 것이, 이게 꽤 중독성이 있었다.

어린 간호사는 아무리 기다려도 나한테서 답변이 나오지 않자 흥미가 사라졌는지, 의자를 작은 창가 입구로 끌고 가서 앉아버렸다.

쟝천이 물 한 컵, 약통, 면봉 몇 개와 하얀 약이 올라간 드레싱 세트를 받쳐 들고 돌아왔다.

그가 손으로 약을 손바닥에 올려놓자, 나는 그 손바닥에서 약을 집어 입에 넣은 뒤 물을 들이마셨다.

약을 먹고 나니, 쟝천이 날 자기와 등을 진 채 책상다리 자세로 침상에 앉게 하고는 약을 발라주겠다고 했다. 그 어린 간호사가 몇 번인가 와서 도와주려 했지만, 눈을 부라리며 쳐다보는 내 날카로운 눈빛에 달아나고 말았다.

쟝천은 일단 내 머리칼을 파헤쳤다. 등을 지고 있다 보니 표정을 볼 수 없어서, 쟝천에게 눈살을 찡그린 채 부드러운 얼굴로 가슴 아파하는 표정을 자동으로 짝지어주었다. 하지만 내 머릿속에 떠오른 이 부드러운 표정은 순식간에 무정하게 뒤집히고 말았다. 이 인간이 면봉으로 아주 힘껏, 엄청 모질게, 이성이라도 잃은 미치광이처럼 내 뒤통수에 난 혹을 찔러버렸기 때문이다.

순간 눈물이 눈앞에 어려 뒤로 고개를 돌려 그를 쳐다봤다. "살살 좀 해. 내 뇌척수액 다 터뜨리지 말고."

그가 내 머리를 바로잡았다. "알았어."

그러더니 면봉을 버리고 대신 자기 손가락으로 문지르는 거였다. 따뜻한 손가락에 발린 차가운 연고가 내 두피 위에서 천천히 문질러졌다.

마음이 갑자기 나른해지면서 천천히 등을 뒤로 기울여 쟝천에게 몸을 가볍게 기댔다. 순간 쟝천이 손가락 움직임을 잠시 멈추더니 연고를 새로 떠서 내 두피에 발라주었다.

도둑이라도 되는 양 계속 우리를 훔쳐보던 간호사가 어찌 된 일인지 돌연 우리를 향해 "하하" 웃으면서, 자기는 병실을 좀 돌아봐야겠다고 진지하게 말했다. 갑자기 프로페셔널하게 돌변하시니, 우리로서야 이를 그녀에게 불현듯 찾아온 깨달음이라고 할 수밖에.

장천은 그녀가 불현듯 찾아온 깨달음을 실천하도록 도와주었고, 그녀는 미련이라도 남았는지 걸어가면서도 계속 이쪽을 돌아보다가 병실을 둘러보러 떠났다.

나는 이렇게 해서 그의 오른쪽 갈비뼈 세 번째와 네 번째, 그리고 다섯 번째 뼈마디에 기대게 되었다. 그런데 장천이 말 한마디 없이 내 머리를 문지르고 있으니까, 이 인간이 이러다 머리통과 두피를 아주 얇게 만들어서 내 뇌척수액을 빨대로 후루룩 들이마셔 버리는 건 아닌가 그런 생각이 들기에 이르렀다……

그나마 다행히 그가 움직임을 멈췄고, 연고를 잔뜩 바른 손으로 등 뒤에서 내 어깨를 감싸 쥐었다.

"늘 네가 후회하기를, 나한테 돌아와서 빌기를 기다렸어. 그러면 꼭 제대로 비웃어주려고 했지. 그러고 나서 앞으로 헤어지자는 네 글자를 입 밖으로 내기라도 했다가는 제 명에 죽지 못할 거라고, 수술칼 앞에서 맹세하게 할 생각이었어."

나는 고개를 돌려 이렇게 말하고 싶었다. 심리 상태가 너무 불건전한 거 아니냐고, 어떻게 나같이 귀여운 여자에게 그렇게 피비린내 나는 말을 할 수 있냐고, 나 간 작은 사람이라고, 무섭다고.

하지만 장천이 내 어깨뼈를 너무 꽉 쥐고 있어 언제든 나를 으스러뜨릴 수 있었으므로 한마디도 하지 않았다.

"그런데 너 계속 안 오더라."

나는 속으로 생각했다. 그건 네가 못 본 거지. 난 너 식당에서 차샤오 덮밥叉燒飯[32] 시키는 모습도 봤단 말야.

장천 말로는 한 달 뒤에 날 찾아왔다고 했다. 그때 환자가 자기 손에서 세상을 떠나는 모습을 난생처음 두 눈으로 지켜봤었다고, 너무 특수한 상황이어서 심리적으로 많이 약해져 있었다고, 여자 친구가 응원해주고 격려해주길 바랐다고. 그래서 자기가 한발 앞서 용서해줄 생각으로 날 찾아왔었노라고 했다. 하지만 그때 우리 집 아래층에서 내가 남자 몇 명을 지휘하며 아래층으로 이삿짐을 나르게 하는 모습을 보고는 홧김에 병원으로 돌아가 버렸다고 했다.

한숨이 나왔다. 신이 이렇게 무정하고 잔혹할 리 없다는 생각에, 이렇게 생트집을 잡을 리 없다는 생각에.

사실은 이렇게 된 거였다. 당시 내가 헤어지자고 말하자, 쟝천은 "너 후회하지 마." 이 한마디 내뱉은 뒤 문을 박차고 나가버렸다. 병든 노약자 같은 그 문은 마지막 남아 있던 목숨도 포기한 채 후회 없는 일생을 마감했다.

그런데 공교롭게도 바로 이튿날이 우리 대머리 집주인이 집세 걷으러 오는 날이었다. 집주인은 흔들흔들 떨어져버릴 것 같은 문을 보고 흔들흔들 떨어질 듯한 자기 머리칼이 떠올랐는지 분통을 터뜨리고 말았다.

집주인은 망가진 문을 보며 내게 한바탕 욕을 퍼부었다. 듣기로는 호랑이 담배 피우던 시절 석사학위를 받았다는 교양 있으신 집주인께서는 이번 사건을 요즘 대학생들이 보편적으로 다 수준이 떨어진다는 이야기로 끌어올리셨고, 금융 위기며, 가뭄, 지진, 홍

---

32 홍콩식으로 구운 돼지고기에 소스를 곁들여 채소와 함께 먹는 밥

수, 더 나아가 독감까지, 이 모든 것들이 죄다 대학생들 탓이라는 뜻을 굽히지 않으시었다. 나는 저야 그래봤자 일주일에 빨래 딱 한 번밖에 하지 않으니 가뭄은 제 탓이 아니라고 설득해봤지만 들어먹히질 않았고, 그는 문짝 교체비로 5,000위안을 내라고 고집을 부렸다.

보기에는 심각하게 머리가 나빠 보일지 모르지만 내가 바보도 아니고, 문짝이 비싸 봤자 1,000위안 정도일 텐데 다섯 배를 뻥튀기하다니, 부동산보다 더 폭리가 심하고 뻔뻔한 거 아닌가. 물론 몇 년 뒤 내 착각이었음을 깨닫기는 했다. 세상에 부동산보다 더 폭리가 심하고 뻔뻔한 건 없었으니. 이거야 다 지난 뒤 하는 말이고, 일단 이 이야기는 여기서 마무리하는 걸로.

이 문짝 때문에 나와 집주인의 관계는 망가질 대로 망가져버렸다. 집주인은 곧 죽어도 5,000위안을 고집했고, 나는 곧 죽어도 2,500위안을 고집했다. 막상막하의 대치가 이어지자 그는 자기 집에서 나를 쫓아냈고, 나는 꺼져드렸다. 쟝천이 찾아온 날, 나는 꺼지기 위한 사전 준비를 하고 있었던 것이다.

내가 쟝천에게 그 집주인이 날 얼마나 못살게 굴었는지 울먹이며 하소연하자, 쟝천은 내 말을 다 들은 뒤 긴 한숨을 쉬며 말했다. "그럼 우리 다시 만나자."

너무 곤혹스러웠다. 이 자식 말하는 것 좀 보게. 자기한테는 이 3년의 이별이 그냥 기나긴 싸움에 지나지 않았다는 거야?

내가 너무 오랫동안 침묵한 탓인지 쟝천이 다시 말했다. "천샤오시, 나 의사야. 삶과 죽음, 몸부림과 고통, 그런 거 볼 만큼 봤다구. 네 논리대로라면 내가 해탈을 해도 몇 번을 했을 텐데, 내가 왜 너한테 얽매여 있어야 하냐? 뒤만 돌면 예쁜 간호사에, 고개만 돌리면 새 인생이 시작될 텐데, 내가 왜 네 생각을 하고 있겠냐?"

들고 있으니 이건 아니다 싶었다. 지금 이 말은 앞에서 한 다시 만나자는 요구와는 하늘과 땅 차이인데, 설마 내 짧은 침묵이 허세로 보여서 상대해주지 않겠다고 결정이라도 했단 말이야?

나는 뒤돌아서 그의 허리를 껴안았다. "좋아, 우리 다시 만나자."

그는 오래도록 말을 하지 않았다. 나는 손가락으로 그의 옷을 돌돌 감아버렸다. "속으로는 좋으면서 겉으로 싫은 척하는 사랑 싸움 좀 그만하자. 나 이미 결혼해서 애 낳을 만큼 나이 먹었단 말야."

쟝천이 내 등을 두드렸다. "알았어."

나는 그의 허리를 풀어주고는 고개를 들어 쳐다봤다. "무슨 뜻이야?"

고개를 숙이며 다가오는 그를 향해 재빨리 입술을 오므리며 입을 앙다물고 말했다. "도대체 다시 만나자는 거야 말자는 거야. 제대로 말 안 하면 뽀뽀 못 하게 할 거야."

쟝천이 고개를 한쪽으로 기울인 채 날 내려다보더니 웃어버렸다. "알았어. 우리 다시 만나자."

말이 떨어지자마자 그가 내 손을 풀며 키스했다. 나는 서로의 혀가 엎치락뒤치락 오가는 와중에도 정신을 또렷하게 차리고 이 문제를 생각해보려 애썼다. 처음에는 쟝천이 다시 만나자고 요구했는데, 어째서 마지막에 가서는 또 내가 쟝천에게 다시 만나자고 애걸복걸한 꼴이 되었는지, 심지어 스킨십으로 화해를 청하는 지경으로 전락하고 만 것인지?

하지만 내 또렷한 정신은 3분을 가지 못했고, 입술이 주관이라고는 없는 내 머리를 지배하고 말았다.

진심으로 우리의 키스는 너무나 낭만적이었다. 병원 특유의 소독약 냄새에, 내 이마에서 나는 박하 향 연고 냄새, 쟝천 몸에서 나는 약 냄새와 비누 냄새, 그리고 그의 입에서 나는 옅은 더블민트 껌 냄새까지, 온갖 냄새가 뒤섞여 너무나 아름다웠다. 시간이 플레이어라면 정지 버튼을 눌러 이 순간에 머물러 있고 싶었다.

아쉽게도 시간이 플레이어라고 한들 내 손에는 리모컨이 없었다.

방금 큰 충격을 받은 뇌에 피가 심하게 몰리자 돌연 머리가 아팠다. 아파서 눈물을 그렁그렁 머금은 채 쟝천의 등을 꼬집어버리고 말았다. "나…… 머리 아파."

그는 날 풀어주더니 몸을 수그려 눈을 맞추었고, 나는 그의 어깨를 짚은 채 크게 숨을 쉬려 애썼다.

쟝천은 주머니에서 손전등을 꺼내더니 손을 뻗어 내 눈꺼풀을 뒤집어보았고, 그 손전등으로 내 눈을 비춰보기도 했다. 손전등 조명이 눈물을 쏟고 싶을 만큼 눈을 환하게 비추었다.

마지막에 가서야 쟝천이 안도의 한숨을 쉬며 날 부축해서 눕혀주었다. 그러고는 의사 특유의 엄숙한 말투로 나무랐다. "별일 아냐. 잠시 누워서 쉬어. 뇌진탕은 너무 흥분하면 안 돼."

나는 아무 말 없이 새하얀 천장을 바라봤다. 도대체 누가 날 흥분시켰는데…….

나는 병원 응급실 병상에서 잠이 들었고, 중간에 두 번 놀라서 깼다. 한번은 쟝천이 어디서 가져왔는지 접이식 녹색 가리개를 가져와서 다른 병상과 나눠놓았다. 오랫동안 방치했던 물건인지, 쫙 펼 때 폭죽 터지듯 '후드득후드득' 소리가 나는 바람에 불만 섞인 눈빛으로 한번 흘겨봐 주고는 다시 몸을 돌려 잠들었던 것 같다. 그러고 나서 지금 깬 건데, 가리개 밖에서 낮은 신음이 들려왔다. "아야, 아야" 소리가 상당히 의심쩍었다.

일어나 앉아서 잠깐 좀 훔쳐보려다가 사납게 쏘아대는 간호사의 말에 놀라고 말았다.

"그렇게 역하게 소리 지르지 마세요. 지금 무슨 대장내시경 하시는 것도 아니잖아요!"

나는 속으로 대장의 위치와 내시경의 입구를 어림짐작해보다가 나도 모르게 회심의 미소를 지었다.

바깥의 그 신음은 이미 울부짖음으로 바뀌어 있었다. 쟝천이 야단치는 소리가 들려왔다. "입 닫으세요. 다른 환자들 시끄럽게 하지 마시고요."

나는 가리개를 돌아서 나갔다가 내가 왜 나갔던가 후회하고 말았다.

아마도 젊은 사람인 것 같았다. '아마도'라고 한 건 폭탄 맞은 볏짚 같은 머리를 보고 내린 판단이었다. 그리고 얼굴만 봐서는 순간적으로 나이를 판단하기 어려웠다. 얼굴에 빨간 피가 잔뜩 흘러내리고 있었기 때문이다. 심지어 그 엉망으로 흐트러진 얼굴에 질서정연하게 녹색 유리 파편이 꽂혀 있었는데, 보아하니 맥주병 조각 같았다. 왼쪽과 오른쪽 뺨에 꽂힌 유리 조각에는 아예 상표도 붙어 있었다. 눈을 가늘게 뜨고 자세히 살펴봤는데, 하나는 해서체로 쓴 '純' 자였고, 다른 하나는 '生' 자였다.[33]

카메라로 그 얼굴을 찍어서 인터넷 게시판에 올려놓고 싶었다. 제목은 이렇게 지어서 말이지. '모 예술대학 예비 졸업생의 피비린내 나는 졸업 디자인. '인생', '생명', '단순함', '순수' 등 인간이 끊임없이 만들어내는 아름다움에 관심을 가져달라고 사회에 호소하는 작품' 표제는 반드시 길어야 했다.

믿어보시라니까. 예술 그리고 변태와 관련된 건 다 인기를 끈단 말씀.

쟝천은 내가 나온 걸 보고는 손에 들고 있던 핀셋으로 날 가리켰다. "뭐 하러 나왔어? 들어가!"

뭐라 말할 새도 없이 유리 조각 박힌 얼굴의 주인공이 노발대발 욕을 해댔다. "이런 씨부랄, 보긴 뭘 봐……. 아…… 씨팔!"

나는 그 사람이 뒤에 갑작스럽게 고음으로 내지른 '아…… 씨팔!' 소리에 덜컥 놀라 두 발짝 뒷걸음질 쳤고, 어리벙벙하게 쟝천을 바라봤다.

쟝천은 핀셋으로 그 '生' 자가 붙은 유리 조각을 떼어 자기 옆에

---

33 '純'과 '生' 두 글자가 맥주 상표에 붙으면 '생맥주'라는 뜻이 된다.

있던 철제 카트 위로 확 내던져버렸다. "여기 병원입니다. 말 좀 가려 하시죠."

쟝천의 표정은 조금도 무섭지 않았다. 심지어 말투도 담담해서 아무런 기복이 느껴지지 않았다. 하지만 내 눈에는 너무 멋져 보였다.

유리 조각 얼굴의 주인공은 피범벅이 된 얼굴로, 속으로는 화가 치밀어 오르면서도 겉으로는 감히 말할 엄두를 못 내겠다는 표정을 지었다. 게다가 또 어찌나 공손해졌든지. "알겠습니다. 선생님, 좀 살살 해주세요."

나는 "오!" 소리와 함께 가리개 뒤로 돌아간 뒤 침상 위에 책상다리를 하고 앉았다.

유리 조각 얼굴의 주인공이 비위를 맞춰주려는 듯 말했다. "선생님, 여자 친구분이신가 보네요. 미인이시네요."

쟝천이 한마디 대꾸해주려는 것 같았는데, 유리 조각 얼굴의 주인공이 또 입을 열었다. "선생님, 여자 친구를 병원 침상에 데려다놓으시다니 아주 자극적이네요."

뜻밖에도 유리 조각 얼굴의 주인공이 또다시 울먹이며 엄마를 불러댔다. 그렇게 고통스러워하는 걸 보면서 내가 해줄 만한 말은 딱 하나였다. 쌤통이다.

그러고 나서 얼마나 더 발버둥을 쳤는지 모르겠다. 책상다리를 한 채 꾸벅꾸벅 잠이 들었는데, 다시 정신이 들었을 때는 다리가 저려서 손으로 만져볼 엄두도 못 낼 지경이었다.

"천샤오시, 좌선하냐?" 쟝천이 내 침상 옆에 서서 하얀 나일론 장갑을 벗었다.

발가락을 놀리자 찌르르하게 저린 통증이 전신의 감각세포로 기어 올라오는 것 같아 울상을 지으며 말했다. "쟝천, 다리가 불구라도 될 것처럼 저려."

그가 나일론 장갑을 되는 대로 구석에 있던 휴지통에 내던져버리고는, 침대 옆으로 다가와 앉으며 집게손가락으로 내 다리를 쿡쿡 찔러댔다. "하지 마. 정말 저리단 말야."

쟝천이 별안간 손을 쭉 뻗어 날 밀었다. 나는 망가진 오뚝이처럼 쓸데없이 몇 번 흔들리다가, 책상다리 하고 앉은 자세 그대로 침대에 옆으로 쓰러지고 말았다.

왼쪽 허벅지가 오른쪽 허벅지 아래로 눌리자 저려서 "악악" 소리를 질러댔다.

쟝천은 신이라도 난 듯, 팔짱을 낀 채 머리를 한쪽으로 기울이고는 날 보며 쉬지도 않고 웃어댔다. 어찌나 웃어댔는지 보조개가 튕겨 날아가려고 했다.

그러더니 내 오른 다리와 왼 다리를 살짝 벌려서 풀어놓고는 종아리를 툭툭 두드렸다.

툭툭 치는 그의 손길을 따라 저린 느낌 퍼지듯 피가 내 두 다리를 돌아다니기 시작했다. 한 5~6분 정도 지나니 다리는 어느 정도 정상 감각을 회복했다. 나는 쟝천을 한 대 걷어차 주었다. 내 다리가 이미 사람을 걷어찰 수 있을 정도로 회복되었다는 뜻이었고, 움직이기 불편할 때 날 오뚝이로 갖고 논 일에 내가 엄청 언짢아하고 있다는 뜻이기도 했다.

솔직히 말해서 그렇게 세게 걷어찬 것도 아닌데, 쟝천이 그만 침상 위로 쓰러지고 말았다. 쟝천이 배를 움켜쥐며 말했다. "천샤오시, 너 레슬링 선수라도 되냐?"

나는 한 대 더 걷어차 주었다. "그럼 넌 아카데미 남우주연상 배우라도 돼?"

쟝천이 배를 움켜쥔 채 움직이지 않았다. 심지어 멀리서 보니 관자놀이에서 땀이 흘러나오고 있었다. 가면 갈수록 뭔가 잘못됐다 싶은 생각이 들었다. 이놈의 다리가 한번 저리고 나더니 불산무영각佛山無影腳[34]을 익히기라도 했나, 살짝 한번 걷어찬 걸로 사람을 잡았다고?

기어가서 어깨를 툭툭 건드렸다. "괜찮지? 괜찮은 거지? 사람 놀라게 하지 마."

쟝천이 갑자기 몸을 돌려 날 안았다. "이 바보야, 배 움켜쥐고 있는데 등을 치면 어떻게 하냐?"

어찌나 꼭 껴안았는지 온몸의 체중을 다 나한테 실은 것 같아서 숨이 좀 막힐 지경이었다. "너 왜 그래? 나 목 졸라 죽일 생각 마."

그가 말했다. "위가 좀 아파. 잠시만 안고 있을게."

그의 어깨를 살짝 두드렸다. "약 어딨어? 내가 가져다줄게. 넌 왜 만날 위가 아프냐구. 이거 안 좋은 거야. 몸 좀 잘 챙겨."

그가 머리를 내 어깨 위에 올려놓고 말했다. "천샤오시, 난 나

34 중국 무예가 황비홍(黃飛鴻)이 구사한 무술 기예 중 하나로, 발 그림자가 보이지 않을 정도로 빠른 연속 발차기 기술을 말한다.

잘 못 챙겨."

이 말을 들으니 별안간 암컷으로서의 모성 본능이 넘쳐흘러, 그의 머리를 어루만지면서 말해주었다. "쟝천, 그럼 내가 챙겨줄게."

"좋아." 그가 말했다.

곧이어 쟝천은 근무를 교대하러 갔고, 날 집에 데려다주는 길에는 자기를 어떻게 챙겨줘야 하는지 조목조목 열거해주었다. 대부분 낯설지 않은 조항들이었다. 대학 시절 내게 한번 읊어주었던 조항들이었으니 말이다. 예를 들면, 그는 내 아침밥을 책임지고 대령하고, 나는 쟝천의 점심과 저녁밥을 책임지고 대령한다든지, 껍질이 있는 음식물은 내가 반드시 벗겨줘야 한다는 거였는데, 이건 보통 차예단을 먹을 때에 해당했다. 또 예를 들자면, 매주 꼭 본인이 입었던 옷과 바지를 깨끗이 빨아줘야 한다는 것도 있었고…….

나는 조수석에 앉아 쟝천이 써준 두 쪽짜리 남친 돌봄용 처방전을 휘리릭 넘겨보고 있는데, 정작 이 인간은 꿈쩍도 하질 않았다. 결국 성질을 못 이기고 종이 두 장을 휘둘러버렸다. "내가 왜 너한테 저녁밥을 갖다 바쳐야 하는데?"

"대학 시절 규칙에 따른 거지."

"대학 때는 가깝고 편리했잖아. 게다가 대학 때는 너도 나한테 아침밥 갖다 바쳤고."

"그거야 내가 일찍 일어나서 공부하니까 그 김에 그런 거지. 게다가 대학 시절에 비하면 점심 대령은 빠져 있거든?"

기분이 좀 우울해졌다. "그…… 그럼 나도 너한테 저녁밥 대령 안 할 거야."

그가 곁눈질로 날 힐끗 봤다. "누가 나 챙겨준다고 그랬더라?"

대꾸할 말이 없어서 하는 수 없이 머리를 수그린 채 그 조항들을 보며 궁리했다. 쟝천이 제6항에 이렇게 써놓았다. '이삼일에 한 번은 집 정리해주기.'

내가 종잇장을 흔들었다. "이봐, 이봐, 대학 때는 제6항은 없었단 말야."

그가 운전대를 두드리며 빨간 신호등이 바뀌기를 기다리다가 고개를 쭉 내밀어 날 홀긋 봤다. "대학 때는 기숙사에 살았잖아. 남한테 공짜 청소를 해줄 수는 없었단 말이지."

……

그래, 내가 잘못했다. 지난 3년 동안 나 스스로 이 인간을 기억 속에서 너무 많이 미화하다 못해, 이 녀석이 나한테 잘해준 것만 기억했지 날 얼마나 괴롭혔는지는 깡그리 잊어버렸던 것이다.

기억이 아름다운 까닭은 아무도 그 과거로 돌아갈 수 없기 때문이지.

사실 내가 쟝천과 알고 지낸 기나긴 세월, 쟝천의 다정함에는 오만방자함과 막가파식 횡포가 바닥에 깔려 있었다. 예를 들어 그 도서관 사건을 이야기해보자. 다들 그 녀석이 도서관에서 나 대신 책장을 넘겨주는 모습만 봤을 거다. 하지만 그 추운 날, 내가 얼마나 기숙사 이불 속에 있고 싶었는데, 그런 나를 기어이 억지로 도서관으로 끌고 가지 않았느냔 말이다. 그러면서 공부야말로 학생 본연의 임무라고 하질 않나, 본인은 도서관에서 머리 박고 공부에 열중하는 판에, 내가 기숙사에서 머리 박고 조는 데 열중할 걸 생각하면 속이 불편하고 뒤집힌다고 말하기도 했다. 본인이야 의예과 학생이니, 의사가 돼서 의료 사고로 사람 잡지 않으려면 매일매일 열심히 공부해야 하는 걸 뭐라 할 수는 없다. 하지만 나는 예술학과 학생인데 나한테 매일같이 억지로 도서관에 붙어 있으라니, 그거야말로 내 자유와 사상을 말살하는 짓거리였단 말이다. 내가 반 고흐가 못 되고, 피카소가 못 된 것이 실은 다 쟝천 탓이었다.

"다 왔어." 쟝천이 내 머리를 툭툭 쳤다.

내가 밖을 보며 어리벙벙하게 말했다. "잘못 왔는데. 여기 우리 집 아니야."

쟝천이 안전벨트를 풀었다. "너희 집 아니라는 거 알아. 여기 우리 집이거든. 올라가서 나 먹을 것 좀 해줘. 그 김에 정리도 좀 해주고."

……

9장

결국 나는 쟝천네 집에 가지 못했다. 쟝천은 9층에 살고 있었는데, 엘리베이터가 2층에 도착했을 때 전화를 받더니 환자에게 문제가 생겼다고 했다. 그는 3층에서 버튼을 눌러 엘리베이터 문을 열어놓고는, 내게 열쇠 꾸러미를 던졌다. "903호. 먹을 거 알아서 찾아 먹고, 좀 자."

나는 쟝천이 뒤돌아서 다급히 계단으로 뛰어 내려가는 모습과 엘리베이터 문이 서서히 닫히는 모습을 바라봤다. 엘리베이터를 따라 9층에 도착했지만, 쟝천네 집 문 앞에서 잠시 서 있다 들어가지 않기로 했다. 첫째는 내 수준 높은 교양이 주인도 없는 집에 마음대로 들어가는 걸 허락하지 않았다. 둘째는 주인이 지켜보고 있지 않은 집에 들어가서 무슨 귀중품이라도 봤다가, 내가 유혹을 못 견디고 그 길로 그걸 들고나가 버리면 어쩌나 싶어서 말이다. 아, 가정교육을 어쩜 이렇게 잘 받았는지!

그래서 다시 엘리베이터를 타고 아래로 내려가, 아래층에서 훈툰餛飩[35]과 차예단 등 아침거리를 사 들고는 택시를 잡아타고 다시 병원으로 갔다.

여자가 얼마나 어리석은지, 나는 또 얼마나 어리석은지.

병원 입구에 기다란 고급 승용차가 멈춰 섰다. 내가 차에 대해 잘 모르기는 하지만, 아주 반짝반짝 광택이 나게 닦인 것이 딱 봐도 좋은 차였다. 옷과 같은 이치다. 나는 싸구려 옷이면 그 위에 간장이 쏟아지든 어쨌든 눈 하나 깜짝하지 않는다. 너무 더러워서 도저히 안 되겠다 싶으면 그제야 내다 버린다. 그런데 비싼 옷을 입으면 멀리서 간장이 보이기만 해도 도망친다. 너무 더러워서 도저히 안 되겠다 싶을 정도가 돼도 바닥에 무릎 꿇고 앉아 하나하나 비벼 빤다…….

병원 입구까지 가기도 전에 검은 양복 차림에 선글라스를 쓴 두 사람이 길을 가로막았다. 둘이 이구동성으로 물었다. "무슨 일로 오셨습니까?"

나는 고개를 들어 병원 간판을 휙 보고는 말하기도 귀찮아 되는 대로 말해버렸다. "진료받으러 왔는데요."

양복 차림 남자 갑이 손목시계를 힐끗거렸다. "병원 아직 문 안 열었습니다. 무슨 진료받으러 오셨습니까?"

"응급 진료받으러 왔다고요!"

---

35 얇은 밀가루 만두피에 고기와 채소를 소로 넣어 끓인 일종의 만두 요리

양복 차림 남자 을이 말했다. "응급 진료받으러 오실 만한 상태로는 안 보이시는데요? 말씀해보시죠. 어느 방송국에서 오셨습니까?"

잠시 좀 어리둥절해하다가 수줍은 듯 머리를 긁적이며 겸손하게 말해주었다. "호호, 저 방송국에서 온 사람 아니에요. 저보고 TV 출연하기 안성맞춤이라고 하는 사람이 엄청 많기는 하지만요."

갑과 을이 서로 눈빛을 주고받더니 또다시 이구동성으로 따져 물었다. "헛소리 그만하시고요. 어느 신문사에서 오셨어요?"

나는 고개를 저었다. "저 택시에서 내려서 걸어왔잖아요. 두 분도 방금 보셨으면서. 안기는 누가 날 안아요. 그리고 내가 팔이 없나 다리가 없나, 뭣 하러 다른 사람한테 안아서 데려다달라고 해요?"[36]

내 진심이 두 사람에게는 통하지 않았나 보다. 여러 날 변을 못 본 사람처럼 답답한 표정들을 짓는 걸 보니 말이다.

도리가 없었다. 손에 들고 있던 아침거리를 들어 보여주는 수밖에. "실은 제가 이 병원 의사라서 출근하던 길이었어요."

말이 떨어지자마자 누군가 내 어깨를 툭툭 두드렸다. 고개를 돌려보니 닥터 쑤가 방긋방긋 웃으며 날 바라보고 있었다. "그쪽 언제 우리 병원 의사 됐어요?"

---

36 '신문사'를 뜻하는 '報'와 '사람을 안다'는 뜻을 가진 '抱'가 발음과 성조가 같다보니, 여주인공이 "어느 신문사에서 오셨어요?"를 "누구한테 안겨서 오셨나요?"로 잘못 알아듣고 혼자 착각하면서 벌어진 해프닝이다.

한숨이 나왔다. 이제 양복 차림 남자들 마음속에서 나는 더더욱 정체를 알 수 없는 인간이 되었겠군. 그 둘을 보고 있으니, 내가 옷에 폭탄이라도 감추고 들어온 테러리스트라도 되는 듯 눈에서 경계심이 느껴졌고, 이 작자들이 언제 어디서든 총을 꺼내 날 총알 투성이로 만들어놓겠다 싶었다.

너무 억울했다. "제 남자 친구가 이 병원 의사라고, 남자 친구한테 아침 챙겨주러 온 거라고 하면 믿으시겠어요?"

양복 차림 남자 갑이 말했다. "헛소리 좀 작작하세요. 그쪽, 기자죠? 병원 들어가서 도대체 뭘 어쩌려는 겁니까? 내 알려드리는데, 이건 사생활입니다. 보도할 수 없는 거라고요!"

나는 닥터 쑤를 그 남자들 앞으로 떠밀었다. "저 정말 기자 아니라니까요. 여기 이 쑤 선생님이 여기 의사시니까 증명해주실 거예요. 저 정말 남자 친구 찾아왔다고요."

닥터 쑤가 멍하니 고개를 끄덕였다. "저 이 병원 의사인데요, 이분 남자 친구와 아는 사이예요."

양복 차림 남자 갑이 말했다. "본인이 이 병원 의사라는 걸 어떻게 증명할 겁니까?"

어리벙벙해진 닥터 쑤가 머뭇거리며 말했다. "제…… 제가 수술을 하거든요?"

내가 콧잔등을 만지작거리며 제안했다. "사원증이 훨씬 더 설득력 있을 것 같은데요."

닥터 쑤가 바지 주머니를 툭툭 건드리다가 주머니에 손을 넣고 뒤져보더니 아주 순진무구하게 말했다. "제 사원증이 병원에 있네요."

사실 나였어도 이 맹해 보이는 아가씨가 의사라고는 믿지 않았을 것이다.

10분 뒤, 나는 닥터 쑤와 병원 입구에 쭈그리고 앉아 차예단 껍데기를 까먹었다.

차예단 껍데기를 까서 닥터 쑤에게 건넸다. "어떻게 이럴 수 있어요? 저 사람들 뭐 하는 사람들이죠? 우리 못 들어가게 해서 뭘 어쩌겠다는 걸까요?"

닥터 쑤가 차예단을 한 입 물었다. "아마 무슨 유명 인사가 드러운 병 치료하러 왔나 보네요. 그쪽이 무슨 걱정이에요? 여기서 근무하는 것도 아닌데."

생각해보니 그랬다. 어쨌든 병원 외래진료 시간 되면 들여보내주겠지. 그래서 나는 좋은 마음으로 닥터 쑤 걱정을 해주었다. "선생님 지각하셨으니 어쩌나요?"

그녀가 손을 휘휘 저었다. "무서울 것 없어요. 우리 아버지가 원장이라."

나는 놀란 마음을 슬쩍 감추고는 고개를 끄덕이며 말했다. "어쩐지. 선생님 뛰어난 의술이 다 집안 유전 덕택이었군요."

내 생각은 이랬다. 닥터 쑤의 아버님이 이 병원 원장이시고 쟝천이 이 병원 의사니, 병원 원장 따님에게 잘 보여두면 틀림없겠지. 나 같은 현모양처를 둔 쟝천이 부러워죽을 지경이었다.

닥터 쑤가 눈살을 찌푸렸다. "무슨 말이에요? 우리 아버지 동물병원 하시는데."

나는 해명해보려고 애썼다. "아니, 아버님이 원장이라 무서울 것 없다고 그러셨잖아요. 그…… 그래서 한 말인데, 오해하지 마세요."

그녀가 콧방귀를 뀌었다. "제가 무서울 것 없다고 한 건, 그래봤자 사표 쓰고 나가서 아버지 동물 병원 도와드리면 된다는 뜻이었는데요."

"하하, 그런 뜻이었구나. 동물 병원 가서 도와드리는 것도 아주 좋죠."

그녀의 얼굴이 굳어버렸다. "도와드리는 것도 아주 좋다는 건 또 뭐예요? 혹시 동물 병원 원장은 급이 좀 떨어진다고 생각하는 거예요?"

나는 고개를 정신없이 절레절레 흔들었다. 말이 많으면 실수가 많다더니. 입을 닫을 수밖에 없었다.

닥터 쑤는 정색한 얼굴로 차예단을 먹어치우더니 얼굴 가면을 바꾸기라도 한 듯 말했다. "사실 그쪽한테 농담한 거예요. 우리 아버지 진짜 이 병원 원장 맞아요."

입안에 있던 차예단을 아직 다 씹지도 못한 마당에 닥터 쑤 말에 그만 사레가 들려서, 병원장 따님 얼굴에 달걀 뿜지 않으려고 억지로 삼키다가 목이 막혀 눈물이 다 그렁그렁 맺히고 말았다.

병원장 따님께서 스스로 자신을 낮추시며 이 몸의 등을 쳐주시더니 한숨을 쉬셨다. "도대체 언제가 돼야 제 유머를 이해하시려나? 우리 아버지 사실 동물 병원 하시는데."

……

내가 이 사람을 이해하기란 애초에 글러먹은 일이라 "하하" 크게 웃기 시작했다. "어머, 본인만 유머러스하신 줄 아셨나 봐요. 저도 선생님한테 농담한 건데. 저 다 알아챘었어요."

사실 난 아무것도 알아채지 못했다. 지금까지도 도대체 닥터 쑤의 아버님이 사람을 고치는 분인지 동물을 고치는 분인지 모르겠지만 뭐 상관없다. 닥터 쑤도 내가 아는지 모르는지, 아니면 알면서도 모르는 척하는 건지 모르니까.

닥터 쑤가 미심쩍게 날 바라보다 잠시 뒤 웃어버렸다. "그쪽 유머를 높이 사드리죠."

......

우리는 병원 입구에 쭈그리고 앉아 3인분의 아침을 먹어치웠는데, 그중 2인분은 장천에게 주려고 준비한 것이었다. 본래는 나 1인분, 장천 1인분 먹으면 적어도 1인분 정도는 장천에게 남겨줄 수 있겠다 싶었는데, 닥터 쑤가 이렇게 대식가일 줄이야 누가 알았겠나. 세어보니 총 차예단 네 알, 비빔 훈툰 두 그릇, 찐만두 1인분을 드시었다는.

자리에서 일어나서 쓰레기통에 비닐봉지를 버리러 갔다. 입구에 있던 양복 차림 남자가 날 보고 일어나서는 오른발을 뒤로 한 발짝 빼며 궁전보弓箭步[37] 자세를 취하기에, 손을 휘휘 저으며 연약한 여자인 내가 무리하게 뛰어들지는 않을 거라고 눈치를 주었다.

37　화살을 닮은 보법(步法)이라는 뜻으로, 한 발을 앞으로 굽히고 다른 발을 뒤로 쭉 뻗은 자세를 말한다.

쓰레기를 버리고 나서 닥터 쑤에게 말했다. "저 아침거리 좀 다시 사러 갔다 올게요."

닥터 쑤가 고개를 끄덕였다. "저도 딱히 배가 부른 느낌이 안 드네요. 찐만두 1인분만 좀 사다 주세요."

......

다시 아침을 사 왔을 때, 닥터 쑤는 그 양복 차림 남자들과 웃고 떠들다, 돌아온 날 보고는 손을 흔들었다. "우리 들어가죠."

우리는 그 두 남자가 미소를 지으며 주시하는 가운데 병원으로 들어갔다. 내가 그녀에게 물었다. "저 사람들 어떻게 설득하셨어요?"

"한 사람당 천 위안씩 쥐어줬어요."

"네?" 나는 또다시 놀라고 말았다.

그녀가 내 어깨를 쳤다. "농담이에요. 경비 아저씨한테 전화해서 나 의사라고 증명해줄 사람 좀 내보내 달라고 했어요."

"왜 더 일찍 전화하지 않으셨어요?"

"방금 아침 먹고 있었잖아요."

나는 일찌감치 정상인의 논리로 그녀와 대화할 마음을 포기한 터라 이렇게 말했다. "그건 그렇네요. 아침 먹는 것만큼 중요한 게 있나요. 아침 안 먹으면 머리가 안 돌아가잖아요."

한창 말하고 있는데, 닥터 쑤가 맞은편에서 걸어오는 간호사를 붙잡고 물었다. "어떻게 된 거예요? 입구에 저 두 사람 왜 서 있어요?"

"전에 우리 병원에서 심장 수술받으신 그분 심장병이 재발해서요."

"누구요? 심장외과 쪽? 닥터 쟝 환자요?"

"네. 쟝 선생님이 지금 수술실에서 응급조치하고 계세요." 그녀가 잠시 주변을 두리번거리더니 나직하게 말했다. "듣자니까 여자 침대 위에서 심장 발작이 일어났다네요."

와!

셋이서 소곤소곤 그 소문을 떠들어댔는데, 내용은 침대에서 벌어지는 그 운동이 도대체 얼마나 격렬하기에 심장병까지 유발하느냐를 벗어나지 않았다. 의료 업계 종사자로서 둘이 혈압 상승, 심장박동 증가, 체액 분비 등을 포함한 전문적인 견해를 적잖이 내놓은바…… '체액'이라는 두 글자를 듣고 내가 붉어진 얼굴로 "아!" 소리를 내며 부끄러워하자, 두 사람이 일제히 날 무시하며 하는 말, "저기요! 표정이 왜 그렇게 변태 같아요. 우린 지금 땀 흘리는 거 얘기한 거라고요."

낯짝이 얇은 나는 민망한 마음에 더는 두 사람과 이야기를 못하고, 쟝천 진료실에 가서 쟝천이나 기다리겠다고 말해버렸다.

쟝천의 진료실은 잠겨 있지 않았다. 나는 책상 한쪽을 치우고 아침거리를 올려놓은 뒤, 또 한쪽을 치우고는 그 자리에 엎어져서 선잠을 청했다.

하지만 학창 시절 책상에 엎어지기만 했다 하면 잠이 들던 능력이 이미 퇴화한 건지, 도무지 잠이 오지 않아서 책상 위에 엎드려

멍을 때리고 있을 수밖에 없었다. 무심결에 손가락으로 책상 위에 엉망으로 어질러져 있던 서류들을 펼쳐봤다.

다급하게 자리를 떴는지 책상이 좀 어질러져 있어서, 서류를 펼치고 펼치다 그 김에 책상을 정리하기 시작했다.

고등학생 시절 장천은 내 뒷자리였다. 그렇게 우수한 학생이 책상은 어떻게 된 게 만날 아수라장인지 상상을 초월하는 수준이었다. 교과서며 참고서며 늘 죄다 여기저기 흩어져 있는데도, 정말 대단한 게 내가 뭘 빌려달라고 말만 하면 잠시 생각에 잠겼다가 그 잡동사니 속에서 정확하게 내가 필요로 하는 걸 찾아내곤 했다. 제일 놀라웠을 때는 내가 녀석에게 화학 시험지를 빌려달라고 했을 때였다. 녀석이 책상 위에 있던 적어도 스무 장은 되는 시험지들을 뚫어져라 내려다보다가, "천샤오시, 너 일부러 내 트집이라도 잡으려고 그러는 거지." 이러더니, 그 안에서 시험지를 딱 한 장 뽑아 주길래 받았는데, 정말 딱 내가 원한 그 시험지였다. 나한테는 장천의 이 초능력이 골상骨相을 보고 점을 치는 능력과 방법만 다를 뿐 놀랍기는 매한가지였다.

어쩌다가 나한테 책상 좀 정리해달라고 할 때도 있었지만, 매번 내가 정리를 해주고 있으면, 장천은 의자 등받이에 기대 양팔로 팔짱을 낀 채 진지하게 들여다보곤 했다. 뭘 그렇게 보냐고 물으면, 내가 물건을 어디에 두는지 보고 있다고 대답하곤 했다. 그래서 실은 내가 애를 더 번거롭게 하고 있다는 생각이 들기는 했지만, 난 그래도 끈기 있게 지속적으로 번거로움을 보태주었다.

지금 이 책상은 옛날에 비하면 훨씬 나아진 수준이었다. 다만 차트가 좀 엉망으로 흩어져 있길래, 이걸 한데 그러모아 정리하려던 참이었는데, 그러모으자마자 문이 덜컥 열리는 바람에 놀라서 손을 놓아버렸고, 차트들이 바닥으로 와르르 떨어지고 말았다.

"여기 어쩐 일이야?" 쟝천이 바닥에 잔뜩 떨어진 차트들을 내려다보았다. "내 차트가 너한테 뭔 죄라도 지었냐?"

내가 쭈그리고 앉아 차트를 주우며 말했다. "너 쫄쫄 굶다가 또 위 아플까 봐 아침 챙겨주러 왔어."

쟝천이 쭈그리고 앉아 차트 줍는 걸 도왔다. "병원 식당에서 아침 파는데."

고개를 들어 그를 바라봤다. "너 그럼 아침 먹었어?"

그가 내 손에 들린 차트를 건네받더니 책상으로 휙 던졌다. "너무 피곤해서 입맛이 없네."

확실히 얼굴이 피곤해 보이기는 했다. 아래 눈꺼풀이 시퍼렇고 혈색도 입술도 좀 창백했다.

"너 주려고 차예단 사 왔어."

그가 의사 가운을 벗으며 말했다. "껍데기 까주면 먹지."

가운을 받아 들고는 쟝천을 의자로 질질 끌고 가서 앉힌 뒤 눈을 가늘게 뜨고 웃었다. "의사 선생님, 단백질 보충 좀 하셔야죠. 제가 달걀 껍데기 까드릴 테니 드셔요."

그가 날 쓱 보더니 머리를 흔들며 웃었다. 나도 손을 뻗어 그의 보조개를 콕콕 찌르며 따라 웃었다.

차예단 껍데기를 까서 입가에 가져다주며 조심스레 물었다. "수술은 어떻게 됐어?"

"성공했어." 쟝천이 차예단을 건네받아 한 입 깨물었다. "나 물 한 병 가져다줘. 서류장 맨 아래 칸에 있어."

서류장 맨 아래 칸을 열었더니 안에 농부산천 광천수가 가득했다. 적어도 30~40병은 되겠다 싶었는데, 그중 하나를 골라 마개를 비틀어 딴 뒤 쟝천에게 건넸다. "이 병원은 어떻게 농부산천 광천수만 나눠준대?"

"내가 어떻게 아냐?"

쟝천은 억지로 차예단 두 알을 먹고 나더니 의자 등받이에 기대 말했다. "그만 먹을래."

나는 일회용 젓가락을 뜯으며 찐만두를 권했다. "찐만두 몇 개만 더 먹어봐."

쟝천은 억지로 찐만두 몇 개를 삼켜 넣었다. 그가 정말 피곤해 보여서 더는 먹으라고 권하지 않고 이 말만 했다. "너 밤새 한잠도 못 자고 수술까지 했잖아. 집에 가서 쉬어."

그가 고개를 내저었다. "환자 마취도 아직 안 풀렸고, 수술하고 나면 지켜봐야 해서 병원 못 떠나."

좀 짠해서 머리를 어루만져 주었다. "고생이네."

쟝천이 머리를 휙 피했다. "너 그거 차예단 깐 손이잖아."

내가 기막혀하며 말했다. "너는 그 손으로 죽은 사람도 만졌잖아."

그가 엄숙하게 말했다. "난 손 씻었단 말야."

……

"책상에 엎어져서 잠깐 자. 아니면 내가 닥터 쑤한테 가서 빈 병실 있는지 물어볼 테니까 가서 잘래?"

쟝천은 대답은 하지도 않고 자리에서 일어나 서류장 뒤까지 걸어가더니 접이식 침대를 잡아끌었다.

나는 감탄을 금치 못했다. "설비 완벽하네."

쟝천은 접이식 침대를 대충 벽에 붙여놓고 열어젖히더니, 무슨 시체처럼 '쿵' 소리를 내며 침대로 몸을 날렸다.

꼭 감은 눈을 멍하니 바라보면서 마음속으로는 내가 도대체 가야 하나 남아야 하나 생각했다. "나 잘 거야." 이렇게 예고라도 한마디 해주던가…….

한동안 눈을 크게 뜨고 멍하니 바라보다가, 결국 한숨을 내쉬며 쭈그려 앉아 신발을 벗겨주었다.

신발을 침대 밑에 가지런히 정리해두고, 책상 위의 달걀 껍데기를 모아서 가지고 나가 버리려고 막 문을 여는데, 쟝천의 말소리가 들렸다. "천샤오시, 어디 가려고?"

고개를 돌려서 보니 눈도 뜨지 않고 하는 말이었다.

"쓰레기 버리러 가려고."

"그럼 돌아올 거야?"

"올 거야."

"알았어, 그럼 갔다 와."

나도 너한테 동의 구할 생각 없거든. 넌 어쩜 그렇게 김칫국부터 마셔대냐, 이런 생각이 들었다.

쓰레기를 버리고 돌아왔다. 문을 닫는데 쟝천이 돌연 눈을 뜨는 바람에 깜짝 놀라고 말았다. 이런 게 진짜 소름 끼치는 상황이다. 어두컴컴한 방에서 자는 줄 알았던 사람이 갑자기 두 눈을 부릅뜨고 날 바라보고 있다고 한번 생각해보시라. 대부분 달려들어서 부적 한 장 딱 붙여주고 싶은 마음이 간절해진단 말이지.

식겁해서 물었다. "왜 아직도 안 자?"

"잤어. 잠이 얕게 들어서 그렇지."

딱히 받아줄 말이 떠오르지 않아 하는 수 없이 말꼬리를 그대로 따라 했다. "정말 얕게 잤구나."

쟝천은 다시 눈을 감았다. 진료실 한가운데 곧추서서 뭘 어째야 하나 감이 잡히지 않았다. 일단 나갔다가 점심때 다시 와볼까, 이런 생각을 하고 있는데 쟝천이 다시 눈을 부릅뜨더니 말했다. "너 거기 우뚝 서서 뭐 해, 와서 같이 잠이나 자."

정말 당혹스러웠다. 하지만 내가 쟝천 앞에서 표정 잘못 지었다가 민망하고 찌질한 꼴이 된 게 한두 번이 아니라서, 그의 입에서 나온 그 순결한 의미의 잠이 결코 내가 속으로 생각한 19금스러운 잠은 아니리라 생각했다. 나는 담담하게 침대 옆으로 걸어갔다. "안으로 좀 들어가."

쟝천은 안쪽으로 이동했고, 나는 신발을 벗고 침대 위에 드러누웠다.

그러고는 물었다. "베개 없어?"

"없는데."

잠시 뒤 쟝천이 제안했다. "아니면 내 팔뚝 벨래?"

외과 의사 손이 보통 값이 나가는 게 아닌지라 내가 뺐다가 마비되기라도 하면, 마비됐다가 못 쓰게 되기라도 하면 내 죄가 어마어마해지겠다는 생각에 거절해버렸다.

한참을 서로 등진 채 누워 있다가 내가 물었다. "자?"

"아니."

"너무 비좁지 않아?"

"괜찮아."

"너 근데 왜 못 자?"

"너 안고 자고 싶기는 한데, 너 어젯밤부터 지금까지 병원에 있느라 샤워 안 했다는 게 떠올라서."

내가 몸을 뒤집으며 크게 화를 냈다. "자기도 샤워 안 했으면서. 난 그래도 너 마다하지 않거든!"

쟝천이 다크서클이 내려온 판다 같은 두 눈을 가늘게 뜨고 잠시 깊은 생각에 잠기더니 말했다. "그건 그렇네."

그러고는 손을 뻗어 날 품에 안은 채 내 머리를 토닥이며 말했다. "됐다, 이제 비좁지 않네. 잘 수 있겠다."

나는 그의 어깨뼈와 가슴이 만나 푹 꺼진 곳에 엎어져 있었는데, 푹신한 정도도 딱 알맞고 단단하기도 해서 누워 있으니 정말 편했다. 하지만 아무리 생각해도 농락당한 것 같아서, 내가 떨떠름해한다는 걸 보여주기 위해 그를 밀쳐버릴 수밖에 없었다. "네 몸에서 소독약 냄새나."

쟝천이 "응" 한마디 하고는 상대도 해주지 않길래 다시 말했다. "넌 뼈도 참 많다. 아주 배겨 죽겠네."

그제야 그가 눈꺼풀을 들어 올렸다. "내 뼈나 네 뼈나 개수는 다

똑같아. 다 206개란 말야."

이 인간이 대화 수준을 전문 분야로 끌어올려 버리니 내 자질로는 따라갈 수가 없어서 어떻게든 화제를 돌려야 했고, 그러다 닥터 쑤가 생각났다. "맞다. 닥터 쑤 아버님이 뭐 하시는 분인지 알아?"

그가 날 꼭 끌어안았다. "닥터 쑤 아버님이 바로 우리 외과 과장 쑤酥 영감님이잖아. 그건 왜 묻는데?"

이 쑤酥 영감님이 바로 그 쑤蘇 영감님이시니. 그분께서 농담 따먹기를 열렬히 사랑하시매, 그 농담이 몹시 썰렁해도 기꺼이 그 썰렁함을 재미있어 하시어, 뭇 사람들이 그 농담에 감전되어 온몸이 찌릿찌릿하고 힘이 다 빠질 정도인바, 이리하여 쑤酥 영감이라 불리게 되었음이라.[38]

나는 쑤 영감님과 마른하늘에 날벼락 같은 만남을 가진 적이 있었다. 낙엽이 흩날리던 때였다. 복도에서 쟝천의 수업이 끝나기를 기다리면서 난간에 엎어져 복도를 오가는 사람들을 지켜보고 있었는데, 웬 어르신께서 다가오시더니 물으셨다. "아가씨, 안에 무슨 반인가요, 어째 아직도 수업이 안 끝났지?"

---

38 닥터 쑤의 성씨인 '쑤(蘇)'와 '쑤(酥)'는 중국어 발음과 성조가 정확히 일치한다. 또 '酥'에는 몸이 저리고 힘이 하나도 없는 상태, 즉 나른하고 노곤하다는 의미도 있다. 닥터 쑤의 아버님이 던지는 농담이 너무 썰렁해서 사람들이 그걸 듣고 있으면 온몸이 저릿저릿하고 힘이 쫙 빠질 정도다 보니, 사람들이 외과 과장인 닥터 쑤 아버님의 원래 성인 '쑤(蘇)'와 발음과 성조가 일치하면서도 몸이 저릿저릿하다는 뜻도 있는 '쑤(酥)'로 별명을 지었다는 이야기를 코믹하게 설명하고 있다.

"저도 모르겠는데요. 전 남자 친구 기다리고 있거든요."

그 어르신께서 싱글벙글 웃으시며 말씀하셨다. "남자 친구가 누구요? 어디 한번 가리켜줘 봐요."

순진무구했던 시절이라 아주 자랑스럽게 손가락으로 안쪽을 가리켜 보였는데, 눈앞의 자상한 어르신의 얼굴이 뜻밖에도 갑자기 어두워졌다. "쟝천 학생이구만. 어쩐지 요즘 내 수업 때 보면 넋이 다 빠져 있더니만 연애를 하고 있었군그래. 젊은 사람들이 말야, 나이 어릴 때가 지식 섭렵하기에는 제일 좋은 시절인데, 그런 시기를 남녀 간에 연애질하느라 낭비하고 있으니 너무 철이 없어. 보아하니 내가 저 반 주임 교수와 장학금 후보자 문제를 다시 이야기해봐야겠구만."

나는 얼굴에 걸어두었던 득의양양한 표정을 다 거두어들이기도 전에 갑자기 불어닥친 비바람에 덜컥 놀라 거의 울 듯한 목소리로 해명을 했다. "교수님, 그런 게 아니라요. 쟝천 학생은 사실 저 안 좋아하는데, 제가 뻔뻔하게 매달리고 있는 거거든요. 정말 걔랑은 아무 상관없어요."

어르신이 콧방귀를 뀌셨다. "이런 일은 말야, 손뼉도 마주쳐야 소리가 나는 법이야."

나는 이를 악물었다. "교수님, 제가 솔직히 말씀드릴게요. 제가 망상증이 있거든요. 늘 저랑 저 안에 있는 모든 의예과 남학생들이 보통 관계가 아니라는 환상을 품곤 한답니다. 그저께는 리李 모 학생이었고, 어제는 장張 모 학생, 오늘은 쟝천 학생인데, 교수님께서 전문가적인 시각으로 보시기에 이런 제 병 고칠 수 있을까요?"

쑤 영감님은 두 눈을 휘둥그레 뜨며 날 바라봤고, 좀 지나서야 서서히 질문을 던졌다. "자네 무슨 과 학생인가?"

"예술학과입니다."

쑤 영감님은 혼잣말로 중얼거렸다. "예술학과 애들이 다 제정신이 아니구만." 그러더니 또 물었다. "의예과 남학생들에게만 환상을 품는 건가? 의예과 남자 교수들한테는 아니고?"

자기를 어필하는 듯한 뉘앙스가 강하게 느껴지기는 했지만, 나는 쟝천을 보호하겠다는 마음에 모든 걸 내던지고는 옷깃을 돌돌 말며 다정하기 그지없는 눈빛으로 쑤 영감님을 바라봤다. "실은…… 실은 있는데요."

쑤 영감이 뒷짐을 진 채 한 발 뒤로 물러났다. "학생, 실은 내가 방금 학생한테 농담한 거야."

나는 얼이 빠져버렸다. "뭐가 농담인데요?"

"장학금 후보 말야. 게다가 나는 쟝천 학생 가르치지도 않아. 그냥 그 학생이랑 좀 아는 사이일 뿐이야."

그때 내 마음을 스치고 지나간 생각은 이러했다. '교수 두드려 패면 범법인가? 아니면 마대자루 씌워놓고 패면 좀 안전하려나? 아니면 살인청부업자라도 고용해서 세상 하직하게 해드릴까?'

그가 말이 없는 날 보고 또 말했다. "이봐, 학생, 나는 임자 있는 몸이거든. 우리가 금실이 아주 좋아."

나는 생각을 고쳐먹고는 쓸쓸하게 말했다. "괜찮습니다. 저는 그저 멀리서나마 교수님을 바라보기만 하면 되니까요."

말을 마치고 고개까지 떨구며 눈가를 훔쳤다. 곁눈질로 쑤 영감님이 몇 걸음 더 뒷걸음질 치는 걸 보니, 이 노인네 놀라게 하면 안 되겠다 싶어 고개를 들어 농담이었다고 말하려는 참인데, 등 뒤에서 손 하나가 튀어나와서는 내 어깨를 둥글게 감쌌다. "천샤오시, 너 왜 고개 숙이고 있어, 쑤 영감님한테 괴롭힘당했어?"

갑자기 모든 걸 깨달은 쑤 영감님은 덜덜 떨리는 손으로 날 가리키다, 잠시 뒤 발을 동동 구르셨다. "자…… 자네 너무하는구만!"

……

쟝천이 내 귓가에 대고 속삭였다. "빨리 가자. 쑤 영감님 연기병 도지셨다."

닥터 쑤와 쑤 영감님, 둘은 과연 가족이 맞다.

고개를 드니 쟝천은 이미 잠에 곯아떨어져 있었고, 나 역시 그 가슴팍에 엎어져서 그의 몸에서 나는 소독약 냄새를 맡다가 깊은 꿈에 빠져들었다.

10장

잠에서 깨어났을 때 쟝천은 이미 보이지 않았다. 침대맡에 남기고 간 메모에는 잠에서 깨면 집에 가라고 적혀 있었다.

휴대폰을 찾아서 보니 이미 11시가 넘은 시간이라 점심을 먹어도 되겠다 싶었는데, 쟝천이 아침도 제대로 못 먹은 게 생각나서 가더라도 뭐 먹을 것 좀 사다 주고 가고 싶었다.

머리를 대충 정리하고 문을 나섰다가, 때마침 청소해주시는 아주머니와 다시 마주쳤다. 반가운 마음에 다가가서 아주머니께 여쭤봤다. "아주머니, 병원 식당이 어디 있나요?"

아주머니는 나를 흘끗 보시더니 쟝천 진료실을 다시 흘끔거리셨다. "몰라요."

내가 인간쓰레기라도 된다는 듯 아주머니 말투가 매우 퉁명스러웠다.

"이 병원에서 수십 년 일하셨다면서 어떻게 병원 식당이 어딨

194

는지 모르세요?"

아주머니가 똥이라도 본 것 같은 눈빛으로 날 아래위로 훑어보시더니 역겨워하며 말씀하셨다. "알아도 그쪽한테는 안 알려줘요."

나는 아주머니의 솔직함에 놀라고 말았다. 정말 좋고 싫은 게 분명하신, 버선 짝 뒤집어 보이듯 모든 걸 솔직하게 말씀하시는 분이라는 생각이 들었다.

아주머니는 말을 마친 뒤 앞으로 쓰레기통을 밀고 가시다가, 모퉁이를 돌기 직전 큰 소리로 이런 탄식까지 내뱉으셨다. "요즘 사람들은 선물을 침대로 가져다 바치는구만. 아이고 구역질 나."

복도 유리창을 마주하고 서서 날 훑어보니 옷이 좀 구겨져 있고 머리칼이 좀 풀어 헤쳐져 있기는 했지만, 그렇다고 무슨 험한 일을 당한 꼴은 아니었다. 나는 그런 오해를 받았다는 생각에 비참해졌고, 동시에 아주머니의 인간성에 비참한 기분이 들었다. 아주머니는 내가 정신병 환자이거나 암묵적인 뒷거래를 하는 사람이라고 믿으실지언정, 우리가 그저 서로 사랑하는 남녀일 뿐이라고는 믿으려 하지 않으셨으니 말이다. 물론 내가 무슨 양갓집 규수처럼 생기지 않아서 그러셨을 수도 있지만, 평소 쟝천이 세간의 평이 너무 안 좋아서 사람들의 신뢰를 잃어 이런 일이 벌어졌을 가능성이 훠얼씬 높다 이 말씀이야.

청소 아주머니의 냉담한 얼굴과 다시 마주치지 않기 위해 내 힘으로 식당이 자리한 그 비밀스러운 장소를 찾아보기로 했다. 그렇게 병원을 어슬렁거리고 있는데, 쟝천이 전화를 걸어왔다.

"깼어?"

"방금 깼어."

"그럼 조심해서 가."

"밥은 먹었어?"

"어, 환자 가족들이랑 같이 먹고 있어."

"그래, 알았어. 나 그럼 갈게."

요즘 같은 때는 의사가 고객 모시고 식사까지 해야 한다. 왠지 모르게 뭔가 좀 실망스러운 기분이 들었다. 아마도 내가 이렇게 배가 고픈데, 쟝천이 밥 좀 얻어먹으라고 식사 자리에 불러주지도 않아서 그랬던 것 같다. 전쟁에 나가려면 군대가 부자지간처럼 일치단결해야 하고, 밥을 얻어먹으려면 연인끼리도 손발이 맞아야 하거늘, 이 인간은 정말 뭘 몰라도 너무 모른다.

집에 와서 샤워를 한 뒤 편한 옷으로 갈아입고 침대에 앉아 멍을 때렸다. 이번 주말은 어쩜 이렇게 긴지, 뭐 이리 자질구레한 일들이 많은지 정말 비현실적이었다. 마음이 갑자기 한껏 부풀어 올랐다가 또 뭐 빠진 듯 텅 비어버렸다. 다리를 가슴팍 앞에서 웅크린 채 꼭 끌어안았다. 불안에, 없을 때는 없어서 걱정하다 생기고 나니 이제는 잃을까 봐 걱정스러운 마음에 걸맞은 자세였다. 자세에 심리 상태까지 더해지니 내 마음이 정말 한 떨기 꽃 같은 소녀 마음이라는 생각이 들었다.

휴대폰을 들어 우보쑹에게 전화를 걸었다. 벨 소리 울린 지 딱 두 번 만에 전화를 받는다는 건 엄청 한가하다는 이야기였다.

"천샤오시 어린이, 사랑하옵시는 그분과는 화해하셨나요?"

"화해했어."

"아니 근데 목소리가 왜 그렇게 푹 꺼져 있으신가?"

나는 아무 말도 하지 않았다.

녀석의 말투가 진지해졌다. "쟝천이랑 화해한 뒤에야 실은 본인이 제일 사랑하는 사람이 이 몸이라는 사실을 깨닫기라도 하셨나?"

나는 눈을 흘겼다. "꺼져."

녀석은 두어 번 웃더니 그제야 담담하게 말했다. "말해 봐. 왜 그러는데?"

나는 너무나 고민스럽다는 뜻으로 길고 긴 한숨을 뱉은 뒤, 우리가 화해한 과정을 있는 그대로 한번 쫙 읊어주고는 마지막에 가서 물었다. "우리 두 사람 상황이 정말 너무 황당하다는 생각 안 들어?"

"뭐가 황당한데?"

"진지한 데가 하나도 없잖아. 뜬금없이 헤어졌다 뜬금없이 다시 만나고. 내가 너무 조신하지 못해 보이잖아."

"흰소리 작작하셔요. 까딱까딱 쟝천 손가락질 한 번에 확 넘어 갔을 거라 생각했구만."

……

"하지만 여자가 쫓아다니면 대접 못 받는다고 사람들이 그러잖아. 실은 그게 늘 남모르는 내 근심거리였단 말야."

"그럼 다른 사람 찾아보시던가. 너 쫓아다니는 사람 만나서 대접받아 보셔."

"하여튼 이 인간 성질 더럽기는. 그냥 나 좀 잘 이끌어주면 안 되냐? 3년이나 지났는데, 난 왜 이렇게 싹수가 노랄까?

"좋아. 지금 너한텐 따끔한 충고가 필요하다고 생각했는데, 알고 보니 속마음을 털어놓을 수 있는 오빠가 필요했구만. 이왕 이렇게 된 거 좀 완곡하게 나가주마. 넌 그냥 바보 겸 사랑에 눈먼 사랑꾼이야. 쟝천 이야기만 나오면 사람 토 나오게 실실거리고, 쟝천만 봤다 하면 똥이라도 본 파리처럼 두 눈이 반짝거리니, 넌 3년은 말할 것도 없고 30년이 지나도 쟝천 손바닥에서 못 벗어나."

어머나…… 너 완곡이라는 말에 참 독특한 정의를 내렸구나.

난 우보쑹의 말이 틀리지 않다고 생각한다. 세상에는 정말 상생인 존재가 있는가 하면 상극인 존재가 있다. 예를 들어, 칭화대의 상극인 푸룽 언니芙蓉姐姐와 성형업계의 상극인 펑 언니鳳姐처럼 말이다.[39] 내 상극은 쟝천이지. 어, 아주 우아한 비유는 아닌 것 같네.

이렇게 말하겠다. 인생에 긴 마魔 같은 사람이 있다고. 그 사람을 사랑하든 미워하든 당신으로서는 그 사람 말 한마디를 당해낼

39 푸룽 언니라 불리는 스헝샤(史恒俠)와 펑 언니라 불리는 뤄위펑(羅玉鳳)은 둘 다 과장된 자기애와 호응을 얻기 힘들 정도로 자신감이 넘치는 공주병 콘셉트를 내세워 화제를 불러 모으며 유명세를 탄 인터넷 스타다. 스헝샤의 경우 2004년 칭화대 교내 게시판에 사진이 올라오면서 화제가 됐는데, 본인의 외모와 성품이 너무 뛰어나 뭇사람들의 시기와 질투를 받고 있다고 말하는 등 못 말리는 공주병 콘셉트로 유명세를 얻었다. 뤄위펑은 3백 년 전에도 3백 년 후에도 본인보다 지능이 높은 사람은 없을 거라거나, 본인이 모든 분야에 정통하며 만능이라는 허세 넘치는 발언으로 화제를 불러 모으며 유명 인사가 됐는데, 완벽하게 성형을 하겠다며 대대적인 성형 수술을 예고해 전국적인 화제를 불러일으켰다.

수가 없다고.

"쟝천 어머니는 날 좋아하지 않으시고, 우리 아버지는 쟝천을 좋아하지 않으시고. 우리는 역시 미래가 없어."

"그렇구만. 내가 얘기 하나 해주지."

녀석은 내게 한 소년과 소녀의 이야기를 해주었는데, 내가 들어본 것 중 가장 황당무계한 이야기 1위에 오르는 기염을 토할 이야기지 싶다.

소년과 소녀는 서로 사랑하는 사이였다. 이후 그 둘은 결혼하려고 했으나 남자 쪽 할머니가 동의하지 않으셨다. 여자가 개띠인데, 할머니가 어렸을 때 개한테 물린 적이 있었다. 그러니 이 여자가 시집오면 내 복을 다 막아버리겠구나 생각한 할머니는 둘이 결혼하지 못하게 죽자고 막으셨단다. 이 얼마나 황당한 이야기인가. 나한테야 개띠라고 해봤자, 시집온 여자 눈에 할머니가 눈엣가시다 싶으면 여자가 핑계를 찾아 할머니를 물어버릴 거라는 상징에 지나지 않는단 말이지. 그 뒤 남자는 차마 할머니를 거역하지 못해 떠나버렸는데, 떠나기 전에 다음에 돌아오면 너와 결혼하겠다고 여자에게 약속했단다. 여러 해가 지나 남자가 돌아왔을 때, 여자는 아버지의 정부가 되어 있었다. 심지어 개띠 해에 아버지에게 통통한 아기까지 낳아준 참이었다. 아버지는 이 여자에게 명분을 줘야 한다며 본처에게 이혼하자고 난리 쳤고, 할머니는 개띠 해에 새로 본 손녀를 보고 화병이 나서 병원에 입원하는 지경에 이르렀다. 이 아가씨의 황당무계하기 그지없고 음흉하고 악독하기 이를 데 없는 복수 방식 — 네 아내가 되지 못하면 네 엄마라도 되겠어,

당신 손자한테 시집가지 못하면 당신 아들한테라도 시집가겠어, 개띠 손자며느리 못 보겠다면 개띠 손주 하나 낳아드리지.─한번 보시라.

다 듣고 나서 너무 놀라 "아" 소리를 내며 물었다. "네 얘기야?"

"아니."

"네 얘기도 아니면서 나한테 뭐 하러 얘기해. 설마 나보고 쟝천 아버지라도 꼬시라는 거야?"

"세상에 이렇게 황당한 사람들이 있다는 걸 알려주려고 한 거야. 그 사람들은 아주 보란 듯이 남의 인생을 간섭해. 하지만 네가 상대하지 않으면 그만인 거야. 이 얘기 속 남녀를 봐. 둘이 가서 혼인신고를 해버리든, 아니면 서로 약속하고 도망치든 할 수 있었잖아. 좀 나쁘기는 하지만 노인네 돌아가시길 기다려도 되고. 뭐 하러 서로의 인생을, 그리고 남의 인생을 망치냐고."

"그럼 네 말은 나보고 쟝천이랑 도망이라도 치라는 거야?"

"도망은 무슨 도망, 너 그렇게 멍청해서 어디로 도망이나 칠 수 있겠냐?"

"그럼 도대체 무슨 뜻이야?"

"사실 별 뜻은 없고, 그냥 갑자기 얘기해주고 싶었어."

"이거 정말 네 얘기 맞잖아. 내가 알아챌까 봐 걱정되면서 뭐 하러 얘기하냐?"

"진짜 내 얘기 아니라니까. 우리 엄마랑 형 얘기야. 네 마음 좀 편하게 해주려고 복잡다단한 내 출생 내력까지 얘기한 거란 말야."

녀석은 내가 또다시 "아" 소리를 내게 하는 데 성공하고 말았다.

우리는 다시 아무 생각 없이 이런저런 쓸데없는 이야기를 떠들어댔다. 전화를 끊고 나니 돌연 나와 쟝천의 미래에 자신감이 잔뜩 생겼다. 내가 용띠인데, 용이 좀 신화적이기도 하고 비현실적이기도 한 생물이므로 쟝천 가족을 물어버릴 가능성은 그다지 높지 않으니, 어쨌거나 우보쑹네 어머니와 같은 상황에 이르지는 않겠다는 생각이 들었다.

인간들이 늘 이 모양이다. 자기 상황보다 더 비참한 이야기로 자신의 비참함을 꾸며대려 하고, 다른 사람의 불행으로 자신의 불행을 덮으려 한다. 어마어마한 말이 하나 있다. 나는 신을 신발이 없어서 불평하는데 어떤 사람은 발이 없더라는 말. 발도 있고 개띠도 아니니, 내가 얼마나 행복한 사람이냔 말이지.

주말이 끝났다는 건 나와 쟝천 사이의 연락이 끊겼다는 의미였다. 사흘 출근하고 나서 쟝천으로부터 전화를 한 통 받았는데, 본인이 엄청 바쁘다는 설명 외에는 별말이 없었다. 나는 쟝천에게 세 통을 걸었다. 두 통은 쟝천이 전화를 받지 않았고, 한 통도 그냥 다급히 서로에게 밥은 먹고 다니냐고 안부를 물은 정도였다.

쓰투모는 툭하면 남자 친구가 어째 있는 듯 없는 듯 보일락 말락 할 수 있느냐고 날 비웃었다.

과학자인 쓰투모의 남편이 실험실에서 다른 여자 과학자와 시험관 아기라도 만들어냈으면 좋겠다고 저주를 퍼부어주었다.

목요일 아침, 나는 사무실에서 프로젝트에 매달리고 있었다. 선풍기 브랜드의 포장 상자 디자인 작업이었다. 실은 아주 간단한 작업이어서 실사 사진 올리고, 브랜드 로고 올리고, 간략한 기능 소개 가져다 붙이고, 광고 문구 가져다 올리면 끝이었다. 이런 일을 좋아하지는 않지만, 난 이곳 동료들이 좋다. 내가 복잡한 인간관계에 대처를 못 하는 사람인데, 푸페이 사장과 쓰투모는 단순한 사람들이기 때문이다.

하지만 오늘 작업은 이상할 정도로 짜증이 나서 책상을 두드리며 쓰투모에게 말했다. "내가 이렇게 살아서 무슨 의미가 있겠어. 매일같이 이렇게 하나 마나 한 일이나 하고 있으니. 미래가 안 보여."

쓰투모가 백에서 회오리 막대 사탕을 하나 꺼내 내게 건넸다. "우리 아들내미 사탕 나눠줄 테니까 이거나 드시고 그 유치한 얘기는 그만하셔."

그 유치한 이야기는 더 하지 말자. 다들 어둠 속에서 걷듯 매일매일 막막하게 앞으로 나아가고 있으니까. 다음 발걸음에 뭘 밟게 될지는 아무도 몰라도 미래가 우리를 어떤 곳으로 데려다줄지는 누구나 보고 싶어 하니까.

내가 진지하게 말했다. "그대 아들내미의 사탕을 먹었으니, 이 내 몸과 마음 모두 그대 아들에게 바치리다."

쓰투모가 말했다. "소아성애자님, 꺼져주시고."

소아성애 이야기가 나오니 쑤루이 생각을 하지 않을 수가 없다.

쑤루이가 어젯밤 전화를 해서는 사는 게 재미가 없다면서 디자인 작업도 공허하고 장사도 암담하다고 떠들어댔는데, 최종 결론은 공허와 혼돈으로 가득한 일상에 숨구멍을 뚫도록 이끌어줄 뮤즈가 없다는 이야기였다. 그런데 본인이 여러 방면에서 고려해본 결과, 내가 그 뮤즈라는 생각이 어렴풋이 든다는 것이다.

내가 쟝천과 재결합하게 됐다고 말하자, 그가 말했다. 오랫동안 떨어져 있으면 반드시 다시 만나게 마련이고, 오랫동안 붙어 있으면 반드시 떨어지게 마련인 것이 세상 돌아가는 이치라고.[40]

아니면 내가 여자 친구를 소개해주겠다고 했다. 나보다 성숙하고 대범하고 예쁜 여자니, 연상녀에 대한 네 환상을 충족시킬 거라 보장한다면서. 쑤루이는 천샤오시가 마음에 들었다는 건 본인이 성숙하고 대범하고 예쁜 스타일을 원하는 게 아니라는 걸 증명해주는 거라고 했다.

열이 뻗쳐서 전화를 확 끊어버렸지만, 한참이 지난 뒤에도 누나인 닥터 쑤에게 전화해서 일러바치지는 않았다. 이렇게 부모님께 이르고 선생님께 고자질하는 게 참 뻔뻔한 짓이라, 어렸을 때도 그런 건 거들떠보지도 않았는데 다 커서 그걸 깨버릴 수는 없단 말이지.

하지만 내가 그런 행동을 거들떠보지도 않는다고 해서 쑤루이도 그런 건 아니라는 생각은 못 했다. 점심시간에 닥터 쑤에게서

---

40 『삼국연의(三國演義)』에 나오는 '화설천하대세, 분구필합, 합구필분(話說天下大勢, 分久必合, 合久必分)'을 인용한 표현이다.

전화를 받았는데, 대충 본인 남동생이 나 때문에 식음을 전폐하고 있으니, 쟝천에게 내 바람기 일러바치는 꼴 보고 싶지 않으면 알아서 잘 해결하라는 내용이었다. 닥터 쑤는 마지막에 가서 쟝천에게 일러바치겠다는 위협은 그냥 농담이라고 정중하게 알려주었다. 이런 염병할 블랙 코미디 같으니라고.

쑤루이에게 전화했더니, 말은 아직 이불 속이라는데 휴대폰 저 너머에서 웃고 떠드는 여자 목소리가 들렸다. "쑤 어린이, 누님께서 저보고 쑤 어린이와 얘기 좀 해보라시던데요."

"누가 쑤 어린이야. 내가 그쪽이랑 할 얘기가 뭐가 있다고?"

딱 삐뚤어지겠다고 마음먹은 열일곱 살 말투였다. 귀엽기도 하셔라.

"좋아, 안 할 거면 말지 뭐. 쑤 어린이도 어른들 근심 걱정 그만 시키고."

말을 마치고 전화를 끊으려는데, 쑤루이가 저쪽에서 소리쳤다. "천샤오시, 또 내 전화 끊기만 해봐!"

내가 왜 네 전화를 못 끊니, 내가 하늘이고 땅이고 무서울 게 없는 사람이라 세상에서 쟝천 전화 말고는 못 끊어버릴 전화가 없단다.

2초 뒤, 쑤루이가 다시 전화를 걸어와서는 마구 소리를 질러댔다. "천샤오시, 정말 너무하잖아, 내가 그렇게 좋아하는데!"

내가 대답했다. "고마워. 그런데 나 이미 좋아하는 사람 있거든."

"내내 그 사람 하나만 좋아했으면서, 본인 인생 너무 따분하다는 생각은 안 들어?"

"좀 그렇기는 해. 그러니 너는 얼른 가서 몇 명 더 좋아해보라고 권해주는 거 아니니."

열받은 쑤루이가 전화를 탁 끊어버렸다. 쑤루이는 퇴근 후에 내 인생을 따분하게 만든 작자나 보러 가라고 일깨워준 꼴이었다. 이런 생각이 드니 요전에는 내가 왜 그렇게 멍청했을까 그런 생각이 들었다. 쟝천은 바쁘고 나는 한가한데, 쟝천이 짬을 내서 날 찾아오지 않으면 안 된다는 건 무슨 병이냐고!

병원에 도착해서 보니 이미 6시가 넘어 있었다. 어디서도 쟝천을 찾을 수 없어 전화를 걸어봤다. "어디야?"

"병원."

"병원 어디?"

"병실. 왔어?"

"응. 몇 층 몇 호실인데? 내가 찾아갈게."

"그럴 필요 없어. 홀에서 기다려. 찾아 내려갈 테니까."

기다란 홀 벤치에서 눈에 띄는 곳을 골라 앉았다. 이 시각에도 홀에는 앉아 있는 사람, 서 있는 사람, 오가는 사람이 적지 않았다. 얼굴에 다들 많든 적든 걱정이 드리워져 있었지만, 각 출입구를 뚫어지게 바라보느라 바빠서 그걸 관찰하고 있을 새는 없었다. 어쩐 일인지 곧 쟝천을 만나게 된다 생각하니 갑자기 이상할 정도로 긴장이 몰려왔다. 학창 시절, 같은 반 친구랑 수다를 떨다가도 그의 이름을 들으면 나도 모르게 숨이 턱 막히곤 했던 그때처럼 말이다.

"뭐 하냐?" 뒤에서 누군가 내 머리를 콕 찔렀다. 몸을 앞으로 수그린 채 머리를 내밀고 복도를 살펴보고 있다가, 머리를 콕 찔리는 바람에 하마터면 무방비 상태에서 앞으로 고꾸라질 뻔했는데, 쟝천이 날 확 잡아당겨 주었다. 고개를 돌렸더니 쟝천이 어이없어하며 날 바라보고 있었다. "넌 어떻게 잘 앉아 있지도 못하냐?"

내가 바보같이 그를 보며 웃었다. "너 오는 걸 왜 못 봤지?"

그가 뒤에 있던 계단을 가리켰다. "계단으로 내려왔거든."

내가 "하하" 웃으며 쟝천 옆으로 껑충 뛰어가서는 팔을 잡아당겼다. "밥 사줘."

"뭐가 그렇게 기분이 좋아?"

"너 보니까 좋아서."

쟝천이 곁눈질로 날 힐끗 내려다보더니 농담 같기도 하고 요구사항 같기도 한 말을 던졌다. "좋으면 매일 와."

내가 머리를 정신없이 끄덕였다. "너 엄청 바쁘니까 앞으로는 자주 와서 같이 있어 줄게."

그가 웃으며 내 머리를 툭툭 쳤다. "이렇게 착하게 굴면 적응이 안 되는데."

난 이 말이 정확한 표현은 아니라고 생각했다. 쟝천과 마주하고 있을 때면 사실 난 대부분 착해지니까.

그가 손목시계를 흘끗거렸다. "뭐 먹고 싶어? 병원에서 너무 멀리는 못 가."

"그럼 근처 제일 비싼 곳에서 먹자! 내가 모실 테니 돈은 본인이 내셔."

쟝천이 웃으며 말했다. "하여튼 뻔뻔하기는."

"누가 아니래." 기고만장해진 내가 말을 술술 쏟아냈다. "내 인생 원칙이 '먹고 나면 입 싹 닦고 엉덩이 톡톡 털고 싹 가버린다'거든."

나는 말이 떨어지자마자 아연실색하고 말았다. 쟝천이 한 2초 정도 머뭇거리다가 갑자기 큰 소리로 웃어댔기 때문이다. 하얀 가운 걸친 의사가 병원 홀에서 본인 이미지 생각은 하지도 않고 크게 웃어대는 건 절대 선량하지도 인자하지도 않은 행동이다. 웃는 모습이 아무리 멋지다 한들 질질 끌고 나와서 곧장 서른 대는 맞아야 하는 행동이란 말이다.

쟝천은 날 데리고 병원 후문을 돌아 나갔다. 맛이 끝내주는 훠궈집에 데려가 주겠다면서.

"이 여름에 훠궈집으로 데려가겠다고?"

"일 년 사계절 영업하는 집이야. 커플 훠궈라는 메뉴가 있는데 엄청 맛있다더라. 너 데려가고 싶은 지 오래됐어. 겨울까지 어떻게 기다리냐."

'너 데려가고 싶은 지 오래됐어.'

나는 걸음을 멈췄다. 코가 시큰거려 울고만 싶었다.

쟝천이 고개를 돌리더니 이해가 안 간다는 듯 날 바라봤다. "왜 그래?"

내가 손을 쭉 뻗었다. "손잡아줘."

그가 좌우를 두리번거리더니 한숨을 쉬며 내 손을 잡았다. "넌 어쩜 이렇게 애 같냐."

나는 쟝천의 왼뺨에 얕게 팬 보조개를 바라봤다. 쳇, 자기도 애 같으면서.

휘궈의 뜨거운 연기가 순식간에 나와 쟝천 사이를 가득 메웠다. 그 뜨거운 연기에 온몸이 익어 땀 냄새 범벅이 됐는데, 그것도 모자라 아주 우스운 꼴이 되고 말았다. 쟝천에게 쑤루이와의 일을 이야기해줬는데, 아주 우습기는 하지만 마음속으로 내가 기대한 최고의 반응은 쟝천이 조금이라도 질투를 하는 거였다. 아니, 가장 바람직한 건 쟝천이 질투에 눈이 멀어버리는 거였다. 홧김에 휘궈 탁자를 뒤집어도 우리 둘한테 휘궈 탕만 튀지 않으면야 상관없었다.

하지만 쟝천은 탕에 적신 양고기를 내 그릇에 던져주기만 할뿐이었다. "그만 좀 우쭐대시지."

어머나, 내가 그렇게 완곡하게 표현했는데도 그걸 또 하나도 놓치지 않고 다 알아채 주시네.

"쑤루이가 나한테 평생 한 사람만 좋아하면 따분하지 않냐고 묻더라구, 어떻게 생각해?"

"아마 좀 따분하기는 하겠네. 난 그래본 적은 없지만."

나는 어리벙벙하게 생각에 빠져 있다가 한참 뒤에야 그 말뜻을 알아차렸고, 그릇 가장자리를 두드려댔다. "다시 말해볼래?"

그가 또다시 양고기를 내 그릇에 넣어주었다. "우리 엄마가 그러시는데, 그릇 두드리는 건 거지나 하는 짓이라더라."

나는 말은 듣지도 않고 캐물었다. "네가 또 좋아했던 사람이 누군데?"

그가 깊은 생각에라도 잠긴 양 눈을 굴렸다. "하여튼 난 따분했던 적은 없어."

죽어도 말 못 해주겠다는 낯짝을 보고 있으려니 열이 뻗쳤다. "좋아, 어쨌거나 나도 평생 너 하나만 좋아하고 싶은 마음 없거든."

그러자 쟝천도 그릇 가장자리를 두드려댔다. "난 오히려 평생 한 사람만 좋아하는 게 훨씬 좋더라. 그건 수술처럼 빠르고 단호하고 정확한 걸 중시하니까."

입만 열면 저러니 직업은 정말 속일 수가 없구나…….

우리가 '진실한 사랑은 오직 하나'라는, 산이 무너져 내리고 땅이 갈라질 이 엄숙한 화제를 놓고 벌인 토론이 일단락되자, 쟝천이 돌연 뭐가 생각나기라도 한 듯 물었다. "너 최근에 우리 집 왔던 적 있어?"

"어?" 무슨 말인지 감이 잡히지 않았다. "너희 집에 가?"

그가 눈을 부릅뜨고 날 노려봤다. "내 열쇠 아직 너한테 있잖아."

아 그랬지 싶으면서도 좀 수상쩍었다. "네 열쇠 나한테 있다는 걸 잊어버렸네. 너 요 며칠 계속 집에 안 갔어?"

"안 갔어. 일요일에 수술한 환자가 보통 유력 인사가 아니라 병원 윗선에서 24시간 대기하라고 해서."

"누군데?" 백을 무릎에 올려놓고 고개를 숙인 채 열쇠를 찾으면서 입에서 나오는 대로 물었다.

"지난번에 너 데리고 연회 갔다가 만난 장 서기. 내 진료실에 비상용 열쇠 있으니까 네가 갖고 있어."

나는 머리를 긁적였다. "뭐 하러 네 열쇠를 내가 갖고 있어?"

얘가 오밤중에 내가 자기 집 급습이라도 해주길 바라나? 어머, 부끄러운 줄도 모르고…….

장천이 또 뭔지도 모르겠을 고기를 내 그릇에 던져 넣었다. "우리 집 가서 청소하라고. 기억 못 하는 척하기는. 음식 다 넘치잖아. 도대체 먹을 거야 안 먹을 거야?"

내 그릇에 언제 이렇게 많은 채소와 고기가 쌓였는지 나도 모를 일이었다. 그저 저 인간 손발이 어쩜 저렇게 빠른지 감탄할 수밖에.

아마 이게 내가 훠궈를 가장 빨리 먹은 때일 것이다. 주문에서 다 먹기까지 한 시간 정도 걸렸는데, 다 먹고 나서 우리는 빗속에서 걸어 나오기라도 한 듯한 서로의 모습을 바라보았다. 그야말로 시큼한 쉰내가 진동했다.

11장

병원에 돌아온 뒤 쟝천은 병원 기숙사로 샤워를 하러 갔고, 나는 진료실에서 쟝천이 냄새나는 일주일 치 옷가지를 가져다주기를 기다렸다. 가져가서 빨아 말릴 옷들이었다.

큰 보따리를 하나 들고 병원 복도를 걸어가는데, 맞은편에서 걸어오던 섹시한 여자가 얼핏 날 보고 웃으며 고개를 끄덕였다. "안녕하세요, 천샤오시 씨."

나도 웃으며 고개를 끄덕였다. "후란란 씨, 안녕하세요."

사실 나는 멀리서도 그녀를 알아봤다. 태워서 재가 돼도 사람 사레들리게 할 정도로 강렬한 섹시함이다 보니. 하지만 내가 먼저 그녀에게 인사말을 건넬 엄두는 내지 못했다. 그녀가 티 없이 해맑은 얼굴로 날 보며 이렇게 말할까 봐서. "죄송한데, 누구시죠?"

잘 모르는 사람한테 엄청 친한 척하는 사람이 제일 창피한 법이다.

후란란이 코를 찡긋하며 킁킁 냄새를 맡더니, 내 손에 들린 거대한 검은색 비닐봉지를 가리키면서 눈을 깜빡였다. "남자 친구 죽인 김에 토막이라도 내셨나 봐요?"

어린 간호사가 해준, 여자 침대에서 심장 발작을 일으킨 환자 이야기가 떠올랐다. 아마 그 여자가 후란란이겠지. 나는 후란란의 이 수법이야말로 계획적인 연인 살해의 최고 경지를 보여주는 거라고 생각했다.

"남자 친구 빨랫감이에요. 제가 땀을 너무 많이 흘려서 시큼한 쉰내가 많이 날 거예요."

그녀가 빨간 입술을 쭉 내밀며 휘파람을 불었다. "현모양처시네."

내가 확실히 보통 사람들보다는 현명하고 어질기는 하다는 걸 겸손하게 알려주고자 고개를 수그린 채 가볍게 웃어 보였다.

인사말을 몇 마디 나누고 나서 자리를 뜨려는데, 후란란이 말했다. "같이 담배나 한 대 태울까요?"

나한테 시체 냄새에 맞먹을 땀 냄새가 나는데도 날 마다하지 않다니, 그야말로 장하고 소중한 우정 아니겠는가. 더 거절했다가는 정말 도리가 아니다 싶어서 고개를 끄덕였고, 그녀를 따라 왼쪽으로 꺾어지고 오른쪽으로 돌아 으슥하고 구석진 계단통으로 갔다.

그녀가 내게 담배 한 개비를 건넸다. 나는 그 담배를 손가락에 끼운 채 뜯어봤는데, 전체가 하야면서 길쭉했고 담배 끄트머리 부위는 예쁜 빨간색 하트 모양으로 패어 있었다.

그녀가 먼저 본인 담배에 불을 붙이고 나서 이쪽으로 다가와 자기 담배에 붙은 불을 내 담배에 붙여줬다. 좀 민망했지만 눈 딱 감고 그쪽으로 다가갈 수밖에 없었는데, 가까이 가서야 후란란의 피부가 엄청 좋다는 걸 알아챘다. 본래는 화장을 짙게 해서 예쁜 거라고 생각했는데, 알고 보니 파우더도 바르지 않은 얼굴이었다니. 그래, 타고난 미인이라 이거지.

후란란이 곧 담배 연기를 내뿜기 시작하자, 담배 연기가 그녀의 주변으로 가득 퍼져나갔다. 그녀가 꼭 허리를 비틀며 등장하는 『서유기西遊記』의 여자 요정 같았다.

나는 손가락 사이에 낀 담배를 뚫어지게 바라봤다. 내가 꼭 계단통으로 이끌려 간 영화 속 불량소녀라도 되는 듯 정말 멋지고 자유분방한 기분이 들었다. 마음을 가다듬고 나서 겨우 담배를 입가로 가져가 이빨로 담배를 물고 힘차게 숨을 들이켰다. 거침없이 목구멍으로 밀려들어 오는 연기에 사레가 들려 기침이 그치지 않았고, 눈물이 그렁그렁 맺혔다.

후란란이 웃음 띤 얼굴로 날 바라보며 도넛 모양의 담배 연기를 느릿느릿 토해냈다. "천샤오시 씨, 아무짝에도 쓸모가 없는 사람이네."

나는 가슴을 치면서 숨을 고르다 그 틈에 대답했다. "제가…… 캑캑…… 담배를 피워본 적이 없거든요."

기침을 하고 났더니 입안에서 박하 향이 나길래 물었다. "담배는 박하 맛밖에 없나요?"

그녀가 고개를 저었다. "아니요. 이건 허세 좀 부려보라고 나온 여성용 담배예요." 진심으로 비참한 기분이 들었다. 허세도 제대로 못 부리다니.

나는 후란란과 함께 계단 손잡이에 몸을 기댔다. 그 담배를 굴복시키려는 시도는 더 이상 하지 않고, 손가락 사이에 낀 담배가 조금씩 조금씩 타오르는 모습을 지켜봤다. 그런데 도대체 무슨 일 때문에 나보고 여기 오자고 했을까?

그녀가 담배를 태우고 나더니, 꽁초를 아래층으로 튕겨 버렸다. "장첸룽이 매일같이 병원에 와서 그쪽 남자 친구한테 꼬리 치던데."

나는 긴 담뱃재를 톡톡 떨어 버렸다. "장 서기 따님이요?"

"손녀죠." 그녀가 웃으며 내 말을 고쳐주었다. "그 영감탱이가 세상 하직해도 될 만큼 늙었다는 걸 잊으셨구나."

함정이 아닌지 의심스러운 말이었다. "그러게요." 이렇게 대답했다가는 말이 떨어지기 무섭게 검은 옷을 입은 사람들이 별안간 사방팔방에서 뛰쳐나와 날 잡아다 가둬버릴까 무서워서 찍소리도 하지 않았다.

"그쪽한테 미리 알려주고 싶었어요. 걔 뜻대로 되지 않게."

이 언니가 내 인생 대사에 우리 엄마, 아빠보다 더 마음을 쓰시네, 싶었다.

"그럴 일 없을 거예요. 전 그래도 남자 친구를 믿어요."

후란란이 돌연 흥분하더니 한 손으로 목재 층계를 '딱딱' 소리나게 쳐댔다. "믿어요? 세상에, 남자를 믿는다네!"

내가 남자 믿는 게 무슨 대역죄도 아닌데, 뭘 그렇게 흥분하느냐고 말하고 싶은 심정이었다……

후란란은 그 층계를 계속 두드려댔다. "순진하기도 하셔라. 연애를 그쪽처럼 하면 안 되지!"

이 언니 내 연애에 심하게 감정이입하시네, 속으로 이런 생각이 들었다…….

내 연애가 실패 후 다시 시작된 유형에 속하는지라, 특별히 겸허한 마음으로 그녀에게 연애를 어떻게 해야 하는지 가르침을 청했더니만, 그녀가 순간 어리둥절해하면서 머리를 설레설레 흔들더니 자조적으로 말했다. "나도 연애를 해본 적이 없는 데다가 내 특기가 또 내연녀 되는 거라."

……

한동안 서로 아무 말 없이 있다가, 그녀가 다시 담배에 불을 붙였다. "어쨌거나 남자 친구 그 집구석에서 멀찌감치 떨어뜨려 놔요. 멀면 멀수록 좋아요. 난 당신한테 해코지는 안 할 거예요."

이 말은 믿음이 갔다. 나 해코지해봤자 본인한테 좋을 것도 없고 도전적인 맛도 없을 테니. 그게 닭 잡는 데 소 잡는 칼 쓰는 꼴이지 뭐야.

잠시 생각해보다가 웃으며 말했다. "알겠어요. 남자 친구에게 말해볼게요. 고마워요. 그럼 이만 먼저 집에 가볼게요."

그녀가 손을 흔들며 잘 가라고 했다.

나는 자리를 나섰다.

한 2~3분 정도 걸어가다가 나가는 길을 찾지 못하고 있다는 걸 깨달았다. 나한테 병이 하나 있는데, 바로 표식이 있어야 길을 알아보는 병이다. 이를테면, 색깔 있는 도로 표지판이라든가, 색깔 있는 쓰레기통이라든가, 아니면 벽에 쓰인 '대소변 금지' 같은 글자가 있어야 한다. 그런데 아까 딱히 주의를 기울이지 않고 후란란과 함께 걸어온 탓에 어떻게 나가야 할지 알 수가 없었다.

어쩔 수 없이 다시 돌아서 그 계단으로 가야 했다. 후란란은 여전히 계단 손잡이에 기댄 채 탄식을 섞어가며 외로이 담배를 피우고 있었다.

처량하다 못해 슬픈 눈물이 배어 나오기라도 할 듯한 뒷모습에 방해가 되고 싶지 않았지만, 도무지 방법이 없었다. 그녀가 고개를 돌리도록 두어 번 헛기침 소리를 낼 수밖에. "저기…… 나가는 길을 찾을 수가 없어서……."

그녀의 탄식 섞인 아름다움이 내 덕에 산산조각이 나자, 그녀가 어쩔 수 없다는 듯 손안에 있던 담배를 내던지며 말했다. "따라와요."

나는 발을 뻗어 담배꽁초를 비벼 끈 다음, 그녀 뒤에 붙어 원래 그 복도로 돌아왔다.

우리는 그곳에서 복도 벤치에 앉아 고개 숙인 채 눈물을 떨구는 장첸룽을 보게 되었다. 로맨스물의 법칙상 그녀 곁에 앉아 있을 사람은 오로지 장천뿐이었다.

후란란이 고개를 돌려 날 봤다. "봐요. 들러붙었네."

들자마자 마음이 다급해졌다. 내가 가벼운 근시라서 잘 안 보이나 싶어 계속 물었다. "어디 들러붙었다고요? 어디에 들러붙어요?"

후란란이 얼이 빠져 되물었다. "뭐가 어디에 들러붙어요?"

"들러붙었다고 하지 않았어요? 쟝천 손이 그 여자 어디에 들러붙어 있는데요? 전 근시라 잘 안 보인단 말예요."

후란란이 내게 눈을 흘겼다. "작업 들어가려고 들러붙었다고요!"

나는 안도의 한숨을 쉬었다. "진작 말씀하시지. 얼마나 놀랐다고요……."

아마도 복도에 우두커니 서 있는 모습이 눈에 좀 띄었는지 두 사람은 곧장 우리를 발견했다. 쟝천이 수상쩍게 날 바라보면서 자기 쪽으로 오라고 손짓했다.

막 걸음을 떼는데, 후란란이 날 잡아당기며 큰 소리로 말했다. "본인이 오라고 해요. 뭐 하러 그쪽이 가요!"

내가 구원의 눈빛으로 쟝천을 바라보자, 쟝천이 눈살을 찌푸리더니 결국 자리에서 일어나 우리 쪽으로 걸어왔다.

"왜 아직도 병원에 있어?" 그가 후란란의 손으로부터 날 잡아끌었다.

"어, 막 가려던 참이야."

후란란이 차갑게 웃었다. "뭐 하러 여자 친구를 그렇게 급히 보내려고 하세요?"

나는 고개를 들어 쟝천을 바라보며, 나도 이 언니가 무슨 약을 잘못 먹었기에 이러는지 모르겠다는 뜻으로 민망하게 쓴웃음을 지어 보였다.

쟝천이 막 무슨 말을 하려는데, 쟝첸룽이 돌연 건너와서는 내 쪽으로 손을 뻗더니 날 잡아당기며 고개를 수그렸다. 커다란 눈물방울 두 개를 내 손등에 떨구면서. "제발 쟝 선생님 오해하지 마세요. 그저 제가…… 너무 힘들어하니까 선생님께서 저 위로해주느라 그러신 것뿐이에요."

나는 억지웃음을 지은 채 그녀의 손을 빼내며 말했다. "아니, 아니, 아니에요. 알아요. 오해 안 해요."

나는 말하면서 손을 슬그머니 쟝천 등 뒤로 뻗어 손등에 떨어진 눈물을 흰 가운에 쓱쓱 닦았다. 쟝천이 내게 눈을 흘겼다.

내가 그에게 물었다. "어쩌지, 좀 더 위로해드릴래?"

쟝천은 나는 거들떠보지도 않고 후란란에게 말했다. "후 여사님, 방금 쟝 선생님께서 깨어나서 찾으시더군요."

그러더니 말을 마치고는 내 머리를 툭툭 쳤다. "너무 늦었으니까 내가 데려다줄게."

그러고는 날 끌고 나갔다.

쟝천한테 끌려 비틀비틀 걸어가면서 계속 뒤를 돌아봤는데, 후란란과 쟝첸룽 둘이 길 중간에 우뚝 서서 서로 눈을 부릅뜨고 쏘아보는 광경밖에 보이지 않았다. 쟝천에게 질질 끌려가면서 모퉁이를 돌았을 즈음, 뒤에서 '찰싹!' 뺨 때리는 소리가 시원하게 울려 퍼졌다.

깜짝 놀라서 고개를 돌려 보고 싶었지만, 쟝천 겨드랑이에 머리가 끼인 채 끌려가고 말았다.

정말 궁금했다. 도대체 누가 누구 뺨을 때린 소리인지……. 이치대로라면야 기가 보통 센 게 아닌 후란란이 사람을 때렸을 가능성이 높기는 하지만, 내연녀 신분이라 얻어맞았을 가능성도 매우 높은 터라…… 정말 풀기 어려운 수수께끼였다. 너무 어려웠다. 내 지능으로는 그야말로 난제였다. 하지만 내일 병원에 다시 와서 아무 간호사나 붙잡고 물어보면 곧장 상세하게 다듬어진 해설을 들을 수 있을 것이고, 어쩌면 누군가의 휴대폰에 현장 생중계 고화질 영상이 있을지도 모른다고 믿어 의심치 않았다. 어떤 일이든 사람을 근본에 놓고 과학 기술에 의지하면 모든 난제를 손쉽게 술술 풀 수 있다는 걸 보여주는 일화라 하겠다.

쟝천 손에 병원 입구까지 끌려가서는 말했다. "병원에 남아서 대기해야 하는 거 아냐?"

그가 흰 가운을 벗어 내게 건넸다. "이것도 가져가서 빨아줘. 온통 그 여자 향수가 배어서 역해죽겠네."

내가 흰 가운을 비닐봉지에 쑤셔 넣었다. "나 바래다줄 거야?"

그가 잠시 머뭇거렸다. "혼자 갈 수 있어?"

내가 고개를 끄덕였다. "갈 수 있지."

"그럼 길 조심하고, 집에 도착하면 전화해."

이번에도 고개를 끄덕였다. "알았어."

그가 흡족해하며 뒤돌아 걸어갔다.

나는 머리를 긁적이며 한숨을 쉬었다. 그래도 나 차 잡는 건 보고 가지.

한참을 길옆에 서서 세 번이나 손짓을 했는데도 택시 한 대 눈에 들지 못하자, 언젠가는 연애의 맛이라고는 모르는 쟝천에게 복수해주리라 마음먹었다. 예를 들면, 날 다정하게 바라볼 때 눈곱

껐다고 말해준다든지, 손잡을 때 네 손에서 땀이 난다고 한다든지, 뽀뽀라도 해주면 너 입 냄새난다고 한다든지 말이다. 내 마음독하게 먹고 너 이빨에 음식 찌꺼기 꼈다고도 말해주겠어…….

차 한 대가 천천히 내 앞에 와서 서는데, 차가 어딘가 낯이 좀 익었다. 안에서 누군가 머리를 내미는데, 머리가 너무 낯이 익었다.

"타. 바래다줄게."

"대…… 대기해야 한다더니?"

"다른 의사 있어."

"정말 문제없는 거야?"

"문제 있으면 내가 너 신경 쓰고 있겠냐. 헛소리 그만하고, 탈 거야 말 거야. 안 타면 나 돌아간다."

나는 비닐봉지를 안고 차에 올랐다. 가는 길 내내 싱글벙글 웃음이 났다. 이따금 노랫말도 두어 마디 흥얼거렸더니, 장천이 아예 차 오디오 음량을 최대로 키워버렸다.

결국 장천이 도무지 참지 못하고 말했다. "너 도대체 사람 토 나오게 뭘 그렇게 웃는 거야?"

내가 기분 좋게 머리를 흔들며 말했다. "아니, 네가 돌아와서 나 바래다주니까 너무 기분 좋아서 그래."

네가 돌아와줘서 우리가 돌아갈 수 있게 돼서, 나 얼마나 감사한지 몰라.

차가 우리 집 아래층에 도착해 전조등을 밝히자, 길옆 전봇대 아래 서 있는 사람이 하나 보였다. 트렌디 드라마 남자 주인공 포즈로 전봇대에 비스듬하게 기댄 채 손가락에 담배까지 하나 끼우고 있었는데, 밝은 빨간색 불빛이 깜빡깜빡했다.

미성년 흡연, 이거 안 좋은데. 전에 홍콩에서 이런 경고 문구가 붙은 담뱃갑을 본 적이 있었다. '흡연은 발기부전을 초래할 수 있습니다!' 젊은이여, 충동적으로 살면 안 된다오. 충동적으로 굴었다가는 처벌받게 되느니.

장천이 물었다. "저 사람 왜 저기 있냐?"

내가 고개를 내저었다. "모르겠는데."

"너 정말 몰라?"

"정말 모른다니까. 하지만 제게 가혹한 고문을 가하신다면, 몰래 바람이나 피우자고 제가 이리로 불러내었다고 실토하겠사와요."

장천이 눈을 흘겼다. "내려서 제대로 처리하셔. 차에서 지켜볼 테니까."

"아니면 아예 저기까지 차 몰고 가서 전봇대 위에 납작하게 밀어버리시든가. 어렸을 때 '전봇대의 유령電線杆有鬼'[41]이라는 영화 본 적 있는데, 엄청 재밌더라."

"내려. 너까지 같이 박아서 '한 쌍의 전봇대 유령'이라고 이름 붙여줄 테니까."

계면쩍어하며 차에서 내려 겨우 두 걸음 정도 갔나 싶었을 때, 쑤루이가 내 앞으로 튀어나오더니 차를 가리키며 따져 물었다.

---

41 홍콩 영화로, 한국어판 제목은 〈화월가기(花月佳期)〉다.

"왜 저 남자랑 같이 있어?"

나는 말소리를 길게 늘여 뽑았다. "생각 좀 해보자……. 아…… 내 기억이 틀리지 않았다면 저 사람이 내 남자 친구지 아마."

쑤루이는 잠시 멍한 모습이었다. 내 눈에 그의 눈을 스치고 지나는 슬픔이 보였다. 마음이 좀 약해졌다. 나이가 어리다고 이 녀석이 품은 감정을 농담으로 단정해서는 안 될 일이었다. 쟝천을 좋아하기 시작했을 때, 난 쑤루이보다도 어렸는걸.

나는 잠시 녀석의 손에 들린 담배를 눈여겨본 뒤, 훨씬 부드러워진 말투로 말했다. "담배 피우는 거 몸에 안 좋아."

녀석이 담배를 던져 발로 비벼 껐다. "담배 끊을게. 그러니까 나 좀……."

"안 돼." 내가 선수 쳐버렸다. "이러지 마. 나 너 안 좋아해."

녀석이 코를 문질렀다. "하지만 나 정말 누나 엄청 좋아한단 말야."

내가 고개를 끄덕였다. "응, 알아."

"다시는 누나 좋아하는 것처럼 누굴 좋아할 수 없을 거야."

아니, 너 그럴 거야.

나는 분위기를 좀 누그러뜨려 보려고 했다. "저기, 이러지 말자. 너 열다섯 살짜리 예쁜이한테 빠지면 지금 네 안목을 의심하게 될 걸."

녀석은 말없이 천천히 쭈그리고 앉더니 무릎에 머리를 묻었다.

좀 놀라서 고개를 돌려 쟝천의 차를 바라보다가, 다시 뒤돌아 고개를 수그리며 녀석을 내려다봤다. 뭘 어찌해야 할지 당황스러웠다. "왜 그래?"

잠시 대답이 없기에, 어쩔 수 없이 쭈그리고 앉아 어깨를 두드려주었다. "왜 그래, 어디 안 좋아?"

녀석의 우울한 목소리가 전해졌다. "별거 아냐. 상관 마."

"어디 안 좋은 거 아냐? 쟝천한테 좀 봐달라고 할까?"

쑤루이가 별안간 고개를 들더니 고함쳤다. "비켜, 귀찮게 하지 말라고!"

나는 덜컥 놀라고 말았다. 녀석이 내지른 분노 섞인 고함 때문이 아니라 녀석의 눈물 때문에.

코가 좀 시큰거렸다. 겨우 열일곱 살, 어쩌면 내가 이 녀석 인생에서 시험 외에 처음 맞닥뜨린 좌절일지도 몰랐다. 그 시절의 나는 쟝천을 좋아했지만, 쟝천은 날 좋아하지 않았던 것처럼. 내가 좋아하는 사람이 날 좋아해주지 않는 게 얼마나 사람을 힘들게 하는 일인지.

"가. 남자 친구가 차에서 기다리잖아." 많이 침착해진 듯했다.

나는 쟝천의 차를 향해 '먼저 돌아가'라는 뜻으로 손짓을 해보였다. 그가 문자 메시지를 보내왔다. "일단 병원으로 돌아갈 테니까, 처리하고 나서 전화해."

쟝천의 차가 떠나자마자 길이 적잖이 어두워졌지만, 다행히 가로등이 켜졌다. 나는 이렇게 길옆에서 쑤루이와 함께 아무 말도 없이 쭈그리고 앉아 있었다. 주된 이유는 무슨 말을 해야 할지 알 수 없어서였지만, 녀석이 우느라 정신이 없어서 그런 것이기도 했다. 가로등이 우리 둘의 그림자를 길게 늘어뜨렸다. 기약 없이 망연자실하게 쭈그리고 앉아나 있어야겠다고 생각하고 있는데, 교복 차림에 책가방을 메고 머리를 양 갈래로 땋은 초등학생이 걸어오더니 교복 치마 주머니에서 돈을 꺼냈다. 알록달록 돈이 많기도 했다. 아이가 그중 한 장을 집어서 내게 건네주며 말했다. "아줌마, 이 돈으로 오빠한테 아이스크림 사주세요. 오빠 울지 말라고 달래주세요." 나는 순진무구한 얼굴로 내 그림자를 밟고 있는 초딩을 올려다보며 얼굴을 일그러뜨렸다. "얘, 왜 이 녀석은 오빠고 난 아줌마니?"

초딩이 돈을 쥔 채 울면서 가버렸다.

쑤루이가 그제야 입을 열며 말했다. "돈은 두고 가지……."

내가 웃으면서 녀석을 밀쳤다. "야……!"

쑤루이가 얼굴을 문질렀다. "정말 쪽팔린다."

내가 녀석을 위로해주었다. "쪽은 내가 팔리지. 쟤가 나보고 아줌마라잖아."

녀석도 날 위로해주었다. "누나 성숙하고 섹시하다고 질투하는 거지."

녀석은 말을 마치고 자리에서 일어나는 김에 나도 일으켜 세워주었다.

"나 괜찮아. 들어가."

"정말 괜찮아?"

"아마도. 앞으로 누나를 내 디자인 작업의 뮤즈로 쓸지 말지에 따라 달라지겠지."

"아! 옷……." 갑자기 생각이 났다. 내가 머리를 탁 치며 말했다.

"그 옷 보따리 쟝천 차에 두고 내렸네."

녀석이 짐짓 언짢은 척했다. "무슨 옷인데? 옷도 내 가게에서 안 사? 친구 돈벌이에 돈 좀 쓰지, 정말 너무하는구만."

나는 녀석을 노려봤다. "쟝천 옷이야. 빨려고 가져온 거였단 말야."

쑤루이가 입을 삐죽거렸다. "그 사람이 누나한테 옷 빨아달래? 그렇게 배려심이 없나?"

"쑤루이 어린이, 이간질해도 소용없거든요."

"이간질하는 게 아니라, 나라면 누나한테 절대 그런 일 안 시켜." 녀석이 단호하게 말했다. "우리 누나가 그랬어. 여자는 아껴 줘야 한다고."

내가 무성의하게 고개를 끄덕였다. "누님이 아주 교육을 잘 시키셨네."

"그렇다니까. 누나가 죽어도 말 안 들으면 강제로라도 어떻게 해보라던데."

내가 경계심을 보이며 두 발 물러섰다. "농담이지?"

쑤루이가 내 어깨를 툭툭 치며 칭찬을 건넸다. "보아하니 쑤씨 가문 유머를 꽤 많이 연구하신 모양이구만."

……

굳은 얼굴로 겸손을 떨어주었다. "살짝 섭렵한 정도지, 살짝."

녀석은 올라가는 모습 보고 가겠다면서 나보고 먼저 가라고 했다. 나는 싫다고 고집을 부리면서, 뒤돌아선 틈타서 네 녀석이 총이라도 꺼내 나 세상 하직시키지 못하게 하려면, 내가 너 가는 걸

봐야겠다고 말해주었다.

뜻밖에도 쑤루이는 화도 내지 않았다. "안심해. 죽어도 내가 죽지, 누나가 죽지는 않을 거야."

잠시 생각을 해봤지만 그래도 쑤루이보고 먼저 가라고 고집을 피웠다. "네 녀석 멀찌감치 가는 걸 봐야겠다니까. 세상 하직하고 싶으면 멀리 가서 하직하셔. 여기서 하직해가지고 우리 동네 집값에 영향 주지 마시고."

녀석은 귓등으로도 듣지 않았다. "이 동네 집값 떨어지면 더 좋은 거 아닌가. 누나는 그래야 집을 살 텐데."

"땡입니다요, 땡, 땡." 내가 집게손가락을 흔들어댔다. "쯧쯧쯧, 난 집값 떨어져도 못 사. 내 연봉으로는 화장실 타일이나 하나 사들일 정도라서, 이 부근 집값 절대 떨어지지 않았으면 하는 게 내 희망 사항이란다. 내가 못 사면 다 같이 못 사야지. 지구 최후의 날처럼 죽으려면 다 같이 죽어야 한다고. 그게 공평하지."

쑤루이가 눈을 흘기더니 분기탱천해서는 자리를 떠버렸다.

녀석의 그림자가 가로등 불 아래 길어졌다 짧아지고 짧아졌다 길어지는 모습을 지켜봤다. 쑤루이가 언젠가 이 순간을 다시 떠올리게 될 때, 고개 한번 돌리지 않고 떠나가는 내 뒷모습을 괴로운 심정으로 물끄러미 바라본 게 아니라, 당당하게 가슴을 펴고 씩씩하게 걸어갔다고 기억하기를 바랐다.

물론 내 쓸데없는 걱정일 것이다. 어쩌면 녀석은 지금 이 순간을 다시 돌아보다가, 힘겹게 계단을 오르던 내 짜리몽땅한 무 다리만 떠올리게 될지도 모르니까……

집에 들어가서 불을 켰다. 불이 들어오자마자 휴대폰이 울렸다. 식겁한 나머지 나도 모르게 사방을 두리번거리다 휴대폰을 꺼냈는데 장천이었다.

전화를 받았다. "여보세요. 너 우리 집 아래층에 있어?"

"아니, 왜?"

"우리 집 불 들어오자마자 너한테 전화가 오더라구. 타이밍이 너무 기가 막히잖아. 무슨 공포영화 속 장면처럼."

장천이 나직하게 웃었다. "허접스러운 영화를 너무 많이 보셨구만."

내가 반박했다. "옛날에 허구한 날 나 속여서 기숙사에서 같이 공포영화 보게 한 분이 누구시더라?"

"그럼 만날 보고 싶다고 성화 부려놓고선 또 못 보겠다고 한 사람은 누구고?"

내가 옛날 일을 들추어냈다. "그렇지만 너 한번은 너희 교육용 영상 보여준 적도 있잖아. 그게 공포영화보다 더 무서웠다구!"

"난 딱히 무섭다는 생각은 안 들던데."

내가 소리쳤다. "뭐가 안 무서워. 무슨 두부 자르듯 수술칼로 두피를 U자형으로 자르더니 그걸 열어젖히고, 또 두개골에 한 바퀴 구멍을 뚫어서 그 둥그런 머리뼈를 꺼내놓고, 피범벅이 된 거기를 핀셋으로 휘젓고 다녔잖아."

"쓸 만하네. 수술 순서도 똑똑히 기억하고."

"똑똑히 기억하지 않을 수가 있어?" 난 울상이 되어버렸다. "그 사람들이 두피 가를 때 고개를 돌려보니까 네가 옆에서 기괴하게 웃고 있었단 말야. 손으로는 내 스케치북 위에서 그 동작 천천히 따라 하면서! 식겁해서 그 화면에서 다시는 눈 뗄 엄두도 못 냈단 말야. 네가 또 무슨 변태 같은 행동하는 거 보게 될까 봐 무서워서.”

내 생각엔 공포 이야기 중 가장 무서운 게 바로 옆 사람이 갑자기 귀신이 되거나…… 요괴가 되거나…… 변태가 되거나…… 적이 되는 거다.

대비도 못 한 상태에서 당하는 게 제일 무서운 법이니까.

쟝천이 한동안 말이 없다가 말했다. “내 기억이 틀리지 않았다면 난 그때 네 스케치북의 그림을 보고 있었고, 내 기억이 틀리지 않았다면 안에 적잖은 인물 초상화들이 엄청 낯익은 느낌이었는데 말야……. 게다가 동작도 좀 볼썽사나웠지. 바닥에 무릎 꿇고 울고불고한다든가 말야.”

……

이제 내가 입을 닫아야 할 차례였다. 나한테 스케치북이 여러 권 있었는데, 겉표지는 다 엇비슷했지만, 그중 몇 권은 쟝천과 싸우고 나서 그림 그리는 걸로 실컷 화풀이할 때 쓰는 전용 스케치북이었다. 안에는 여성 주권을 선언한 만화가 적지 않았다. 예를 들면, 쟝천이 바닥에 무릎을 꿇고 넓적한 국수 가락 모양의 눈물을 흘리면서 다 자기 잘못이고 본인이 금수보다 못한 놈이라고, 짐승만도 못한 인간이라고 내게 용서를 비는 그림이 있었다. 또 이를테면, 내가 거드름을 피우면서 바닥에 뻗어 있는 쟝천에게 채찍을 휘두르는 그림도 있었다. 쟝천은 무릎을 꿇고 바닥을 닦고 있는데, 소파 위에 누운 내가 리모컨을 눌러대면서 물 좀 가져와라, 동작이 좀 느린 거 아니냐 이러면서 쟝천 엉덩이에 발길질을 해대는 바람에, 쟝천이 땅에 고꾸라져 한 바퀴 굴렀다 일어나서는 허리를 굽히며 고맙다고 인사하는 그림도 있었고…….

그래서 화제를 돌려버렸다. "나한테 쑤루이 일 물으려고 전화한 거지?"

다행히도 이 인간이 흔쾌히 보조를 맞춰주었다. "어떻게 됐는데?"

"현재 양측 모두 정서적으로 안정되었으며, 여자 쪽은 바람을 피울 생각이 전혀 없고, 남자 쪽은 앞으로는 남자한테 눈을 돌리겠다고 커밍아웃하거나 철로에 뛰어들어 자살할 생각이 없음."

"처리 안 되면 나한테 넘겨. 내가 네 기억 속의 변태 의사라는 사실 잊지 말라구."

내가 억지웃음을 두어 번 흘렸다. "그럼, 그럼."

"맞다, 너한테 빨아달라고 한 옷 보따리 내 차에 있더라. 너 가져가서 빨 수 있게 차에 둘게. 맞다, 오늘 밤에 나 베란다 빨래판에 무릎 꿇고 있는 모습 그려놔도 돼."

……

쟝천은 무정하게 날 비꼬고 비웃고 충격을 주는 일에는 도무지 피곤해하는 법이 없다. 온갖 수단 방법을 다 동원해 기꺼이 몰두한다는.

12장

사장은 자기 사무실에서 성질을 내는 중이었다. 복사기를 본인이 새로 사놓고도 쓸 줄을 몰라서 말이다. 쓰투모는 차를 들고 자리에 앉아 콧노래를 흥얼거리는 중이었다. 그녀에게는 늘 열받아서 돌아버린 사장 감상하는 일이 더할 나위 없는 행복이었다.

요즘이 비수기다 보니 다들 당황스러울 정도로 한가하다. 만날 하는 일이 시간 때우기이기는 하지만, 사장의 자존심을 생각해서 늘 정신없이 엄청 바쁜 척을 해줘야 하는데, 이게 몸이고 마음이고 사람 보통 피곤하게 하는 일이 아니다.

사장은 쾅쾅탕탕 물건을 때려 부수고 난 뒤, 일이나 따러 나가야겠다고 했다. 사장이 한 걸음 내딛기 무섭게, 쓰투모가 의자를 끌고 내 옆으로 오더니 능글맞게 웃었다. "어젯밤에 그 잘생긴 연하남 누구야?"

"누구?"

"어제 퇴근하다가 아래층에서 웬 어린 꽃미남한테 붙잡혔는데, 처음에는 걔가 내 미모에 반해서 나한테 뭔 짓이라도 하려는 줄 알았더니…… 됐어, 그런 표정 그만 지으셔. 우리 남편한테는 늘 내가 꽃 같은 미녀란 말야. 어쨌거나 어제 그 잘생긴 오빠가 자기 집 주소 물어보던데, 나중에 자기 찾아갔어?"

나는 토 나올 것 같은 표정을 접어놓고 화를 냈다. "걔 알지도 못하면서 내 주소 알려준 거잖아. 걔가 변태였으면 어쩔 뻔했어?"

"별것도 아닌 걸로 난리 그만 치셔. 입만 열면 나한테 동안 미녀 소리를 해대는데, 자기 집 주소가 대수야, 자기 정신 좀 혼미하게 만들어달래도 도와줄 판에."

"기분이 그렇게 좋았던 게 다 미녀 앞에 붙은 그 '동안' 소리 때문이지?"

쓰투모가 헤헤 웃어댔다. "똑똑하기는. 누구냐니까?"

"쟝천 동료 남동생."

쓰투모에게 대충 상황을 설명해주었다. 쓰투모가 늘 유부녀 신분이 본인의 매력 지수를 적잖이 떨어뜨린다고 생각하는 까닭에, 유부녀인 그녀의 부러움과 질투, 독한 성질머리를 건드리지 않으려고 특별히 날 깎아내리기까지 했다. 내가 생각해도 이상하다고, 조국의 꽃미남께서 도대체 이렇게 평범한 날 뭘 보고 마음에 들어 하는지 모르겠다고 말이다.

쓰투모가 날 위로했다. "이번 일로 자기 비하할 필요 없어. 어린 애들일수록 뭔 생각을 하는지 알 수가 없다니까. 우리 아들은 심지어 세상에서 메이양양美羊羊[42]이 제일 예쁜 줄 알아."

어째서 이 말에 뼈가 있다는 생각이 드는 걸까…….

쓰투모는 이런 말도 했다. "사실 개 괜찮던데, 영계가 몸에도 좋잖아."

나는 쓰투모를 쏘아봤다. "꺼져."

"어쨌거나 온종일 휴대폰 열댓 번 스무 번 쳐다봐도 오지 않으시는 낭군님 전화보다야 낫지."

나는 쓰투모 앞에서 다시 한 번 휴대폰을 꺼내 들고는 정상 작동하는지 확인해본 뒤 기세등등하게 말했다. "다 내가 좋아서 그런 거거든!"

그녀가 웃으면서 날 흘겨보더니 갑자기 또 정색을 하며 말했다. "내 생각인데 말야, 자기랑 자기 남친 결혼하면 내 아들 들러리로 보내줄게. 나 그럼 축의금 안 줘도 될까?"

이 인간은 입만 열면 돈 타령이니, 그녀와 공통점이라고는 없는 이 몸은 외롭기만 하여라.

나는 정정당당하고 엄숙하게 야단을 쳐주었다. "자기 남편이 내 신랑이 돼도 축의금 빼먹을 생각은 하지도 말아!"

오후가 되어서도 사장이 돌아오지 않아, 나와 쓰투모는 각자 퇴근 1시간 전 슬그머니 줄행랑을 쳐버렸다. 사장이 갑자기 자리에 붙어 있는지 확인이라도 할까 봐 사무실 전화까지 휴대폰으로 돌려놓고서. 회사 땡땡이치는 솜씨 참 노련하다 하지 마시길. 이래

---

42 중국의 인기 아동 애니메이션 〈행복한 양과 회색 늑대(喜羊羊與灰太狼)〉의 여주인공

봬도 실은 우리가 정말…… 땡땡이를 자주 친다.

예전에는 땡땡이치는 날이면 늘 일찌감치 지하철을 타고 집 근처 역까지 갔다. 역에 도착하고 나서는 대기석에 앉아 MP3를 들으면서, 혼잡한 퇴근 시간대에 붐비는 열차 칸에서 짓눌려 몰골이 딴판이 돼버린 직장인들을 태운 채, 공장 컨베이어 벨트처럼 인간 깡통을 하나하나 각지로 운송하는 지하철을 바라봤다. 보고 있으면 신이 났다. 저 붐비는 속에 끼어 있지 않으니 이게 웬 떡이냐 싶어서.

하지만 지금은 남자 친구가 있는 몸, 이 저질 취미와 취향을 버려야만 했다. 일찍 퇴근했으면 병원 가서 남자 친구와 다정한 한때를 보내야 하는 법이니.

남자 친구 만나는 일을 3년이나 등한시한 까닭에 난 좀 자신이 떨어져 있었다. 업무에 익숙하지 않을 때 느껴지는 그런 자신 없음이었다.

병원 홀에 도착해서 쟝천에게 전화를 걸었다. 전화가 연결되자 둘이 동시에 말했다. "어디야?"

"병원 홀."

"난 너희 회사 가는 길인데."

"아, 어떻게 하지?"

"병원 입구에서 나와서 오른쪽으로 돌면 음료수 가게 하나 있어. 거기 가서 뭐 좀 마시면서 기다리고 있어."

생각을 좀 하다 말했다. "그냥 홀에서 기다릴게."

사장이 내 월급 지급을 두 달이나 미룬 터인 데다, 병원 근처면 다른 곳보다 물가도 비쌀 게 분명했다. 지난번 이 근처에서 산 차예단이 다른 곳보다 2위안이나 비쌌던지라……. 이 지지리 궁상 꼬락서니 좀 보라지…….

"그럼 어디 가지 말고 홀에 있어. 곧 도착할 거야."

"알았어. 운전 조심해."

반 시간 뒤 장천이 병원 입구에서 날 찾았을 때, 나는 길옆 나무 그늘에서 덜덜 떨고 있었다.

사람이 태어나 늙고 병들어 죽는 일, 세상일이라는 게 정말 예측 불가하게 마련이고, 병원은 예측 불가한 일이 숱하게 일어나는 장소인 셈이다. 병원 홀에 있었던 30분 동안 예측 불가한 일이 한 차례 일어나고 말았다.

시간을 30분 전으로 되감아보자. 나는 장천의 전화를 끊고 연애 중인 사람 특유의 토 나오는 미소를 머금은 채 자리를 잡고 앉았다.

한 10분 뒤, 위층에서 별안간 여자 비명이 들려왔다. '쿵쿵쾅쾅' 다급한 발소리가 정신없이 따라 들려왔고, 내가 무슨 반응을 보일 새도 없이 머리를 풀어헤친 여자가 2층에서 날아들더니 내 앞에서 육중하게 떨어졌다. 다섯 발자국 떨어진 곳이었다.

난 그녀의 겁먹은 두 눈에 가득 찬 눈물을 보았다.

그녀가 죽어가는 생선처럼 바닥에서 잠시 경련을 일으키다 정지하는 모습을 보았다.

그녀의 입가에서 서서히 흘러나오던 하얀 거품을 보았다.

위층에서 뛰어 내려온 의료진들이 크게 소리치는 모습을 보았다. "빨리 진정제 갖고 와!"

그 굵직한 주삿바늘이 그녀의 팔뚝을 찌르고 들어가는 광경을 보았다.

"당신들 미친 거 아냐?" 이렇게 말하고 싶었다. "저 여자 꼼짝도 안 하는데 무슨 진정제를 놓냐고! 주사 놓는 게 그렇게 좋아! 당신들이 의사지 별이냐고!"

그런데도 한마디 하지 못한 날 용서해주시길.

"천샤오시? 천샤오시?" 쟝천이 내 앞에 쭈그리고 앉아 눈앞에서 손을 휘저었다. 엄청 걱정스러운 얼굴이었다. "너 왜 그래? 무슨 일이야?"

겁에 질린 채 그를 바라보며 입을 열어보려고 했지만, 도무지 말이 나오지 않았다.

쟝천이 손을 뻗더니 내 손을 잡고 눈을 바라봤다. 말투가 이상할 정도로 냉정했다. "샤오시, 내 눈 봐봐. 무서워하지 말고. 내가 물으면 고개를 끄덕이거나 흔들기만 하면 돼. 알았지?"

내가 고개를 끄덕였다.

"너 다쳤어?"

고개를 내저었다.

그가 내 손을 꼬집었다. "무서운 장면이라도 봤어?"

고개를 연신 끄덕였다.

쟝천이 잠시 쉬었다가 작은 소리로 물었다. "차 사고 나서 사람 다쳤어?"

고개를 흔들었다.

"그 사람이……."

쟝천은 한참을 묻지 못하고 망설였다. 그냥 날 안아주면서 등을 살며시 두드려줬다. "여기 병원이야. 뭘 봤든 무서워할 것 없어. 그 사람들 그냥 병이 났거나 다친 것뿐이라구. 아니면……."

아니면 때가 되었거나.

7월의 무더운 여름, 쟝천이 날 꼭 껴안아주었다. 감동적이기는 했지만 실은 너무 더웠다.

날 잠시 안고 있었더니 본인도 좀 더웠는지, 쟝천은 날 바닥에서 일으켜 세워 차 안으로 끌고 가서 앉혔다. "나가서 전화 좀 할게. 금방 올 거야."

고개를 끄덕였다. 사실 적잖이 진정된 뒤였다. 하지만 앞에서 너무 겁먹은 모습을 보였던 터라 돌연 정상으로 돌아가자니 그것도 좀 난처해서, 놀라서 덜덜 떠는 모습을 연출할 수밖에 없었다.

돌아온 쟝천은 얼굴이 상당히 가벼워져 있었다. "무슨 일이 있었는지 알았어. 그 환자 별일 없대. 뼈 부러지고 뇌진탕 일어난 정도야. 생명이 위험하지는 않아."

휴, 한숨을 내쉬었다. 의사는 참 담담하게 산다는 생각이 들었다. 사람이 죽지만 않으면 다 큰일이 아니라니.

나는 알았다는 뜻으로 고개를 끄덕였다.

쟝천은 차 시동은 걸지도 않은 채, 몸을 옆으로 기울이며 날 바라봤다. "아직도 무서워?"

나는 고개를 내저었다. 소리 낼 필요가 없는 이 표현 방식에 좀 빠져든 기분이었다.

그가 손을 뻗어 내 머리칼을 어루만졌다. "실연한 여자야. 전 남자 친구 앞에서 세탁 가루세제 삼키고 자살을 시도했어. 그 남자가 병원으로 데려와서 위세척하려 했는데, 여자가 죽어도 싫다고 발버둥을 치다가 발을 헛디뎌서 위에서 떨어진 거고."

역시나 쟝천은 날 너무 잘 안다. 내가 소문을 좋아하니 소문으로 내 호기심을 자아내 주의력을 분산시키면 공포가 줄어들 거라는 걸 아는 거다.

내가 눈을 깜빡였다. "그럼 그 예전 남자 친구는 어떤 반응을 보였는데?"

쟝천이 내 얼굴을 꼬집었다. "내가 어떻게 알아. 이제 말을 하네."

"나 아까 놀라 죽을 뻔했단 말야." 살짝 애교를 떨며 말했다. "그러게 누가 나 혼자만 병원에 두랬나."

쟝천은 나가서 기다리라고 했는데 네가 병원에 남아서 기다린 거 아니냐는 변명은 하지 않고, 이렇게만 말했다. "다음엔 안 그래. 이틀 뒤에 내가 너 그 환자한테 데려다줄게."

"당분간은 병원 근처에 얼씬도 하고 싶지 않아."

"무섭다고 피하는 게 상책은 아냐." 마음 같아서는 그 유명한 발 동동 구르기 애교 연기를 선보이고 싶었지만, 앉아 있다 보니 연기를 펼치기가 쉽지 않았다. 그래서 입을 삐죽이는 걸로 방식을 바꾸고는 말했다. "하지만 정말 그럴 엄두가 안 난단 말야."

"앞으로 계속 안 오겠다면 마음대로 하시든가."

내 표정이 어두워졌다. 억울하기도 하고 화도 났다. 이 인간은 항상 이런 식이다.

고3 시절, 녀석이 내 수학 공부를 도와주었다. 나는 문제가 10개면 그중 9개 반은 틀리는 식이었는데, 내가 맞춘 반 개도 보통은 제일 단순한 1원 2차 방정식이었다. 한번은 답을 쓰다가 열불이 나서 펜을 던지며 답 안 쓰고 말겠다고 했더니, 수학 선생님께서 수학 못하는 사람은 객관식 문제와 빈칸 채우기 문제만 쓰면 된다고 하셨다.

장천이 말했다. "네가 알아서 해. 그 대신 앞으로 나랑 같은 대학 가겠다는 둥 그런 소리는 하지도 마. 우리는 급이 달라."

내 여리디여린 마음에 그렇게 상처가 되는 말을 하다니. 나야 당연히 책상에 머리를 박고 한바탕 울음을 터뜨렸다. 그런데 울 만큼 울고 나서 고개를 들어보니까 녀석은 여전히 옆에서 내 시험지를 고치고 있었다.

머리를 가까이 들이밀었더니 자그마한 총천연색 글자들이 빽빽하게 들어차 있었다. 검은색은 정답 풀이법, 파란색은 문제를 푸는 사고의 흐름, 빨간색은 수학 공식, 노란색 형광펜으로 강조 표시한 문제 풀이법 1, 문제 풀이법 2, 문제 풀이법 3……

나는 눈물을 훔쳤다. "내 시험지에 이렇게 색칠을 해놓으면 나보고 어떻게 보라는 거야? 그리고 풀이법 너무 많으면 난 기억 못한단 말야."

나중에 반 친구들이 내 수학 시험지란 시험지는 죄다 빌려 가서 복사를 할 때가 되어서야, 나는 이 시험지들의 소중함을 깨달았다. 빌리러 오는 애들한테 돈이라도 받아야 하나 생각하다, 쟝천에게 어떻게 보답해줄지 생각해봤다. 결국 나는 녀석의 수학 교과서에 하늘에서 내려온 선녀 같은 미녀를 그려주었다. 첫째 장에서 점퍼를 입고 있던 미녀가 머리 장식에서 시작해 장신구, 옷, 신발, 양말 순서로 페이지를 넘길 때마다 하나씩 벗어 던지는 식이었다. 마지막에 가서는 수위를 고려해 앞치마와 핫팬츠는 남겨주었다……. 나는 이 일이 내가 은혜에 보답하는 사람임을 보여주는 일이라고, 배은망덕이 판치는 요즘 같은 세상에 정말 쉽지 않은 일이라고 생각했다.

차 시동을 거는 쟝천 옆에서 나는 뾰로통한 얼굴로 분을 삭이고 있었다. 이 인간과 싸우고 싶었다. 나쁜 놈이라고 욕을 퍼부어 주고 싶었지만, 그럴 엄두는 내지 못했다…….

나란 인간, 비겁한 인간.

나는 쟝천이 화를 내면 너무 무섭다. 사실 그게 누구든 나한테 화를 내면 다 무섭지만, 쟝천은 아무나가 아니라 내가 그 누구보다 무서워하는 사람이다. 그 누가 화를 내도 쟝천만큼 날 당황시키는 사람은 없다. 내가 도대체 쟝천이 화가 난 건지 아닌지 알아차리지 못할 때가 많기 때문이다. 화가 났는지 어쩐지를 모르는데, 이걸 무서워해야 하는지 어째야 하는지 어떻게 알겠느냔 말이다. 그러니까 도대체 무서워해야 하는지 말아야 하는지 알 수가 없으니 무섭다는 거다……. 내가 이렇게까지 헛소리를 해대는 걸 보면, 다들 내가 얼마나 무서워하고 있는지 분명히 알아차리셨으리라.

그래서 가는 길 내내 장천을 몰래몰래 훔쳐봤다. 보면 볼수록이 인간이 화가 난 게 분명하다는 생각이 들었는데, 이유야 나도알 수 없었다. 사실 단서라고는 하나도 포착하지 못했지만, 내가장천 화났다면 화난 거라니까. 아니면 나 깨물으슈.

나는 장천 셔츠에 손을 뻗어 소맷단을 잡아당겼고, 손가락으로그의 팔뚝에 줄을 두어 개 그었다. "나 배고파."

그가 날 흘끗 훑어봤다. "응."

"응이 뭐야?" 나는 손가락으로 그의 팔뚝에 살짝살짝 줄을 그어댔다. "맛있는 데 데리고 갈 거지?"

장천이 팔뚝을 흔들어 내 손을 떨궈버렸다. "운전 중이야. 건드리지 마."

나는 입을 삐죽거리고는 얌전히 앉아 있었다.

10분 뒤, 내가 말했다. "나 운전면허 시험 볼까?"

"보지 마."

"왜?"

"너 차 살 돈 없잖아."

……

"체리QQ[43] 정도는 나도 살 수 있단 말야."

"너 차 몰고 도로 탔다간 분명 사람 칠 텐데, 그건 교통과 의료

---

43 Cherry QQ. 한국의 마티즈와 비슷한 중국제 소형 승용차

사업에 부담을 증가시키는 일이야."

이봐…… 저주가 좀 심하잖아.

화제를 돌릴 수밖에 없었다. "그럼 나 머리 파마 좀 할까?"

쟝천이 백미러를 주시하더니 말했다. "아니."

"왜?"

그가 곁눈질로 날 흘끔거렸다. "흉해."

내가 참는다.

분위기 맞춰서 웃어주었다. "그럼 머리 좀 자를까?"

"아니."

내가 반발했다. "전에 나 머리 자른 게 좋다고 했었잖아! 청순해
보인다고도 했으면서."

쟝천이 고개를 한쪽으로 기울였다. 아주 진지하게 날 훑어보는
듯하더니만 이렇게 말했다. "그랬어? 그건 그냥 나오는 대로 떠든
거지."

……

이로써 나는 이 인간과의 우호적인 대화를 완전히 포기해버렸다.

그래서 아주 포스 넘치는 모습으로 쟝천을 향해 외쳤다. "쟝!
천!"

"응?" 쟝천은 태연하기 그지없었다. 눈길 한번 주지 않았다.

나는 이를 앙다문 채 포스 넘치게 말했다. "나 내일 너랑 밥 먹
으러 병원 갈 거야!"

쟝천이 얼이 빠져서 하는 말, "그럴 필요 없어."

나도 얼이 빠지고 말았다. 내가 이렇게까지 물러섰는데 아직도

허세를 부리다니.

장천이 갑자기 웃음을 터뜨렸다. "나 내일 휴가란 말야."

나는 "아" 소리와 함께 말했다. "그럼 모레 갈게."

장천이 같은 말을 다시 반복했다. "나 내일 휴가라니까."

나는 이상한 얼굴로 그를 바라봤다. 내가 뭐라고 말해주기를 기다리는 듯한 느낌적인 느낌이 들었다. 하지만 이 몸이 지능이 부족한지라 솔직히 물어볼 수밖에. "휴가라서 뭐?"

장천은 내 질문에는 답하지 않은 채 그냥 거듭 강조만 했다. "나휴가 내는 일 거의 없어."

나는 마지못해, 네가 휴가를 내서 나도 너만큼이나 기분이 좋다는 뜻으로 빙그레 웃으며 분위기를 맞춰줄 수밖에 없었다. "휴가라니 너무 잘됐다. 보통 어렵게 얻은 게 아닐 텐데. 정말 축하해."

장천이 기막혀하며 날 몇 번이나 노려보았다. 대놓고 노려보니 마음이 너무 찔렸다. 아니 자기 휴가라고 내가 사흘 동안 목욕재계하고 옷이라도 갈아입고 축하라도 해주리?

차는 서서히 앞을 향해 갔고, 장천은 다시 화난 상태로 돌아갔다. 간신히 웃겨줬더니만 또 갑자기 기분 나빠하고, 인간이 어지간히 제멋대로여야지.

그래서 나도 입을 다물어버렸다. 휴대폰을 꺼내 게임을 켜놓고 화풀이 삼아 휴대폰 키보드를 눌러댔다. 게임 속 뱀을 연달아 처박아 깔끔히 없애드리고 나니[44] 기분이 너무 좋았다. 장천이 날 괴롭히면 난 게임 속 뱀을 괴롭힌다. 세상이 이렇게 공평하다니까.

차가 돌연 멈추더니 움직이지를 않았다. 빨간 신호등이라도 켜

졌나 보다 싶어서 딱히 신경 쓰지 않고 계속 뱀을 죽여줬다. 한참이 지났는데도, 내가 뱀을 수십 마리는 죽였는데도 차는 움직이지 않았다. 이상하다 싶어 고개를 들고 차창 밖을 보니, 언제 세웠는지 차가 길옆에 세워져 있었다. 고개를 돌려 쟝천을 봤더니만, 이인간이 글쎄 날 한창 노려보고 있었다.

"왜 그래?"

"사장한테 전화해서 내일 휴가 내."

순간 당황해서 멈칫하고 말았다. "어? 왜? 월급 까인단 말야."

쟝천은 당당했다. "내라면 내."

내가 얼이 빠져 그를 바라보자, 쟝천은 나와 눈을 맞추지 않으려 피해버렸고, 뭔가 좀 어색한 표정을 지었다. 눈을 힘껏 깜빡이다가 그제야 퍼뜩 깨달음이 찾아왔다…….

푸페이 사장에게 전화를 걸었다. "여보세요, 푸 사장님이세요?"

"자기야, 나 사장이야. 부사장이 아니라."[45] 푸페이 사장이 말했다.

눈을 흘겼다. "안 웃기거든요. 저 내일 휴가 좀 낼게요."

"휴가는 내서 뭐 하려고?"

"남자 친구가 내일 휴가라고 저보고 휴가 내서 같이 있어 달라네요."

---

44 2000년대 노키아 휴대폰에 내장돼 있던 뱀 게임(Snake Game)을 말한다. 화면에 뜨는 뱀처럼 긴 막대기를 조작해서 상하좌우로 움직이는데, 이 뱀이 장애물에 부딪히거나 뱀 머리가 몸통에 닿으면 죽는다. 지금도 스마트폰 앱으로 이 게임을 즐기는 중국인들이 있다.

45 사장이 자신의 성인 '푸(傅)'와 부사장이라는 단어에 들어가는 '푸(副)'의 발음이 같은 걸 이용해서 말장난을 치고 있다.

말을 마치고 눈가로 곁눈질을 하며 쟝천을 눈여겨봤더니, 얼굴이 굳어 있었다.

휴가를 내놓고는 입술을 깨문 채 웃음을 참으며 말했다. "휴가 냈어."

쟝천이 부자연스럽게 헛기침을 해댔다. "엉."

"하하하하하……." 나는 결국 참지 못했다. "나…… 하하…… 너…… 하하…… 왜 이렇게 귀엽니…… 하하하…… 내가 같이 있어주길 바란 건데…… 그냥…… 하하…… 말로 하지…… 하하……."

"입 다무셔!" 쟝천은 날 힐끔 흘겨보더니 차에 시동을 걸었다.

부끄러워서 성내는 것 보래요.

쟝천이 차를 대형 마트 지하주차장으로 몰고 들어가기에 궁금해서 물었다. "뭐 사려고?"

"먹을 거."

내가 중얼거렸다. "밥 먹고 나서 사러 오면 안 되나? 배고파죽겠구만."

쟝천이 안전벨트를 풀더니 몸을 숙이며 다가와 내 것도 풀어주었다. "재료 사 가서 해 먹자."

"어? 나 음식 못해. 국수밖에 못 하는데."

"그럼 국수 만들어."

쟝천의 속임수였다. 카트에 들어간 식재료는 점점 늘다 못해 닭까지 출현해버렸다. 머리도 있고 발도 있고 엉덩이까지 있는 온전

한 닭 한 마리 말이다.

나는 그 닭을 보며 멸종됐다가 부활한 공룡이라도 본 듯 겁을 집어먹었다. "이거 사서 뭐 하려고?"

"탕 끓이게."

"할 줄 알아?"

"아니." 대답 한번 당당하게 한다.

나는 이 인간이 남자 친구만 아니었으면 벌써 쥐어박았을 거라고 생각했다.

전체 장보기 과정에서 내가 한 공헌이라고 해봤자 크림 맛 씨앗 한 봉지 골라 넣은 일뿐이었지만, 이 일로 내가 쓸모없는 사람이라는 생각은 전혀 들지 않았다. 내가 또 얼굴 하나는 두껍잖아.

쟝천이 크고 작은 봉지를 잔뜩 들고 가길래 좀 나눠 들어주겠다고 했더니, 채소가 든 봉지를 내게 나눠주었다.

두 개는 더 들 수 있다고 했더니, 쟝천이 나보고 힘 좀 남겨놨다가 조금 있다가 음식 어떻게 할 건지 궁리 좀 해보라고 했다. 울고 싶은 심정이었지만 눈물은 나오지 않았다.

다시 쟝천네 집 앞에 섰다. 나는 벽에 기대 쟝천이 열쇠를 찾아 문을 열기를 기다렸다. 쟝천이 내게 눈을 흘겼다. "문 열어."

나는 그제야 내가 쟝천 집 열쇠를 갖고 있다는 사실을 깨닫고, 백을 한참 뒤져서 겨우 낯선 열쇠 꾸러미를 찾아냈다. "어느 열쇠로 어느 자물쇠를 따야 해?"

어쨌거나 쟝천의 집에 도착했다. 집은 크지도 작지도 않았다.

방 두 개에 거실 하나, 부엌 하나 달린 집이었고, 모델하우스처럼 실내 장식이 아주 간소했다. 입구에 서서 훑어보고 있는데, 쟝천이 나를 돌아 집으로 들어가는 김에 내 손에 들려 있던 채소 봉지를 가지고 갔다.

서둘러 쟝천의 뒤에 따라붙었다. "세 든 거야, 아니면 산 거야?"

그가 고개를 돌리더니 날 뚫어지게 내려다봤다. 눈빛이 그윽했다. "왜, 나한테 시집이라도 오려고?"

나는 솔직하게 말했다. "그건 아니고. 세 들었는데 방 하나 비워 두고 사는 건 너무 낭비라는 생각이 들어서 말이지." 말을 하고 나니 문득 뭔가 머리를 스치고 지나는 게 있어서, 그 자리에 고대로 서서 울상을 지었다. "방금 청혼한 거야? 그런 거면 나 다시 대답해도 돼?"

"아니, 안 돼."

나는 입을 삐죽거렸다. 저 두 마디 중 가운데 있는 쉼표 없애고 앞뒤만 바꿔주면 얼추 되겠구만.[46]

"거기 멀뚱히 서서 뭐 해? 빨리 와서 도와."

"어."

3분 뒤, 우리는 싱크대에 잔뜩 쌓인 재료를 보며 서로 물끄러미 얼굴만 바라보고 있었다.

"첫 번째로 할 음식이 뭔데?"

---

46 쟝천의 대답에서 쉼표를 없애고 앞뒤 말을 바꿔주면 "안 되는 건 아니야"가 되므로, "대답해서는 안 된다는 건 아니야", 즉 "다시 대답해도 돼"라는 의미가 된다.

쟝천이 눈살을 찌푸렸다. "탕을 끓여야겠지. 오래 고와야 하니까."

"그럼 끓이자. 어떻게 끓여?"

"일단 닭을 잘라서 던져 넣고 끓여."

"그럼 네가 잘라. 너 의사니까 칼질은 이골이 났을 거 아냐."

"그건 수술칼이고."

"집에 수술칼 있어?"

쟝천이 기억을 더듬었다. "있어. 텔레비전 아래 서랍에."

뛰어가서 수술칼 두 개를 쥐고 돌아와 그중 하나를 쟝천에게 넘겨주었다. "자, 네 손에 익은 칼."

쟝천이 수술칼을 들고 닭 몸통을 슬쩍 가르자 피부가 벗겨지며 살점이 터져나갔다.

나도 모르게 "우와" 소리가 나오고 말았다.

쟝천이 고개를 돌려 날 흘끗 내려다봤다. "이제 알았냐? 그 수술칼 내려놓으셔. 그거 생명에 위협이 될 수 있는 물건이야."

나는 재빨리 손에 있던 수술칼을 싱크대 저쪽으로 휙 던져버렸다. "난 채소 씻을게."

물이 콸콸콸콸 흘러나왔다. 나는 쟝천이 어디까지 진도를 뺐는지 흘끗 훔쳐보다가 못 참고 말했다. "뭐 해?"

"껍질 벗기고 살 발라내고 있어."

"닭 우리는 데 껍질 벗기고 살도 발라내야 해?"

"필요 없나? 그럼 나한테 뭐 하러 수술칼 가져다줬어? 수술칼로 뼈를 발라낼 수 있는 것도 아닌데."

......

10분 뒤, 내가 물었다. "콜리플라워 다 썻었는데 이거 어떻게 끓이지?"

"잘라서 던져 넣고 끓여."

다시 10분이 지났다.

다시 물었다. "그럼 갈비는 어떻게 해?"

"잘라서 던져 넣고 끓여."

다시 10분이 지났다.

마지막으로 어떻게든 내 목적을 달성하고 싶었다. "나가서 사 먹자. 그 김에 요리책 두 권 사 와서 다음에 연구 좀 해보자고."

쟝천이 갈비를 잘게 썰다가 멈추더니, 칼을 들고 날 음침하게 내려다봤다. "오늘 저녁밥 못 해 먹으면, 앞으로 우리 밥 먹을 생각 하지도 말자."

......

자기야, 우리 이렇게 오기 부리지 않으면 안 될까…….

모든 재료를 죄다 '잘라서 던져 넣고 끓인' 탓에 식사 준비는 아주 금세 끝났고, 한 시간도 안 돼서 상을 다 차렸다. 예전에 부모님 집에 살 때, 내 제일 큰 낙이 엄마가 음식을 식탁에 차리러 오면 살금살금 쫓아가서 훔쳐 먹는 거였는데, 그러면 엄마한테 밥주걱으로 엉덩이를 죽도록 쳐맞곤 했다. 하지만 쟝천 집에서는 그런 재미는 아예 포기하고 재미없는 사람이 되는 걸 감수하기로 했다.

식탁 앞에 앉아 나는 쟝천을, 쟝천은 날 바라봤다. 아무도 먼저 젓가락을 움직이려 하지 않았다.

장천이 웃으며 콜리플라워 한 송이를 집어다 내 입에 넣어주었다. "그러고 보니까 너한테 꽃 선물을 한 번도 해준 적이 없네. 자, 꽃 선물."

제때 피하지 못해 먹을 수밖에 없었다. 맛은 보통이었다. 채소를 맹물에 넣고 끓인 거라, 너무 흐물흐물하게 끓이지만 않으면 맛이 없어봤자 거기서 거기다.

내가 딱히 별로인 기색이 아닌 걸 보고는, 장천도 콜리플라워를 한 송이 집어 먹더니 눈살을 찌푸렸다. "천샤오시, 너 까먹고 소금 안 넣은 거 아냐?"

내가 무표정하게 대답했다. "소금은 다 네가 넣었잖아."

장천이 어깨를 으쓱거렸다. "소금 많이 먹으면 고혈압 와."

내가 젓가락을 입에 문 채 물었다. "근데 우리 내일 어디로 놀러 가?"

장천이 내 그릇을 가져다 국물을 퍼주었다. "아무데도 안 가. 집에서 영화 볼 거야."

밥을 먹고 나서 고분고분 설거지를 하러 갔다. 설거지를 하고 있는데, 장천이 물을 따라 가려고 부엌에 들어왔다. 그때 나는 머릿속으로 가장 저질스러운 화면을-내가 설거지를 하고 있는데, 장천이 등 뒤에서 내 허리를 감싸 안는 화면을-떠올리던 참이었다.

그래서 장천이 들어왔을 때 바짝 긴장하고 말았고, 이 포옹이 최고의 상태에서 이루어질 수 있도록 특별히 숨을 힘껏 깊게 들이

쉬어 가며 아랫배에 힘을 줬다.

하지만 쟝천은 내 뒤에 고작 2초 정도 서 있다가 이렇게 말했다. "세제 작작 넣어라."

그러더니 나가버리는 거였다. 나는 숨을 크게 내쉬며 전혀 달갑지 않은 마음으로 내 아랫배를 놓아주었다.

손에 떨어진 물을 털어내고 거실로 걸어가는데, 소파에 가로로 누워 있던 쟝천이 큰 소리로 외쳤다. "물 끓었나 좀 봐줘."

식탁에 콘센트에 꽂힌 전기포트가 보였고, 포트에서 뜨거운 김이 올라오고 있었다. 머릿속에서 돌아가던 톱니바퀴가 어디 잘못 끼기라도 한 건지, "물 끓었나" 이 소리를 중얼거리면서 나는 손을 아주 호쾌하게 포트에 가져다 대고 말았다. '치-' 소리를 듣고 화들짝 놀라 소리를 질렀는데, 순간 머릿속에서 철판 스테이크가 스치고 지나갔다. 그러고 나서야 통증이 스치고 지나갔다.

쟝천이 뛰어와서 내 손을 쥐고 부엌으로 끌고 갔다. 죽은 개라도 끌고 가는지 동작이 좀 거칠었지만, 너무 다급해서 그런 거라고 생각하고 용서해주었다.

물이 콸콸콸콸 떨어지자 손에서 화끈거리는 통증이 느껴졌지만, 주의를 돌리려고 이렇게 말했다. "내가 확인해봤는데, 물 다 끓었을 거야."

쟝천의 표정이 엉망이었다. 그가 내 손을 놓더니 밖으로 나갔다. "계속 손에 물 대고 있어. 바로 올게."

쟝천이 얼음주머니를 들고 돌아와서 얼음 하나를 꺼내 내 손바닥에 쑤셔 넣었다. "쥐고 있어."

잠시 쥐고 있었더니 손이 시리고 저릿저릿해서 손을 풀었다. 쟝천이 또 얼음 하나를 손바닥에 쥐어주었다.

쟝천은 한 십여 분 얼음찜질을 해주고 나서야 눈살을 찌푸리며 물었다. "아직도 아파?"

얼음찜질로 계속 날 얼려버릴까 봐 연신 고개를 저으며 아프지 않다고 했다.

쟝천은 내 손을 눈앞까지 잡아당겨 자세히 살펴보고 나서야 놔주었다. "괜찮네. 미디엄 레어 수준이네."

쟝천의 유머를 자주 접할 수 있는 게 아니다 보니, 놀랍기도 하고 기분이 좋으면서도 살짝 불안했다. 그래서 나는 그의 유머를 100% 받아들였다는 뜻을 내비치기 위해 이렇게 말했다. "보고합니다. 다음번에는 미디엄 수준으로 맞춰보겠습니다."

쟝천의 얼굴이 어두워졌다. 그는 내게 10분 동안이나 융단폭격을 퍼부었는데, 내용은 "너는 네 손이 온도계인 줄 아냐", "아예 머리도 집어넣고 끓이지 그랬냐" 등 우호적인 평가와 건의 사항을 벗어나지 않았다.

나는 극도로 흥분한 쟝천의 모습을 조용히 감상했다. 진심으로 얼굴은 참 곱게 생겼는데 성질은 참 불같다는 생각이 들었다. 모든 게 정말 너무 좋았다.

쟝천은 뜬금없이 화를 내다가, 내가 그걸 즐기고 있다는 걸 깨닫고는 씩씩거리며 거실로 돌아가 소파에 앉았다. 화상까지 당한 가련한 이 몸, 비틀비틀 거실을 향해 걸어가서 쟝천의 동정심을 사기 위해 힘없는 삼보일휘청걸음[47]까지 선보였다.

쟝천이 냉랭하게 바라봤다. "손이 아니라 발이라도 뎄냐?"

겸연쩍어하며 쟝천 쪽으로 다가가 막 소파에 앉는데, 백에 있던 휴대폰이 울렸다. 꺼내 보니 엄마였다.

전화를 받은 나는 애처롭게 말했다. "여보세요, 엄마아……."

"샤오시, 너 어째 목소리가 다 죽어가니?"

"나 손에 화상 입었어."

"아이고! 어쩌다가? 괜찮은 거지? 심해?" 엄마가 고래고래 소리를 지르기 시작했다.

과연 〈세상에서 엄마가 최고야世上只有媽媽好〉라는 노래가 일리가 없는 게 아니었다.

엄마를 달래주었다. "괜찮아, 별일 아냐. 다 잘 처리했어."

"어쩌다 데인 거야?"

"어…… 끓고 있던 물 주전자에 손을 가져다 대는 바람에."

전화기에서 수 초 동안 침묵이 이어지더니, 다섯 글자가 아득하게 전해졌다. "뇌가 없구만."

순간 정신이 멍해졌다. 엄마한테 다섯 글자로 이렇게 정곡을 찌르는 평가를 받는 건 정말이지 기묘한 경험이었다.

엄마가 돌연 목소리를 누그러뜨리며 말했다. "맞다, 엄마가 너한테 할 얘기가 좀 있는데."

나도 모르게 흠칫했다. 우리 엄마가 자신을 자상하게 '엄마'라

---

47 '삼보일배'를 살짝 비틀어 '삼보일휘청걸음'이라고 표현했다.

고 칭할 때면 언제나 나한테 불길한 일이 벌어졌기에⋯⋯.

"엄마 절친한테 아들이 하나 있는데, 걔가 지금 너랑 같은 도시에 있거든. 인물 훤하지, 일도 잘 풀리고 있지⋯⋯."

나는 어이가 없어 한숨을 쉬었다. "엄마, 요점만 말해봐."

"요점은 그러니까 네가 자기랑 같은 도시에 있다는 걸 듣고, 걔가 너랑 알고 지내면서 타향살이 외로움도 나누고 그러고 싶다는 거야."

나는 콧날을 만지작거렸다. "요즘 어른들은 선 얘기를 이렇게 완곡하게 꺼내?"

쟝천이 고개를 돌려 날 흘끗거렸고, 나는 쓴웃음을 지어 보였다.

엄마가 사나워지기 시작했다. "그러니까 지금 어쩌자는 거야, 갈 거야 말 거야?"

나는 죽으면 죽었지 절대 굴복하지 않겠다는 듯 머리를 쳐들었다. "안 가!"

"뭐라고?"

"안 간다고!"

흥분해서 씩씩거리는데 손바닥에서 갑자기 서늘한 느낌이 나서 고개를 숙였더니, 쟝천이 내 손바닥에 약을 바르고 있었다.

엄마가 목청을 높였다. "애가 아무리 뇌가 없어도 그렇지, 네가 무슨 낭랑 18세인 줄 알아! 너는 잉여 노처녀야!"

"여사님, 솔직히 말씀드리는데요. 제 어머님이 바로 여사님이시죠. 할 일 없으시면 바닥이나 좀 닦으시고 마작이나 하세요. 인터넷 좀 그만하시고요!"

"몰라, 너 꼭 가야 해!"

"내가 안 간다고 했으면 안 가는 거지. 그럼 엄마가 나 때려죽여서 끌고 가보시든가!"

"내가 그렇게 못 할 것 같냐. 너 이 가시나 다리몽둥이 부러뜨려놓고, 걔보고 너 병문안 가라고 할 거야."

"아이고, 무서워라. 어디 와보시던지요."

"내가 지금 당장 차표 끊어서 너 이놈의 가시나 다리몽둥이 부러뜨리러 갈 거라고."

"오셔요, 기다릴 테니까."

"기다리고 있어, 내 갈 테니."

"오시라니까, 기다린다구."

"기다리고 있어, 내 간다고."

......

이걸 열 몇 번을 반복하고 있는데, 쟝천이 별안간 전화기를 낚아채더니 다짜고짜 말했다. "어머님, 안녕하세요. 저 샤오쟝입니다."

나는 너무 놀라서 전화를 뺏어오려고 무심결에 튀어 올랐다. 그런데 쟝천이 한 손으로 내 두 손목을 잡아채고는 아무 일도 없었다는 듯한 표정으로 엄마와 계속 이야기를 했다. "예, 맞은편에 살던 샤오쟝, 쟝천입니다."

"엄마······." 내가 황급히 입을 열자, 쟝천이 고개를 수그린 채날카로운 눈빛으로 날 흘겨봤다. 기가 팍 죽었다.

"예, 맞습니다. 샤오시와 만나고 있습니다······. 예······ 아니,

아닙니다. 제가 잘못한 건데요. 제가 잘 살피지를 못했습니다. 어머님, 아버님 꼭 찾아뵙도록 하겠습니다. 예, 예, 잘 알겠습니다……."

장천이 마지막에 말했다. "어머님, 샤오시 그럼 선보러 가지 않아도 될는지요?"

전화기 저쪽에서 엄마표 억지웃음이 두어 번 들렸고, 두 사람은 서로 인사말을 주고받았다.

장천이 내게 전화기를 넘겨주었다. "해결했어."

눈물은 나지 않지만 울고 싶은 심정이었다. 부자라면 치를 떠시는 우리 아빠를 앞으로 어떻게 본단 말인가…….

나는 휴대폰을 가슴 앞에 가져다 댄 채 기도하는 소녀처럼 한참 대책을 강구했다. 아빠한테 장천은 나 없으면 안 되고, 나도 장천 없이는 안 된다고 한다든가, 우리는 물고기와 물 같고, 물과 물고기 같은 사이라고, 인민과 인민폐[48] 같은 사이라고 한다든가…….

한참 생각에 정신이 팔렸다가, '댕댕' 열 번 울리는 시계 소리에 내게 지금 훨씬 더 긴박하게 해결해야 할 문제가 있음을 깨달았다. 그건 바로 이제 집에 돌아가겠다는 말을 꺼내야 하는지 말아야 하는지였다.

---

48 중국의 법정 통화

13장

개인적으로는 남자 친구에게 집에 돌아가겠다고 말하는 시점이 아주 중요하다고 생각한다. 두 사람의 관계가 어느 정도 가까워질 수 있을지에 영향을 미치니 말이다. 너무 일찍 말하면 안 된다. 그랬다가는 당신이 자신과 함께 보낸 하루를 1년처럼 지루하게 느낀 건 아닌지, 그래서 일찍 도망치고 싶어 하는 건 아닌지 남자 친구가 의심할 테니 말이다. 그렇다고 너무 늦게 말해도 안 된다. 남자 친구가 당신 행동거지가 조신하지 않다고, 이게 뭔가를 암시하고 있다고 느낄 테니 말이다.

내가 여러 해 동안 실천하고 연구해온 바에 따르면, 가장 완벽한 시점은…… 나도 모른다. 그래서 내 멋대로 정해버렸다. 시계가 열 번 내리쳤으니, 그것도 인연인 셈 치고 열 시라고 하지 뭐.

쟝천에게 말했다. "시간도 이르지 않고, 집에 가봐야겠어."

그가 컵 두 개를 받쳐 들고 왔다. "이거 마시고 다시 얘기해."

"뭔데?" 내가 목을 쭉 뽑아서 들여다봤다.

"아이스 레몬티."

"오!" 레몬티를 넘겨받으며 엉겁결에 농담을 던져보았다. "무슨 약 넣은 건 아니겠지?"

쟝천이 레몬티를 한 모금 마시더니 고개를 기울여 날 바라보며 짓궂게 웃었다. "이 몸이 맘만 먹으면 언제든 어떻게 할 수 있거든요."

내가 억지웃음을 지었다. "하하, 농담한 건데."

쟝천도 웃었다. "나도 농담이야."

이 뻔뻔한 농담을 던진 대가로 나는 가시방석에 앉은 듯 좌불안석이 되었으나, 쟝천은 유유자적 느긋하게 레몬티를 마시며 내게 서늘하게 웃어 보였다. 특히나 그 보조개는 음험하고 교활하다 못해 속을 알 수 없는 느낌이었다.

나는 두 손 들고 항복해버렸다. "내가 잘못했소이다. 그런 농담을 막 던지면 안 되는 건데. 그런 농담으로 도덕과 품행을 시험해서는 안 되는 거였어. 내가 저질이야."

쟝천은 동의한다는 뜻으로 고개를 끄덕이면서도 끝까지 날 향해 웃어 보였다.

한때 쟝천의 웃는 얼굴을 그토록 좋아했건만, 이제는 저 웃음을 박박 찢어버리고 싶은 마음뿐이었다. 아니면…… 옷을 찢고 누워 이렇게 말하거나. "자, 이리 와. 매도 먼저 맞는 편이 낫지……."

물론 이렇게 하지는 않았다. 그랬다가는 조신하지 않은 티가 나니까. 내숭이 내 인생의 수칙 중 하나란 말씀이야. 그래서 또 말했다. "차 다 마셨어. 집에 바래다줘."

장천이 담담하게 말했다. "아니면 오늘 밤은 여기서 잘래?"

나는 침을 꿀꺽 삼켰다. 순간 어떻게 대답해야 할지 알 수가 없어서, 그냥 숨을 참고 있다가 시뻘게진 얼굴로 내가 엄청 부끄러워하고 있다는 티를 낼 수밖에 없었다.

장천도 뭔가 좀 어색해하는 모습이었는데, 그가 헛기침을 하며 해명했다. "내 말은, 그렇게 하면 내일 아침에 또 너 데리러갈 필요 없다는 거야. 어쨌든 집에 방이 두 개니까."

나는 반사적으로 "아" 소리를 냈다. "방이 두 개구나……."

"꽤 실망스럽나 보네?"

장천은 내 말의 뉘앙스를 참 정확히 집어냈다. 하지만 이 인간이 그걸로 잘난 척할까 봐 걱정스러운 마음이 들었다. 교만한 사람은 낙오하게 마련이라고 어려서부터 교육받지 않았는가 말이야. 장천이 낙오하게 할 수는 없으니 내가 죽어라 부인하는 수밖에. "뭐래, 헛소리 작작하셔. 갈…… 갈아입을 옷을 가져오지 않아서 그런 거란 말야."

장천이 딱히 내 말을 믿는 모양새가 아니어서 또 해명을 덧붙였다. "정말이야. 병원에서도 너랑 같이 자봤잖아. 내가 무슨 음란마귀라도 씌었으면 벌써 어떻게 해봤겠지. 나 정말 너랑 같이 자는 데 관심 없단 말야."

나의 위대한 조국에 위대한 속담이 있으니, 그것은 바로 '긁어부스럼 난다' 내가 지금 딱 그 부스럼에 빠진 꼴이었다.

이 타이밍에 장천이 아주 넓은 아량을 보여주며 말했다. "알았어."

지금은 도대체 뭘 알았다는 건지 캐묻기도 어려운 타이밍이어서 아무 거리낄 것 없는 척 말했다. "그럼 잠옷 좀 줘. 씻고 잘래."

나는 거리낌 없이 나가는 게 찔리는 마음을 숨길 수 있는 유일한 명약이라고 생각했다.

쟝천은 나보다 더 거리낌이 없었다. 그가 날 훑어보더니 말했다. "키가 너무 작아서 티셔츠 하나 주면 다 가려지기는 하겠네."

……

이 몸은 길고 늘씬한 다리가 없는 고로 남자 옷을 입고 보일 듯 말듯 중성적인 매력을 뿜내는 연기는 하려야 할 수가 없다. 그래서 쟝천에게 농구 반바지 한 벌만 더 달라고 했다. 그러나 쟝천의 반바지를 내가 입었더니 7부 바지가 되고 말았다. 욕실에서 걸어나오는데, 쟝천이 날보고 대놓고 웃으면서 말했다. "네가 경극 배우라도 되냐.[49] 키 작은 건 알았는데 이렇게 작은 줄은 몰랐네."

바지를 추켜올리며 한 대 때려주려는데, 어찌 된 일인지 때리고 때리다 둘이 같이 뒤엉켜 구르고 말았다. 연인 사이라는 게 꼭 양극과 음극 자석 같다. 둘 사이의 거리가 너무 좁혀지면 그 새를 참지 못하고 찰싹 붙어버리니.

쟝천이 나를 바닥에 넘어뜨려 깔고 앉은 채 허공에서 응시했다.

---

49 보통 경극 배우들이 키가 작은 편이고, 무대 의상도 바닥에 질질 끌릴 정도로 긴 옷을 입어 경극 배우를 떠올린 것이다.

대략 2~3초 아니면 2~3분 정도 지났을까. 어쨌거나 그사이 나는 침을 세 번이나 꼴깍 삼켰다. 세 번째 침을 제대로 삼키기도 전에 쟝천이 내게 키스했다. 레몬 향이 나는 키스였다. 처음에는 공기 청향제와 키스하는 것 같은 느낌이 들었다. 그러다 쟝천이 내 아랫입술을 깨무는 바람에 마음을 놓았다. 공기 청향제가 사람을 물지는 않으니까.

쟝천의 키스에는 이전에 본 적 없는 열정이 담겨 있었다. 입술이 닿는 내 피부 곳곳이 뜨겁게 불타올랐다. 체온이 급상승했다. 특히 그의 손이 내 허리를 쓰다듬었을 때, 그의 거친 지문이 허리 위를 어루만지자, 그 부분의 열기가 인간이 감당할 수 있는 온도를 넘어서 버리고 만 느낌이 들었다. 그 열기가 빠른 속도로 지방을 태우고 있었다. 내 어림짐작으로는 이러다 허리가 녹고 줄어들어 마지막에 가서는 두 동강이 나겠다 싶었다……

쟝천이 손으로 내 윗옷을 들추려 하면서 상징적으로 물었다.

"무서워?"

내가 대차게 말했다. "안 무서워."

"확실해?"

"확실해." 나는 머리를 들어 올려 그에게 쪽 하고 입을 맞췄다.

그걸 곧이곧대로 받아들인 그가 순식간에 내 윗옷을 벗겨버렸다……

그래서 2초 뒤 내가 돌연 소리를 지르자, 그는 그걸 도무지 이해할 수 없어 했다. 쟝천이 내 속옷 단추 풀던 손을 멈췄다. "왜 그래?"

"나…… 안 하면 안 될까?"

쟝천은 당황한 모습이었다. "무섭지 않다며?"

나는 애처롭게 억지웃음을 지었다. 잘생긴 남자분, 변덕은 여자의 권리랍니다.

쟝천은 나를 죽일 기세로 한참을 바라보다가, 한숨을 푹 쉬며 내 위에서 내려가더니 옆에 누워 숨을 깊게 들이쉬었다.

나는 허둥지둥 옷을 챙겨 입었다. 원래는 쥐구멍이라도 찾아 숨어버릴 생각이었지만, 생각을 고쳐먹고는 쭈뼛쭈뼛 머뭇거리는 척했다. "화났어?"

쟝천은 내게 등을 돌려버렸다. "그걸 말이라고, 너라면 화 안 나겠냐!"

나는 그의 등을 콕콕 찔렀다. "저기 나 그럼 어느 방에서 자?"

"자고 싶은 데 아무 데서나 자."

"어." 나는 두어 걸음 걷다가 못 참고 또 말했다. "그럼 넌 어떻게 해?"

"내가 제안 하나 하겠는데 말야. 내 문제 해결해줄 생각 아니면 입 닥치고 방에 들어가서 문이나 잠그셔." 열받은 쟝천이 다다다다 말을 쏟아냈다.

나는 잠시 생각해보다가 말했다. "정말 문을 잠가야 할까? 널 못 믿는 걸로 보이지 않을까? 아니면 사실 너 열쇠 갖고 있는 거 아냐? 너한테 열쇠가 있으면 내가 잠그나 안 잠그나 사실 본질적으로는 차이가 없잖아. 이런 형식적인 일 우리 안 할 수 없을까?"

"천! 샤오! 시!" 쟝천이 일어나 앉아서 이를 부득부득 갈았다.

"내가 제안 하나 하겠는데 말야. 천관시라고 부르는 게 더 유용할 거야. 그 사람이 이 방면에서는 경험이 좀 있잖아."

말을 마친 뒤 재빨리 방으로 날아 들어가서 문을 잠가버렸다. 곧이어 슬리퍼가 공중에서 커브를 그리며 날아와 문 위에 부딪혔다가 미끄러져 바닥으로 떨어지는 소리가 들렸다.

참으로 유쾌한 밤이로세.

사방을 둘러보다가 내가 뛰어 들어온 방이 쟝천이 평소에 잠자던 방이 분명하다는 걸 깨달았다. 침대 위에 쟝천의 옷이 몇 벌 널브러져 있었으니 말이다. 실은 이건 내가 좀 예의 바르게 묘사한 거고, 사실 침대는 온통 쟝천의 옷과 책으로 뒤덮여 있었다.

그중 한쪽을 치워놓고 책상다리를 하고 앉아서 겸사겸사 옷을 건져 개어두었다. 방 안이 온통 그의 냄새로 가득했다. 내가 열여섯 살부터 맡아온 익숙한 이 냄새가 내 평생을 가득 채워주기를.

문에서 '똑똑' 소리가 두어 번 들리더니 쟝천의 목소리가 전해졌다. "문 열어."

"뭐 하게?" 반사적으로 옷으로 가슴을 가렸다가, 그런 나 자신이 너무 웃겨서 웃으면서 그 옷을 개어버렸다.

"옷 갖고 샤워하러 가게."

"정말이야?"

"거짓말이야." 쟝천이 짜증을 냈다.

가서 문을 열어주었다. 속으로는 이 인간이 문이 열리자마자 날 침대 위로 넘어뜨리고, 이렇게 저렇게 이렇게 저렇게 하지 않을까 싶어 안절부절못하고 있었는데, 에고, 이거 참 쑥스럽구만…….

아쉽게도 쟝천은 핵심을 잘못 짚었다. 내가 정말 열녀비라도 세우고 싶어 하는 줄 알았는지, 안으로 들어와서 옷을 챙기더니 나한테는 눈길 한번 주지도 않고 나가버렸다. 나가면서 겸사겸사 아예 문까지 닫아버리셨다는…….

대충 방을 정리하고 나서 막 누우려는데, 또 '똑똑' 문 두드리는 소리가 전해졌다. 어찌나 긴장되는지 심장이 다 목구멍으로 튀어 올라올 것만 같았다.

쟝천이 말했다. "저기, 나 잔다. 잘 자."

"잘 자."

튀어 올라왔던 심장이 천천히 내려갔다. 우리 닥터 쟝이 여자친구의 애틋하고 외로운 마음을 희롱하실 분은 아니신지라…….

달콤한 미소와 함께 막 꿈나라로 들어가려는데, 아마도 주공周公[50]께서 행복에 벅차오른 내 모습에 눈꼴이 시려서 낮에 본, 사람 떨어지는 장면을 준비하신 모양이었다. 그 장면이 비디오 녹음테이프처럼 쉬지도 않고 돌아갔다. 내가 비명을 지르며 꿈에서 깰 때까지 말이다.

이봐, 신도 질투심과 시기심이 보통이 아니라니까.

나는 더듬더듬 등을 켠 다음, 베개를 가슴에 안은 채 멍을 때렸다.

'똑똑' 문 두드리는 소리가 두어 번 울리자, 나는 베개를 꼭 끌

50 중국 고대 왕조 주(周)나라의 기틀을 닦은 장본인으로, 『주공해몽(周公解夢)』이라는 꿈 풀이 책을 남겼다. 이 책은 꿈에 내포된 삶의 의미, 인간 본성 깊숙이 숨겨진 본연의 모습을 들추어낸 책으로 알려져 있다.

어안고 침대 가장자리로 가서 몸을 웅크렸다.

"샤오시, 나야. 너 괜찮은 거지?" 나는 문밖에서 쟝천의 목소리가 전해지자 그제야 안도의 한숨을 쉬었다. 혼자 오래 살다 보니, 오늘 밤 이 집에 두 사람이 머물고 있다는 걸 순간 잊어버렸던 것이다.

"나 들어갈까?" 쟝천이 또 문을 두어 번 두드렸다.

"응. 문 안 잠겼어." 내가 말했다.

문이 열리자, 쟝천이 하얀색 액체를 한 컵 들고 걸어 들어왔다. 내 추측이 틀리지 않았다면 아마 우유일 것이었다. 만일 다른 거라면 쟝천이 일반적인 상식을 깨버렸다고 말할 수밖에. 영어로는 'Thinking out of the box(틀에서 벗어난 창의적인 생각)'이라고 하쥐.

돌연 내가 높은 탑에 갇힌 공주 같고, 내 왕자님이 보검을 들고 날 구하러 온 것 같다는 생각이 들었다. 아직도 동심을 잃지 않은 천진무구한 이내 마음이여.

쟝천이 컵을 건네주었다. "악몽 꿨어?"

한 모금 마셔보니 우유가 틀림없었다. 쟝천이 창의적인 정신의 소유자가 아니라는 증거였다.

"오늘 위에서 뛰어내린 그 여자 꿈을 꿨어." 우유를 한 모금 더 마셔봤는데, 설탕을 넣지 않아서 정말 맛이 없었다.

쟝천이 침대 모서리에 앉아서 내 머리를 토닥거렸다. "무서워하지 마."

컵을 침대 옆 탁자에 올려놓고, 쟝천의 어깨에 몸을 기대 실눈을 뜨고 물었다. "지금 몇 시야?"

"세 시쯤 됐어."

그 어깨에 기대어 있으니 졸음이 몰려와서 하품을 하며 말했다. "나 졸려."

"그럼 자." 장천이 내 머리를 똑바로 잡았다. "누워봐. 너 잠들면 나갈게."

나는 침대 한쪽에 누워 다른 한쪽을 툭툭 두드렸다. "같이 자 자."

내가 꼭 강조해야 할 게 있는데, 그때 내가 실은 제정신이 아니었다. 놀라서 그랬든 졸려서 그랬든, 어쨌거나 나는 내가 제정신이 아니었다고 우겨야만 한다. 그게 아니면 주동적으로 남자한테 같이 자자고 한 이 행동을 나로서는 용서할 방법이 없단 말이다. 봉건사상의 잔재가 남긴 해악에 깊이 물든 이 몸의 이미지에도 맞지 않고 말이지.

장천은 잠시 머뭇거리더니 손을 뻗어 불을 끄고 드러누웠다.

나도 잠시 머뭇거렸다. 그러다 장천이 있는 쪽으로 몸을 굴려 뒤에서 그의 허리를 감싸 안았고, 얼굴을 어깨뼈 사이 옴폭 파인 곳에 묻은 채 눈을 감고 잠을 청했다.

장천의 몸이 뻣뻣해졌다. 그가 자기 허리를 휘감고 있는 내 손을 본인 손으로 덮어버렸다.

어둠 속에서 무질서하게 쿵쾅거리던 그의 심장박동 소리가 서서히 평온을 되찾으며 잦아들었다. 내가 말했다. "자?"

"아니."

귀가 장천의 뒷등에 붙어 있었던 까닭에 그의 목소리가 먼 곳에서 들려오는 것처럼 윙윙 울렸다.

"쟝천, 너한테 말해준 적 있는지 기억이 안 나는데, 사랑해."

그는 한동안 말이 없었다. 쟝천의 심장이 다시 북소리처럼 쾅쾅 뛰는 소리를 들으며 막 잠이 들려는 참인데, 쟝천이 몸을 돌려 날 안으며 이마에 입을 쪽 맞췄다. "자. 말 더하면 그땐 사정 안 봐준다."

이 몸이 고질병이 하나 있는데, 내가 '돌발성 입방정병'이라고 부르는 이 고질병은 주로 내 의식이 흐리멍덩할 때 발현된다. 이를테면, 예전에 서양 미술사 수업 시간에 졸다가 걸려 교수님 질문에 답하게 된 적이 있었다. 교수님께서 말씀하시길, "안드레아 델 베로키오Andrea del Verrocchio가 어째서 레오나르도 다빈치Leonardo di ser Piero da Vinci에게 달걀을 그리게 했나?" 나는 수면 부족으로 초등학교 교과서에도 나온 적 있는 이 바보 같은 질문을 듣고 성가신 티를 팍팍 내며 말했다. "그 사람이 달걀을 좋아하니까요." 교수님은 부아가 치밀어 올라 죽으려고 하시면서, 천샤오시는 레오나르도 다빈치같이 위대한 사람은 될 수 없을 거라며 크게 탄식하셨다. 나는 입에서 나오는 대로 이렇게 받아쳤다. "그거야 교수님도 안드레아 델 베로키오가 될 수 없으시니까 그렇겠죠."

솔직히 말하면, 선택과목이었음에도 이 과목 재시험을 다섯 번이나 보는 기염을 토함으로써 이 몸이 우리 과에서 재시험 기록을 경신하였으니, 역사의 영웅이 되었다 하겠다.

그런데 이 병이 지금 와서 갑자기 다시 도지고 말았다. 쟝천이

'말 더하면 그땐 사정 안 봐준다.' 이 말을 했을 때, 무의식적으로 받아치고 만 것이다. "누가 사정 봐달래?"

"네가 말한 거야. 후회하지 마."

내가 또 받아쳤다. "누가 후회를 해? 쳇!"

2초 뒤, 쟝천이 내 몸 위로 올라탔다. 아마도 여기서 더 끌었다가는 아까 그 전철을 다시 밟게 될 거라는 생각이 들었는지, 쟝천은 내가 또렷이 정신을 차리기도 전에 순식간에, 그리고 무자비하게 우리 둘 몸에 걸쳐져 있던 천으로 된 모든 장애물을 치워버렸다.

내가 말했다. "기다……욱…….."

입이 입을 덮쳤다.

나는 기왕지사 우리 둘이 걸치고 있던 팬티 쪼가리도 이미 사라져버린 마당에 그냥 받아들이자 싶었다. 역경이 찾아오면 그저 참고 견디는 게 내 신조라는 걸 알 수 있을 것이다.

쟝천의 키스가 내 쇄골까지 미끄러져 내려가자 정신이 아득해졌다. 뱃멀미가 난 것 같은 느낌이었다. 이 아득한 느낌이 얼마나 오래 계속되었는지는 모르겠지만, 나는 쟝천의 손에 이끌린 채로 학교에서 배운 적 없는 걸 배웠다. 몇 번 더 해보면 우리 둘이 독학으로 대성할 수 있겠다는 생각이 들었다.

이튿날 아침 식사는 쟝천이 준비했다. 나는 이불로 몸을 둘둘 말고 화장실에 가다가, 아침 식사를 준비하고 있던 쟝천에게 어쩌자고 온 집안에 에어컨을 이렇게 세게 틀어놨냐고 물었다. 그는 날 좀 더 늦게까지 재우고 싶어서 그랬다고 대답했다. 화장실에 가서 볼일을 본 뒤, 부엌을 지나가다가 등 뒤에서 쟝천을 껴안으며 얼굴을 등에 묻고 꾸벅꾸벅 졸았다. 정말 오붓하고 아늑한 기분에 젖어 있는데, 쟝천이 물었다. "볼일 보고 손 씻었냐?"

……

나는 눈을 비비적거리며 방으로 유유히 돌아가 잠을 청했다.

얼마 후 쟝천이 날 침대에서 들어 올리며 아침을 먹으라고 했다. 나는 평생 아침은 먹어본 적이 없다고 말해주고는 다시 쓰러져 잠이 들었다.

쟝천이 또다시 날 들어 올렸다. "내가 했는데 안 먹을 거야?"

이 인간 집에 수술칼이 있다는 사실이 떠오르는 바람에, 자리에서 일어나 앉아 정신이 든 척할 수밖에 없었다. "나가자, 나가자, 나가. 우리 아침 먹으러 가자."

하지만 그 정신을 침대에서 내려갈 때까지 유지하기는 역부족이었다. 침대 끝에 앉아 발로 슬리퍼를 건지다가 나도 모르게 눈을 감고 말았다. 쟝천이 옆에 있다가 웃길래, 웃지 말고 슬리퍼나 찾아달라고 하품을 하면서 말했다.

쟝천이 쭈그리고 앉아서 슬리퍼를 신겨주었다. 그런데 두 발이 땅에 닿는 순간, 그가 갑자기 허리를 끌어안으며 날 안아 올렸고, 나는 그의 움푹 파인 어깨에 얼굴을 파묻은 채 진두지휘를 했다. "좀 천천히 걸어. 나 2초만 더 자게."

쟝천은 날 의자에 내려놓지 않고 자기 무릎 위에 올려놓았다. 그러더니 다정하게 아침을 먹여주었다. 나는 이런 대접에 기분이 좋으면서도 뭔가 안절부절 어쩔 줄을 몰랐다. 대학 때 학교 식당에서 밥 먹으면서 이렇게 좀 해달라고 여러 차례 요구했었지만, 쟝천은 그때마다 "너는 내가 미친놈처럼 보이냐?"라거나 "차라리 날 죽여라 그냥" 또는 "넌 도대체 얼굴이 얼마나 두꺼운 거니" 이런 평계를 대가며 완곡하게 거절하곤 했었다.

나는 쟝천이 깜빡 잊고 소금 치는 걸 잊은 달걀프라이를 반 입 먹고는 말했다. "저기, 나 다 먹었어. 나 자게 안고 좀 데려가줘."

쟝천이 내 얼굴을 꼬집었다. "아주 당당하게 부려먹네."

나는 동의의 뜻을 밝혀주었다. "내가 철면피에 부끄러움이라고는 1도 없어서 말이지."

쟝천은 하는 수 없이 날 다시 방 안 침대로 옮겨놓았고, 나는 침대에 닿자마자 또 잠이 들어버렸다.

다시 깨어났을 때는 이미 점심때였다. 나는 침대에 쓰러진 채 크게 외쳤다. "쟝천, 쟝천!"

안경을 쓰고 들어오는 쟝천에게서 타락한 지식인 같은 분위기가 풍겼다. 나는 안경을 가리키며 놀라서 물었다. "언제 근시가 된 거야?"

"너 없었을 때."

기침을 한 뒤 물었다. "평상시에 너 안경 쓴 모습 못 봤는데?"

"렌즈 끼는 게 더 편하니까. 왜 들어오라고 했어?"

"나 잠에서 깼다고 통지한 거지. 그리고 나 배고파. 그리고 또 양치질하고 세수하게 나 좀 업고 가줘."

쟝천이 안경을 벗고 콧날을 주무르더니 다시 안경을 썼다. "너

나 부려먹는 데 맛들였냐?"

나는 머리를 긁적이며 수줍게 말했다. "좀 그런 것 같기도 하고."

그가 고개를 절레절레 흔들며 뒤돌아 나가려는데, 내가 눈썰미 있게 재빨리 그의 옷을 부여잡고는 옷자락을 죽어라 잡아당겼다. 쟝천이 나와 한동안 밀고 당기기를 계속하다가 결국 두 손 두 발 다 들었다는 투로 뒤를 돌았다. "딱 거실까지만 업고 갈 거야."

내가 환호하며 그의 등에 엎어졌다. "가자."

점심때는 내가 대충 국수를 말았다. 다 먹고 나서 정리하고 나니 이미 오후 1시가 넘어 있었다. 그에게 물었다. "아침에 뭐 했어?"

"책 읽었어."

내가 쯧쯧거리며 탄식했다. "휴일에도 책을 본다구?"

"쉬는 날이라고 같이 있어준다던 사람이 죽은 돼지마냥 잠만 처자는데, 내가 달리 무슨 방법이 있어야지."

나는 나에 대한 비판을 순순히 받아들이기는커녕 되받아쳤다. "그게 다 네 등쌀에 내가 너무 지쳐서 그런 거잖아."

말을 하자마자 얼굴이 새빨개지고 말았다. 도대체 얼마나 뻔뻔한 사람이라야 이런 말을 내뱉을 수 있단 말인가…….

쟝천도 당황해서 얼굴이 달아올랐다.

내 얼굴이 달아올랐다는 걸 덮어버리려고 그의 얼굴을 가리키며 비웃었다. "네가 얼굴이 왜 빨개지냐? 너 의사 아냐? 인체 구조에 제일 익숙한 사람이 너 아냐? 볼 거 못 볼 거 다 봤으면서, 뭐가 부끄럽다고 얼굴이 빨개진대…….”

장천이 지적했다. “너도 인체 그림 그렇게 많이 그려봤으면서 얼굴 빨개졌잖아.”

생각해보니 일리가 있는 말 같았지만 그래도 고집을 부렸다. “네가 나보다 더 많이 봤잖아.”

내 비웃음에 짜증이 날 때로 났는지 장천이 차갑게 말했다. “내가 본 건 대부분 시체란 말야.”

나는 몸서리를 치며 이 토론을 마무리하기로 마음먹었다. “우리 오후에 뭐 해? 영화 본다고 하지 않았어?”

“뭐 보고 싶은데? DVD 빌려 와서 볼까?”

“됐어. 난 보고 싶은 거 없어.” 흥이 나지 않았다.

장천이 안경을 슬쩍 밀었다. “그럼 뭐 하고 싶은데?”

나는 잠시 생각에 잠겨 있다가 엄청 흥분해서 한 가지를 제안했다. “나 바닥에 누워서 꼼짝도 안 할 테니까, 네가 날 발로 이리저리 차는 건 어떨까?”

장천의 얼굴에 떠오른 경악스러운 표정이 한참을 가시지 않았다.

그는 한참이 지나고 나서야 입을 열었다. “천샤오시, 네 정신병 수준은 늘 내 유한한 상상력을 뛰어넘는구나.”

나는 겸허하게 말했다. “천만에요. 과찬의 말씀이십니다요.”

결국 우리는 나가서 영화 DVD를 빌려 왔다. 대여점 사장님이 강력히 추천하신 영화였는데, 연인이 함께 보기 좋은 최고의 수작이라고 하셨다. 이 '수작'은 자막만 5분 넘게 흘러가더니, 그 뒤에는 경음악이 5분 동안 이어졌고, 그 뒤 5분 동안은 표정이라고는 없는 사람들만 잔뜩 걸어 다녔다. 이 15분 사이에 쟝천은 내게 기댄 채 잠들고 말았다.

그의 머리칼이 부드럽게 내 목과 뺨에 와 닿았다. 고개를 기울여 그의 얼굴을 내려다보았다. 갈색 머리칼은 어지러이 엉켜 있었고, 긴 속눈썹은 안경 렌즈를 받치고 있었다. 입꼬리는 살짝 올라가 있었고, 왼쪽 뺨의 보조개는 보일 듯 말 듯했다.

슬며시 안경을 벗겨준 뒤, 머리칼을 가지런히 넘겨주었다. 내 사랑하는 사람이 세상에서 제일 귀여운 얼굴로 잠들어 있는데, 내가 뭐 하러 텔레비전 속에서 참새같이 떠들어대는 여자에게 귀를 기울이겠는가.

나는 머리로 쟝천의 머리를 받친 채 천천히 눈을 감아보았다. 밖에서는 꼬리에 꼬리를 물고 늘어선 차들 소리, 시끄럽게 떠드는 사람들 소리가 들려왔고, 환한 햇빛이 가득 흘러넘치는 가운데 산들바람이 넘실거리는 소리도 들려왔다.

시간이 쟝천과 함께 있음으로 인해 고요하고 아름다워 보였다.

'수작'은 저 혼자서 고독하게, 외롭게 상영을 마쳤다. '수작'이 프랑스 직수입 영화라 마지막의 마지막 순간까지도 나는 그 제목조차 기억하지 못하고 말았다.

얼마나 흘렀을까. 쟝천이 날 깨우더니 엄지손가락으로 내 입가의 침 자국을 닦아주며 물었다. "영화 내용이 뭐였어?"

나는 새파란 텔레비전 화면을 바라보며 곤혹스럽게 고개를 흔들었다. "몰라. 어떤 여자가 계속 말을 하더라구. 그러다 나도 잠이 들어버렸어. 반납하러 가자. 내일까지 갖고 있다가 하루 치 대여료 더 내지 말고."

그래서 우리는 손에 손을 맞잡고 DVD를 반납하러 갔다. 대여점 사장님이 영화 본 소감이 어땠느냐고 친절하게 물어보셨는데, 차마 사장님 마음을 다치게 하고 싶지 않아서 그 앞에서 곧바로 소감을 꾸며낼 수밖에 없었다. 예술 감각이 정말 뛰어나고 카메라 감각도 참 좋았다고, 배우 연기도 훌륭하고 극의 긴장감도 대단했는데, 중요한 건 이 영화가 인간의 깊은 감정을 측면에서 깊이 있게 분석해냈다는 점이라고 말했다.

사장님은 내 말에 감격해 감정을 주체하지 못했다. DVD를 든 사장님의 손이 쉴 새 없이 달달 떨렸다. "어쩜 그렇게 맞는 말만 하시나. 정말 제대로 말씀하시네. 손님이 바로 내 지기요. 이 DVD 대여료는 안 받겠수다. 받을 수가 없네. 내가 그쪽한테 돈을 달라면 인간이 아니지!"

사장님이 계속 인간이라는 정체성을 유지하실 수 있도록, 우리는 울며 겨자 먹기로 돈을 내지 않고 나올 수밖에 없었다.

뒤이어 작은 서점에 갔다. 저녁 준비할 때 보고 따라 할 요리책을 몇 권 사볼 생각이었다. 장천이 여러 권을 고르더니 내게 물었다. "너 방금 그 대여점 사장 낚은 것처럼 이 책들도 공짜로 낚아올 수 있겠어?"

나는 여사장은 내 전문 분야가 아니라는 의미로 서점 사장님을 흘끗 봤다.

그래서 쟝천이 돈을 내러 갔는데, 쟝천의 보조개가 드러나는 순간 여사장이 알아서 20%를 깎아주었다.

집으로 돌아오는 길, 우리는 서로의 철철 넘치는 매력에 자부심이 하늘을 찌를 지경이 되어 있었다. 그래봤자 실은 몇 십 위안 아꼈다고 자부심이 하늘을 찌를 지경이 되었던 것이니 이 소시민의 마음 좀 이해해주시길.

쟝천은 정말 공부하려고 태어난 재목이었다. 요리책 몇 권 뒤적이고 나더니만 포스가 이만저만이 아니었다. 어제는 부엌에서 정신 못 차리고 허둥거리더니, 오늘 부엌에 딱 들어서서는 그야말로 셰프 포스를 보이며, 계획을 탁탁 짜고 일사불란하게 일을 해나갔다.

안에 지식이 쌓이면 겉모습도 달라지는 법. 오늘의 쟝천은 이미 어제의 쟝천이 아니었다.

나는 식탁 옆에 책상다리를 하고 앉아 젓가락으로 그릇을 두드리면서, 그 리듬에 맞춰 쟝천을 재촉했다. "쟝 셰프님, 저 배가 너무 고파요. 쟝 셰프님, 저 배가 너무 고프다고요……."

쟝 셰프가 부엌에서 버럭 호통을 쳤다. "천샤오시, 너 빨리 들어와서 안 도울래?"

나는 부엌 안으로 고개를 쏙 들이밀었다. "너 혼자서도 거뜬하지 않아?"

쟝천이 마늘 한 톨을 주워서 내게 던지자, 마늘이 '콩' 소리와 함께 내 이마에 부딪히더니 경쾌하게 튕겨 나갔다.

마늘을 주워 싱크대에 대충 가져다 놓았다. 그러고는 쟝천 쪽으로 가서 그가 만드는 음식을 구경했다. 콜리플라워 소고기볶음이었다. 옆 가스 불에는 닭고기 탕이 올라 있었다. 보아하니 어제저녁 때 만든 음식으로 역전극을 펼쳐 보이기로 마음먹은 모양이었다. 내가 슬그머니 탕을 퍼 올렸더니, 쟝천이 옆에서 저주를 퍼부었다. "확 데어버려라, 그냥."

나는 그 국물을 호호 불며 한 국자 마셔본 뒤, 눈물이 그렁그렁해져서 말했다. "쟝천, 너 의사 때려치우고 우리 작은 식당이나 열자. 너 소질이 보통이 아냐."

그 탕은 정말, 다 마시고 나니까 닭들이 푸드덕거리며 뛰쳐나와 함께 춤이라도 출 듯 맛이 신선했다. 먹고 있으면 온 하늘에 닭털이 휘날리는 가운데, 빙빙 돌고 뛰어오르면서 행복한 미소를 가득 머금게 되는 느낌이랄까. 오케이, 나의 이런 묘사가 저우싱츠周星馳의 영화 〈식신食神〉을 보고 따라 한 것임을 인정하겠다.

나는 쟝천이 뒤이어 만든 모든 음식에 감동해 눈물을 줄줄 흘렸다. 모든 음식을 바닥이 보이도록 다 먹어치웠다. 쟝천이 옆에 있지만 않았어도 접시를 바닥까지 핥았을 텐데.

식사가 끝난 뒤, 내가 자동으로 설거지를 하러 가자 쟝천도 와서 도와주었다. 나는 이 인간이 내가 자기 접시 핥기라도 할까 봐 감시하러 온 건 아닌지 의심스러웠다.

나는 그릇을 씻고, 쟝천은 그릇의 물기를 닦으면서 둘이 한두 마디 잡담을 나누고 있는데, 쟝천이 별안간 말했다. "여기로 이사 와서 같이 살래?"

나는 손에 접시를 든 채, 내가 이 제안에 깜짝 놀랐다는 뜻으로 그릇을 놓쳐 박살이라도 내야 하는지 고민했다. 하지만 고민이 너무 길어지는 바람에 반응을 보일 최적의 타이밍을 놓치고 말았고, 그저 묵묵히 접시를 넘겨줄 수밖에 없었다.

장천이 접시를 건네받아 닦으며 태연하게 물었다. "어때?"

"어…… 안 되지 않을…… 까?"

"음," 장천이 한 2초 정도 말을 멈췄다가 다시 물었다. "어째서?"

"어…… 나 코 곯아."

"전혀 아니던데."

……

사실 나도 딱히 내놓을 구실이 없어서 목만 만지작거렸다. "그냥 그게 아주 좋지는 않을 것 같아서."

장천은 더는 추궁하지 않고 고개를 끄덕였다. "네가 별로라면 됐어."

내가 조심스럽게 물었다. "기분 나빠?"

그의 입술이 내 입술 가까이 다가왔다. "아니."

14장

연인 사이에는 언제나 이런저런 화젯거리가 있게 마련이다. 특히나 그중 한 사람이 수다쟁이라면 말이다.

내가 쟝천에게 옛날에 왜 날 좋아했던 거냐고, 언제 좋아한다는 걸 깨달은 거냐고 열두 번째 물었을 때, 그는 차 열쇠를 들며 말했다. "내일 출근해야 하니까 집까지 데려다줄게."

나는 실망해서 한숨을 쉬었다. 이건 우리가 사귀기 시작한 그날부터 존재해온 의혹이었다. 내가 온갖 협박과 회유를 일삼아도, 아니면 옷을 끌어 내려 어깨를 드러내며 유혹해도 쟝천은 일단 말하지 않기로 한 건 말하지 않았다. 수다스러운 겉모습 아래 꿈틀대던 이내 청춘의 마음이여, 가련하도다.

나는 쟝천의 손에 떠밀려 차 안에 앉은 뒤에도, 어떻게 하면 말을 끌어낼 수 있을지 갖은 방법을 다 궁리해보다가 말했다. "그거 알아? 난 그때 내가 이렇게 널 계속 좋아하는데도 넌 날 좋아하지 않으면, 나한테 청춘은 없는 거라고 생각했어."

"아, 그랬구나." 그가 말했다.

내가 그를 노려봤다. "진짜 얄미워."

쟝천은 나는 거들떠보지도 않은 채 도로 상황만 열심히 주시했다.

나는 아무리 친밀한 두 사람이라 해도 서로의 생각을 알 수는 없다는 생각을 종종 한다. 가끔은 서로 말하지 않아도 마음이 통할 때가 있기는 하다. 예를 들어, 당신이 자리에서 일어나는 모습을 보면, 남자 친구는 당신이 물을 따라 오려고 그런다고 눈치챈다. 당신이 아무 말 없이 창밖을 보고 있으면, 기분이 좋지 않아서 그렇다는 걸 남자 친구가 알아채기도 하고 말이다……. 그렇다고는 해도 이런 건 다 일상의 생활 습관이 쌓이면서 알게 된 것들일 뿐이다. 당신으로서는 눈앞의 이 사람이 도대체 당신을 사랑하는지 아닌지 영원히 알아낼 방법이 없다. 그냥 믿음에 기댈 수밖에.

내가 이 이야기를 꺼내자, 쟝천이 말했다. "너 도대체 무슨 말이 하고 싶은 건데?"

"우리 엄마 배 속에서 열 달을 있었던 나조차도, 유부녀에 연세깨나 드신 우리 노마님께서 만날 무슨 재미가 있다고 인터넷에 들어가서 젊고 잘생긴 남자 들여다보고 그러는지 모르겠단 말야. 만일 우리 엄마가 아재 취향 뭐 그런 거라면 내가 그나마 이해라도 좀 하지. 그러니까 교류가 필요한 거야. 너에 대한 나의 신뢰도를 높이려면, 네가 어째서 날 좋아하는지 네가 나한테 알려줘야 한다니까."

"너도 어지간히 사람 짜증 나게 한다. 그건 나도 모르겠다고 내가 몇 번을 말해야 믿을 거야. 사람 가슴을 어떻게 절개하는지, 심장 이식수술은 어떻게 하는지, 심장판막을 어떻게 교체하는지는 알아도, 왜 내가 널 좋아하는지는 나도 정말 모르겠단 말야."

내가 말한 바 있듯, 나는 대화가 전문적인 차원으로 넘어가면 알아먹지를 못한다…….

하지만 좌절할수록 용기를 더 내고 싶어질 때도 있는 법. 그래서 이렇게 말했다. "그럼 날 언제 좋아한다고 느꼈는지 말해봐."

쟝천이 긴 한숨을 내쉬며 핸들을 힘껏 돌리자 차가 커브를 돌았다. "기억 안 나. 그런 거 따져서 뭐 하려고 그러냐?"

여자야 따지고 싶은 게 한둘이 아니지. 얼굴, 피부, 헤어스타일, 몸매, 돈, 집, 누가 누굴 사랑하는지, 누가 누굴 사랑하지 않는지 등등…… 공교롭게도 나도 여자란 말씀.

나는 계속해서 원하는 대답을 얻지 못하자 몹시 우울해졌고, 더는 말을 꺼내지 않았다. 무거운 분위기가 불편한 사람이 먼저 입 열겠지. 안타깝게도 쟝천은 가는 길 내내 무거운 분위기를 불편해하지 않았다. 그도 그렇다 싶은 게, 시신 안치실에서도 자봤을 가능성이 높으니, 이 정도 무거운 분위기쯤이야 아무것도 아니겠다 싶기는 했다.

차가 우리 집 아래층에 멈춰 서자, 나는 차 문을 열며 말했다. "나 간다."

"작별 키스해줘." 쟝천이 가볍게 자동차 경적을 울렸다. 경적이 방귀 소리처럼 짧게 울렸다.

"싫어."

"키스 기술 별로여도 괜찮아."

이 꼴을 보고도 참는다면 무엇을 참지 못하리오. 나는 쟝천에게 내 귀여운 가운뎃손가락을 척 세워 보여주었다.

쟝천이 한 2초 당황스러워하더니만 으스스하게 말했다. "천샤오시, 닥터 쑤가 응급으로 네 손가락 가져가게 하고 싶지 않으면, 와서 입 맞춰."

나는 발을 질질 끌며 쟝천이 있는 차창 쪽으로 돌아갔고, 쟝천은 차창을 내리고 고개를 내밀더니 웃으며 흥얼거렸다. "너와의 작별 키스는 아무도 없는 길가에서……."[51]

노래 잘 부르는 거야 전부터 알고 있었지만, 이렇게 잘생긴 얼굴로 웃으며 잔잔하고 맑게 흥얼거리는데 키스값으로야 차고도 넘치지.

쟝천의 얼굴을 두 손으로 받친 채 다가가서 '쪽' 하고 입을 맞춘 뒤, 내 코로 그의 코를 문질러주고는 입을 맞추었다. 그의 입술은 부드럽고 따뜻했고, 숨결은 산뜻하고 낯익었다. 본인이 목 아프다고 싫어하지만 않으면 오래도록 맞추고 있을 수 있겠다 싶었다.

쟝천이 목이 아프다며 싫어하지는 않았다. 오히려 내가 숨이 막혀서 힘들었지. 내가 그를 밀치고 숨을 거칠게 헐떡이며 말했다. "이번 거는 기술 별로인 걸로 치면 안 돼. 내가 먼저 숨을 깊게 들

---

51 홍콩 출신의 인기 가수 장쉐유(張學友)의 대표 히트곡인 〈작별 키스(吻別)〉 가사 중 일부

이쉬지 않아서 그런 거니까."

쟝천은 내가 밀치는 바람에 차 창틀에 박은 머리를 감싸 쥐었다. "응급처치 하는 방법 좀 배우시지. 인공호흡 코스까지 포함해서."

손가락 두 개를 세워 그 두 눈에 꽂는 시늉을 하니까 쟝천이 웃는 얼굴로 손을 밀치며 말했다. "나 정말 기억 안 나. 근데 언젠가 네가 운동장에서 나한테 마구 소리 질러댔던 건 기억난다."

쟝천은 말을 마치고는 '획' 소리와 함께 차를 몰고 가버렸다. 나는 그 자리에서 차가 떠나면서 몰고 온 바람에 뒤집어질 뻔한 치마를 감싸 쥐고 있었다. 좀 지나고 나서야 쟝천이 내가 아까 던진 질문에 대답했다는 걸 알아차렸다.

운동장? 마구 소리를 질렀다고? 솔직히 말해, 난폭했던 학창 시절, 내가 이런 짓을 벌인 게 한두 번이 아니라 정말 곰곰이 생각을 해봐야 했다.

샤워하는데 돌연 생각이 났다. 순간 흥분해서 하마터면 다리를 변기에 처박을 뻔했지만, 그나마 다행히 샤워기 노즐을 붙잡았다. 안타깝게도 내일 샤워기 새로 갈아줘야 할 판.

그건 고등학교 2학년 2학기 전교 농구 시합 때 일어난 일이었다. 우리 같은 예술 분야 학생들은 운동 쪽으로는 개무시를 당하게 마련이라 우리 반 애들은 딱히 관심을 기울이지 않았지만, 쟝천네 이과 3반은 체육반과 자웅을 겨룰 정도라고 했다. 아, 아니지, 전부 사내 녀석들이었으니 생사를 겨룰 정도였다.[52]

첫 경기가 우리 반과 쟝천네 반의 경기였으므로 나야 당연히 가야 했다. 사실 쟝천네 반 경기는 죄다 보러 갔다.

그 시합은 정말 내가 본 중 제일 형편없는 경기였다. 우리 반 농구팀은 간신히 꾸려진 팀이었다. 무슨 산책하듯 경기를 하는 건 그렇다 치고, 반장은 손에 들어온 농구공을 오래전 헤어진 아이처럼 가슴에 끌어안은 채, 그 자리에 우뚝 서서 죽어도 손을 놓지 않았다. 옷 걷어 올리고 농구공에 젖은 먹이지 않았으니 그나마 다행이었다. 정말 그 녀석들하고 모르는 사이인 척하고 싶은 마음이 굴뚝같았다.

쟝천은 달랐다. 상대를 제치는 드리블에, 3점 슛, 쓰리 스텝 레이업까지, 세상에 다시없을 멋들어진 솜씨였다.

우리 반은 경기 두 번 만에 농구 골대와 멀어지는 신세가 되었지만, 쟝천네 반은 쟝천의 리드 아래 결승전까지 진출하면서 마지막에 체육반과 맞붙게 되었다.

그 날은 창백한 겨울날이었다. 담임선생님은 수업을 마쳐야 할 시간에 기어코 본인이 중요하다고 생각하는 얘기를 늘어놓으셨다. 칠판은 왜 닦아놓지 않았느냐, 바닥에 종이 쪼가리가 너무 많다, 어

---

52 저자는 '雄(웅)' 자를 '자웅을 겨룰 정도'에서 한 번, '전부 사내 녀석들이었으니'에서 또 한 번 사용했다. 원래는 수컷이라는 뜻이지만, 암컷을 뜻하는 '雌(자)'와 합쳐 '자웅'이 되면 '승부, 강약' 따위를 비유하는 뜻이 되기도 한다. 따라서 '자웅을 겨룰 정도'에서는 '雄'을 '승부, 강약'의 의미로, '전부 사내 녀석들이었으니'에서는 '수컷'이라는 뜻으로 사용해서 표현의 묘미를 더했다. 또 앞 문장에서는 '자웅을 겨루다'는 뜻의 성어 '一決雌雄'을 쓰고, 뒤 문장에서는 이 성어를 살짝 비틀어 '생사를 겨룬다'라는 의미로 '一決生死'로 바꾸어 씀으로써 상황을 재치 있게 표현했다.

려서 연애질이나 해 버릇하면 어쩌구저쩌구 등등……. 나는 창밖 운동장에서 떼로 움직이는 애들 머리를 보며 초조해졌다. 아니 저렇게 시간 뺏는 걸 좋아하면서 수업 시간은 왜 안 빼먹는 거야.

간신히 '담탱이'가 우리를 놓아줄 때까지 버티고 있다가 운동장으로 뛰쳐나갔더니, 호루라기 소리가 길게 울리며 경기가 끝나 버렸다. 지나가는 애 아무나 붙잡고 물어봤더니만 이과 3반이 참패했다고 했다. 이럴 때 내가 쟝천 옆에 없어서 되겠나 싶어서 이과 3반 교실로 날아갔다.

"쟝천" 소리가 입에 걸리고 말았다. 커다란 교실에 사람이라고는 쟝천과 리웨이 딱 둘뿐이었다. 둘은 책상 하나를 사이에 두고 마주 앉아, 머리를 엄청 가까이 댄 채 무슨 말을 주고받고 있었다. 그때 내 머릿속에 네 글자가 스치고 지나갔다. '간부음부姦夫淫婦'[53]

둘은 나란히 날 바라봤다. 쟝천은 딱히 달갑지 않은 표정으로 날 흘끗 보더니 아무 말이 없었다.

생각을 좀 하다가 해명했다. "우리 반 수업이 늦게 끝났어."

경기 때마다 쟝천에게 물을 가져다줬는데, 나중에는 쟝천이 내게 500위안을 주면서 경기 때 마실 물 공급원 역할을 해달라고 했다. 나는 이 직책에 아주 만족했고, 최선을 다해 직무를 충실히 이행했다. 그런데 오늘 '담탱이' 때문에 직무 태만을 저지르고 말았던 것이다. 하지만 불가항력적인 외부 요인 탓이니 정말이지 내탓을 해서는 안 되는 거라고.

---

53 '간악한 남자와 음탕한 여자'를 일컫는 표현

쟝천이 아무 대꾸를 하지 않으니 순간 분위기가 어색해졌다. 리웨이가 방실방실 웃으며 말했다. "천샤오시, 다행히 오늘은 내가 쟝천한테 물 준비해줬어."

나는 억지로 웃었다. "너한테 신세 졌네." 잠시 가만히 있다가 못 참고 쟝천에게 물었다. "경기 결과 어떻게 됐어?"

쟝천은 들은 척도 하지 않았고 얼굴도 무표정했다. 시선을 어디에 두고 있는 건지도 알 수 없었다.

리웨이가 말했다. "오늘 우리 반이 실력을 제대로 발휘하지 못했어."

"아, 그랬구나." 교복 바지 주머니를 뒤져 남은 돈을 녀석에게 돌려주려다가, 그제야 돈 넣어둔 가방을 깜빡 잊고 가져오지 않았다는 걸 깨닫는 바람에 이렇게 말할 수밖에 없었다. "어…… 난 그냥 잠깐 보러 온 거야. 먼저 갈게."

쟝천은 날 더 쳐다보지도 않았고, 심지어 "흥!" 콧소리로 배웅하는 수고조차 하지 않았다.

나는 돌아서서 눈물을 뿌리며 뛰어갔다. 열일고여덟 소녀 마음에 그렇게 스크래치를 내는 게 아니지.

나중에 교실에서 가방을 가지고 나오다가 생각지도 못하게 운동장에서 쟝천과 마주치고 말았다. 잠시 머뭇거리다가 다가가서 말했다. "우와, 진짜 기막힌 우연이다. 우리 같이 갈래?"

어찌 된 일인지 녀석이 별안간 성가신 티를 팍팍 내며 말했다. "너 나 좀 그만 쫓아다니면 안 되냐?"

사실 반이 갈리고 난 뒤에는 녀석을 쫓아다닐 기회가 거의 없었다. 게다가 이번에는 정말 내가 쫓아간 게 아니었다. 사전에서는 이런 상황을 '우연한 만남'이라고 부르지만, 나는 이 인간이 뱉은 말의 불합리성을 지적하지 않았다. 속상해서 슬퍼하기도 바쁜 판이라.

그러더니 이 녀석이 또 듣기 거북한 말을 내뱉었고, 나도 뭐라고 뭐라고 되받아쳐 버렸다. 무슨 말을 주고받았는지는 다 희미해졌지만, 이 말은 기억난다. "내가 너보고 나 좋아해달랬냐?"

그리고는 운동장에서 대성통곡하면서 가방을 뒤져, 꺼낸 돈을 뭉치뭉치 바닥에 힘껏 내던져 버렸다. 사람 하나 좋아한다는 게 그렇게 조심스러운 일이다. 그렇게 속이 상한데도 그렇다고 또 돈을 쟝천에게 확 뿌릴 엄두는 내지도 못했으니.

이렇게 말했던 게 기억난다. "앞으로 다시는 너 거들떠도 안 볼거야. 인생이 얼마나 긴데, 내가 너 하나만 좋아할 줄 알아?"

안타깝게도 나는 지금까지 이 인간 한 사람만 좋아하고 있다. 말을 너무 단정적으로 했다가는 벌을 받게 된다는 걸 증명해주는 사례라 하겠다. 한숨이 터져 나왔다. 다 지난 일이지만 지금 생각해도 참 속상했다.

수건으로 머리를 문지르며 쟝천에게 전화를 걸었다. "집에 도착했어?"

"어."

"생각났어. 운동장에서 있었던 일."

쟝천이 전화기 저쪽에서 웃었다. "너 엄청 심하게 울었잖아."

"그래서?"

"그래서 앞으로는 애 이렇게 심하게 울리지 말아야겠다고 생각했지."

나는 시큰해진 코를 만지작거렸다. "나 지금 너한테 물어볼 거 있어. 너 솔직하게 대답해야 해. 체면 차린다고 거짓말하지 말고."

"알았어."

"너 나중에 그 돈 주우러 운동장으로 돌아갔어?"

"……." 전화 저쪽이 수상쩍은 침묵에 빠져들었다.

내가 캐물었다. "갔냐니까? 야, 들었어?"

"아니." 쟝천이 똑 부러진 발음으로 두 글자를 내뱉었다.

실망한 나는 한숨을 내쉬었다. "그날 당번만 횡재했구만."

"너 그 꼴이 되도록 울어놓고, 나중에 그 얼마 안 되는 돈 주우러 거기까지 돌아간 건 아니겠지!" 쟝천이 무서운 말투로 말했다.

"그게 어디 얼마 안 되는 돈이야. 적어도 200~300위안은 됐단 말야." 내가 해명했다. "집에 가서 생각하니까, 너처럼 성질 괴팍한 인간이 돈을 주우러 갈 리는 없다 싶어서 다시 주우러 갔더니만 1위안 한 장 없더라."

원래는 가서 주우면 내 돈 될 줄 알고 간 거였지롱…….

15장

병원 입구에서 세 바퀴를 서성거렸다. 쟝천은 내가 그 순정녀를
봐야 앞으로 악몽을 꾸지 않을 거라면서, 오늘 그 여자를 보러 오
라고 했다. 매번 쟝천의 요구에 맞닥뜨릴 때면 늘 두 가지 선택지
밖에 없다는 생각이 든다. 말을 듣거나 아니면 꺼지거나. 이런 느
낌이 든다고 쟝천에게 알려준 적이 있는데, 나보고 아니라고, 세
번째 선택지도 있다고 하면서 하는 말, "날 죽여버리면 되잖아."
이로써 나는 쟝천도 나와 마찬가지로 제정신이 아니라고 생각하
게 되었다.

단숨에 해치우고 말겠다는 기세로 병원에 뛰어 들어갔다. 그 여
자의 몸이 무겁게 내리쳤던 홀을 돌진해서 지나쳤더니, 쟝천이
2층에서 기다리고 있었다. 쟝천은 일곱 시간짜리 수술이 잡혀 있
어서, 어쩔 수 없이 닥터 쑤가 그 여자에게 날 데려다주게 됐다고
했다.

나는 그의 손가락을 잡아끌었다. "일곱 시간이라니, 그렇게 오래?"

"어. 그러니까 그 여자 만나고 나서 너희 집으로 바로 돌아가. 수술 끝나고 너희 집으로 갈게." 쟝천은 자기 손가락을 내 손가락에 걸었다 바로 풀더니 닥터 쑤에게 고개를 돌리며 말했다. "그럼, 샤오시 좀 부탁할게."

닥터 쑤가 방긋거리며 말했다. "걱정 붙들어 매시고, 나한테 맡기셔."

중증 의심병 환자인 내 귀에는 닥터 쑤 말투에 늘 '이 언니 드디어 내 손아귀에 들어왔네.' 이런 의미가 담겨 있는 것처럼 들리곤 한다.

쟝천이 자리를 뜨자마자 닥터 쑤가 말했다. "그 여자 정신병을 앓고 있어요."

"네?" 내가 한 발 뒤로 물러났다. "아무래도 다음에 쟝천이랑 같이 가는 게 낫겠어요."

"뭘 무서워해요, 내가 있는데. 내가 그 여자 주치의예요." 닥터 쑤가 우리가 아주 가까운 사이인 양 내 손을 잡아끌었다.

두 발짝 끌려가다가 뭔가 아니다 싶어서 닥터 쑤를 억지로 잡아당기며 서버렸다. "선생님 정형외과 의사 아니세요? 선생님이 어떻게 정신병 환자 주치의가 될 수 있어요?"

"제가 치료한 건 그 여자 부러진 갈비뼈고요. 정신병이니 뭐니 그거는 제가 진단한 거예요. 정신병도 아닌데 남자 때문에 떨어질 수 있겠어요?" 닥터 쑤가 말하면서 날 앞으로 세게 잡아끌었다.

"의사가 이렇게 환자 뒷담화해도 되는 거예요?"

그녀가 이상하다는 듯 날 바라봤다. "왜 안 돼요?"

"너무 심한 거 아닌가요?"

닥터 쑤가 내 어깨를 토닥거리며 의미심장하게 말했다. "의사도 사람이에요. 사람에게는 단점이 있게 마련이죠. 제 단점이 바로 남한테 야박하게 구는 거랑 양심이 없다는 거랍니다."

이렇게 당당하니 나도 무릎 꿇을 수밖에.

우리가 들어갔을 때, 여자는 침상에서 꼼짝도 하지 않고 있었다. 다가가서 보니 소리 없이 눈물을 흘리고 있었다. 머리 밑 하얀 베개에 눈물이 크게 번져 있었다. 생김새를 자세히 살펴보다 보니 지난번 본 여자와 닮은 구석이라고는 하나도 없다는 느낌이 들었지만, 사람이 2층에서 떨어지면 바닥에 닿으면서 평상시 모습과 달라지겠다는 생각에 마음에 담아두지 않았다.

닥터 쑤가 말했다. "환자분, 오늘 기분은 어떠세요?"

여자는 여전히 움직이지 않았고, 여전히 눈물을 흘렸다. 그녀가 입술을 살짝 떼며 다섯 글자를 토해냈다. "죽게 해줘요."

어찌나 간절하게 부탁하는지, 그 부탁을 들어주지 않으면 세상천지 양심에 죄를 짓는 거라는 생각이 들 정도였다. 하지만 닥터 쑤가 말하지 않았던가. 본인 단점이 양심이 없는 거라고. 그런 까닭에 닥터 쑤는 그녀에게 아주 호쾌한 거절을 선사했다. "환자분 남자 친구가 안 오셨잖아요. 죽고 싶으시면 그분 오신 다음에 죽으시던가요."

나는 닥터 쑤를 잡아끌며 조용히 속삭였다. "말 함부로 하지 마세요. 저 사람이 고소라도 하면 어떻게 하려고 그러세요?"

닥터 쑤가 위로하듯 내 손등을 토닥거렸다. "고소라면 이골 난 사람이에요, 내가."

여자는 더는 소리 없이 울지 않고 "엉엉" 소리 내 울기 시작했다. "내가 이 모양 이 꼴인데 아직도 안 오다니, 전…… 엉엉엉……."

"그만 좀 떠드세요. 시끄러워서 머리가 다 아플 지경이에요." 닥터 쑤가 손으로 머리를 짚었다. "자, 여기 소개해드릴게요. 이분이 바로 환자분이 떨어지던 날 밑에 깔릴 뻔했던 분이에요. 환자분 보러 오셨어요."

닥터 쑤가 뜬금없이 날 앞으로 밀어버리는 바람에 어쩔 도리 없이 어색하게 억지웃음을 지었다. "아, 안녕하세요."

여자가 날 흘끗 보더니 훌쩍거리며 말했다. "저 뭐 하러 보러 오셨어요?"

그렇다고 "그쪽이 죽지 않았다는 걸 눈으로 직접 봐야 제가 자다가 악몽을 꾸지 않을 거라서요." 이렇게 말할 수는 없다는 생각이 들었다. 그래서 이렇게 말할 수밖에 없었다. "아니, 그냥 회복 상태가 어떠신지 보러 온 거예요."

"그쪽이랑 무슨 상관인데요?" 여자가 흐느꼈다. "무슨 구경이라도 하러 온 거예요?"

질문이 좀 당혹스러웠다. 살려달라는 눈빛으로 닥터 쑤를 바라보는 수밖에.

닥터 쑤가 하품을 해댔다. "어떻게 상관이 없어요. 환자분 떨어지실 때 그린 포물선 각도가 조금만 틀어졌어도, 오늘 이분이 환자분 옆에서 침대 신세 지고 있었을 거란 말예요. 제발 부탁인데, 자살하시는 분들이 좀 친환경적인 방법을 골라주시면 좋겠어요. 정 그렇게 뛰어내리고 싶으시면, 바닥에 '이곳은 투신 자살자용 공간입니다. 목숨이 소중하신 분은 돌아가주시기 바랍니다.' 이런 표시라도 해서 지나가던 사람 실수로 다치게 하지 마시던가요."

내가 조마조마한 마음으로 그녀를 잡아끌었다. "저 환자 자극하지 마세요. 의사는 환자를 부모 마음으로 돌봐야 하잖아요."

닥터 쑤가 손을 내저었다. "부모 중에도 못된 사람 있잖아요. 신문 사회면 보시면 아실 거예요. 저를 그 못된 인간으로 생각하시면 돼요. 게다가 환자가 저렇게 사나운데 제가 자극이나 할 수 있겠냐고요."

도대체 누가 더 사나운 거냐고요…….

이 환자야말로 대단한 사람이었다. 닥터 쑤가 그렇게 독설을 퍼붓는데도 개의치 않고, 날 붙잡고 캐물어댔다. "내가 죽지 않아서 실망이라도 했어요?"

나는 서둘러 손사래를 쳤다. "아뇨, 아뇨. 아래층에 오가는 사람이 그렇게 많은데, 환자분이 한 치도 어긋남 없이 딱 제 앞에 떨어지신 것도 인연이라면 인연이라 보러 온 것뿐이에요."

그 여자도 대충 그게 인연은 인연이다 싶었는지 더는 고생스레 날 추궁하지 않았다. 그냥 수다스럽게 중얼중얼 혼잣말이나 하는 정도였는데, 내용은 대충 "난 그 사람을 사랑해. 그 사람을 위해서 죽을 수도 있을 정도로." 뭐 이랬다.

나는 독한 맹세 내뱉는 사람 구경하는 취미는 없다. 주로 어렸을 때 텔레비전 드라마를 너무 많이 봐서 생긴 후유증이 적지 않은 탓이다. 그 후유증의 영향으로, 나도 모르게 조건반사적으로 뛰어가서 여주인공의 입을 틀어막고 이런 말을 할까 봐 두렵기까지 했다. "그렇게 자신을 저주해서는 안 돼요!"

그래서 닥터 쑤를 잡아끌며 말했다. "우리 나갈까요?"

닥터 쑤가 말했다. "아직 환자 검사를 못 했는데요." 그러더니 뒤를 돌아 그 여자가 신경질을 부리는 모습을 보고는 또 말했다. "됐어요. 나갑시다, 나가. 저 환자 저러고 있는 거 보니 머리가 다 지끈거리네. 농담할 기분도 싹 사라졌어요."

그러고 보니 오늘 계속 뭔가 좀 이상한 기분이 들었는데, 알고 보니 닥터 쑤가 본인식 유머로 날 융단폭격하지 않은 탓이었다.

병실을 나오는데 닥터 쑤가 내게 말했다. "맞다. 내 남동생 외국으로 떠나요."

"네?"

"아무리 말려도 말을 들어야 말이죠. 엄마가 걔 혼자 외국에서 고생할까 봐 울고불고 난리도 아녜요."

나는 이해가 가지 않았다. "외국 가면 좋잖아요. 배우는 것도 있고 시야도 넓히고."

"중요한 건 걔가 실연의 상처로 출국한다는 거죠. 멀리 떨어진 곳에 지켜봐줄 사람 하나 없을 텐데, 거기서 자살이라도 하면, 나쁜 길로 빠지기라도 하면요?"

나는 기가 팍 죽어버렸다. "죄송해요."

닥터 쑤가 손사래를 쳤다. "괜찮아요. 다만 우리 엄마가 아마 요 며칠 새에 얘기 좀 하자고 그쪽 찾아가기는 하실 거예요."

"네?" 너무 놀라서 입에서 단음절 음만 반복해서 튀어나왔다. "그…… 그…… 건…… 건…… 좀…… 좀…… 아…… 아…… 닌…… 닌…… 데…… 데…… 요."

부모님 모셔 오고 엄마한테 이르고. 이거 정말 너무 뻔뻔한 짓이란 말이다. 하지만 그거야말로 또…… 나의 아킬레스건인데.

등 뒤의 식은땀이 방울방울 허리선을 타고 청바지 속 팬티로 굴러 들어갔다. 그 축축한 흔적이 몸 뒤쪽에서 하나둘 곡선을 그어 내려갔다. 나는 내가 정말 나올 데 나오고 들어갈 데 들어간 몸매의 소유자라서 그렇다고 최면을 걸어버렸다.

닥터 쑤가 교활하게 웃으며 하는 말, "농담한 건데. 우리 엄마 바쁘거든요."

……

무슨 반응을 하려야 할 수가 없었다.

"게다가 출국하려는 것도 아니라고요. 그냥 어리고 예쁜 애 찾아와서 그쪽 속 뒤집어 놓겠다던데요."

흔히 법이라는 게 인지상정을 벗어나지 않는다고 하는데, 내가 이런 인간을 없애버리기라도 하면 법이 나한테 훈장이라도 줘야하는 거 아닌가 종종 그런 생각이 든다.

하지만 이 몸이 대학 때 법이 아니라 예술을 전공한 몸이라, 저 여자를 요절내났다가 형을 선고받을지 어쩔지 확실히 알 수 없는 바, 그저 손이나 흔들어주고 병원을 나와 버스를 타는 수밖에 없었다.

집에 와서 시간을 계산해보니, 장천은 대충 새벽 한 시나 되어야 돌아오겠다 싶었다.

그래서 컵라면을 하나 끓여놓고 컴퓨터에서 다섯 발자국 떨어진 곳에 서서 미드를 봤다. 언젠가 한번 컴퓨터 자판에 녹두탕을 한 그릇 엎은 뒤로, 컴퓨터에게 액체란 목숨으로도 감당 못 할 존재라는 걸 철저하게 깨달은 까닭이었다.

라면을 겨우 세 입 정도 먹었을 때, 미드가 겨우 '프리뷰'까지밖에 진행되지 않았을 때, 휴대폰이 울리길래 흘끗 봤더니 한동안 종적이 묘연했던 우보쑹이었다. 그래, 얘 입장에서 보면 종적이 묘연했던 사람은 나였겠지. 내가 연애를 시작하면 이성만 찾고 인성은 사라지는 사람이다 보니. 이건 4년 동안 절친 하나 사귀지 못하고 처량하게 끝나버린 내 대학 시절을 참고해보면 된다.

우보쑹은 전화에서 좋아서 펄쩍펄쩍 뛰며 사랑하는 여자가 생겼다고 알려주었다. 나 같은 철없는 가시나와는 다른 진정한 의미의 여자라나.

솔직히 말하면, 내가 이 나이에 가시나로 불릴 확률이 몇 년 전과 비교하면 이미 확 떨어졌으므로, 나는 진정한 의미의 여자가 아니라는 이 인간의 오해를 무시하고 넘어가기로 했다.

"연애하려고? 그럼 앞으로 나 배고프면 누가 나 데리고 밥 먹으러 가주냐?"

"네 남자."

"하지만 쟝천은 너무 바쁘단 말야."

우보쑹이 웃으며 말했다. "그럼 내 여자한테 잘 보여보셔. 걔가 너 질투만 안 하면 되잖아."

"난 '내 남자, 내 여자' 이런 말이 제일 우습더라. 너무 징그러워."

"그럼 어떻게 부르냐?"

"내 남편, 네 마누라, 우리 달콤이, 네 스위티."

우보쑹이 전화 저쪽에서 "껄껄" 웃음을 터뜨렸다. 내가 이 녀석 뭐가 제일 좋은가 하면, 내가 웃기지 않은 농담을 할 때도 다 분위기를 맞춰준다는 거다.

우보쑹 웃음소리를 듣고 있는데 초인종이 울리길래 말했다. "너희 집 초인종 울린다."

녀석이 잠시 말을 멈췄다가 말했다. "너희 집 초인종이겠지."

자세히 들어보니 과연 우리 집 초인종이었다. 오랜 친구여 용서해주구려. 초인종 소리가 종종 차가웠다 뜨거웠다, '자존심 세우기' 좋아하는 순탄치 못한 연인마냥 멀어졌다 가까워졌다 하다 보니 그랬다오.

휴대폰을 들고 걸어가서 문을 열었다. "너 혹시 문 앞에 서 있다가 내가 문 열자마자 무릎 꿇고 청혼하려는 건 아니겠지"나 "문 열어놓고 봤는데 문 앞에 서 있는 게 사람이 아니야" 같은 농담을 던지면서 말이다.

문을 열자 장천이 서 있었다. 그래도 최소한 사람이기는 하네, 이런 생각을 하면서 얘가 혹시 청혼을 하려는 건지 한 2초간 기다려봤다.

아니었다. 장천은 몹시 우울해 보였다. 그래서 우보쑹의 전화를 결연히 끊어버리고 장천을 살뜰히 보살펴주었다. 나는 우리 우 학우께서 이런 내 마음을 이해해줄 것이고 알아줄 거라고 믿어 의심치 않았다.

일곱 시간짜리 수술이 두 시간 만에 끝나다니, 내가 문외한이기는 해도 무슨 일이 일어난 건지는 대충 알 만했다.

이럴 때 따뜻한 차를 내주며 안아주면 나의 현모양처 같은 면모가 제대로 드러나겠거니 생각했다. 그리고 실제로 그렇게 했다. 다음과 같은 환경적인 요소를 고려하지 못하고 깜빡 잊고 말았지만. 이를테면, 더워서 욕이 나올 것 같은 이 여름밤에, 에어컨 하나 안 달아주고 욕 나오게 만드는 집주인에, 내가 오늘 뜨거운 땀을 적잖이 흘렸다는 사실까지…… 한마디로 말해서 현모양처의 길은 나하고는 어울리지 않았다.

장천은 내 목을 들어 내가 무슨 문어라도 되는 양 자기 몸에서 떼어버렸고, 자기를 뜨거운 차에 샤워한 꼴로 만들어놓을 뻔한 내 센스를 거절하더니, 마지막에 가서는 내 두 어깨뼈를 잡고 말했다. "너 좀 가만히 있으면 안 돼?"

"그렇지만 널 도와주고 싶단 말야."

그는 날 풀어주고는 또다시 소파에 드러누웠다. "넌 거기 서서 움직이지만 않으면 돼. 아무것도 할 필요 없어."

쟝천은 깍지 낀 두 손으로 뒤통수를 받친 채 눈 한 번 깜빡하는 법 없이 날 뚫어져라 올려다봤다.

쟝천 학우님, 사람 그렇게 보지 마시어요. 어쨌든 우리 다 성인 이잖아요. 그쪽이 그렇게 순수한 눈빛으로 사람을 뚫어지게 바라 보는데, 제가 입이 바짝바짝 말라서 욕망에 몸을 활활 불태우고 있으면, 제가 그야말로 아주 불순한 사람이 되잖아요, 이런 생각 이 들었다.

그 자리에 멍하니 선 모습을 쟝천에게 한 10분 보여주면서 "좀 매력적인 포즈로 바꿔볼까?", "좀 섹시한 옷으로 갈아입어 볼까?", "이렇게 오래 보게 해줬는데 내가 너한테 돈이라도 걷어야 하는 거 아니냐?" 이런 질문을 던져봤지만, 쟝천은 일절 대답하지 않았다.

결국 나는 도저히 참지 못하고 발을 동동 굴렀다. "너 도대체 뭘 보고 있는 거야?"

"너 보잖아."

"내가 뭐 볼 게 있는데?"

실은 이 말을 마치자마자 후회하고 말았다. 나 꽤 볼만한 데⋯⋯.

"나도 지금 네가 뭐 볼 게 있나 연구 중이야."

이게 무슨 말인지 잠시 궁리해보니 아무리 생각해도 말 속에 뼈 가 있다 싶었다. 그래서 앞으로는 쟝천이 하는 말이 무슨 뜻인지 궁리하지 말자고, 마음속으로부터 본질적으로 이 인간의 발언권 을 공중에 붕 띄워버리기로 마음먹었다.

"전에 몹시 지치거나 너무 힘들 때 그런 생각을 했어. 샤오시가 옆에 있으면 좋겠다고. 어리벙벙한 샤오시 보고 있으면 사는 것도 별것 아니구나, 별 대단할 것도 없구나 그런 생각이 들 텐데 싶더라."

방금 앞으로 다시는 쟝천이 한 말이 무슨 뜻인지 궁리하지 않기로 마음먹기는 했지만, 그렇다고 이 말이 무슨 뜻인지 궁리해보지 않으면 이게 도대체 날 칭찬하는 건지, 아니면 빈정대는 건지 정말 알 수가 없겠다는 생각이 들었다…….

그래서 아주 솔직하게 물어봤다. "그거 칭찬이야, 아니면 빈정대는 거야?"

"네가 보기엔 어떤데?"

뛰어가서 그를 덮쳤다. "쟝천 너도 사랑의 밀어를 속삭일 줄 아는구나!"

쟝천은 나한테 눌려 캑캑거렸고, 나는 이를 행복의 무게로 해석했다. 쟝천은 내 옷깃을 들어 날 자기 몸에서 내려놓으려고 애썼지만, 나는 손으로 그의 목을 감은 채 안 놓아준다고 했으면 안 놓아주는 거라고 말했다. 힘깨나 과시할 수 있는 이 싸움에서 내가 쟝천에게 승리를 거두었다. 마음이 아주 상쾌해졌다.

나는 그의 가슴에 엎드렸다. "나 지금 네 앞에 있잖아. 나 보고 있으니 아주 힘이 솟아오르지 않아? 내가 곁에 있으니까 꽤 괜찮지?"

쟝천의 목소리가 내 정수리에서 전해졌다. "아니, 그냥 그런데."

"야!" 내가 확 튀어 올라 그의 목을 눌렀다. "내가 오늘 아주 너 목 졸라 죽여버리고 말겠어."

쟝천이 내 손가락을 목에서 떼어내며 말했다. "방에 가서 베개나 가져와. 베개로 숨통 막아서 죽이는 게 덜 힘들어."

내가 자기 목을 깨물었더니 쟝천이 고개를 옆으로 돌리며 웃었다. "여기 물어. 대동맥 여기 있네."

……

쟝천은 수술이 성공적이지 못했다고만 했지, 자기가 죽음과 어떻게 마주하는지, 환자 가족의 눈물을 어떻게 대면하는지는 말해주지 않았다…….

생명과 눈물, 문외한인 내 눈에는 세상에서 가장 마주하기 어려운 것들이다. 하지만 그는 매일매일 그 둘을 마주하고 있고, 어쩌면 벌써 익숙해졌는지도 모른다. 다만 나는 그래도 마음이 아프다. 고향 집에 돌아가서 고구마나 파는 게 마음 편할 거라는 생각만 든다.

쟝천이 오늘 밤은 우리 집에서 자고 가겠다고 하기에, 네가 갈아입을 만한 옷이 없다고 말해주었다. 그랬더니 자기 차에 있다면서 가져다달라고 했다.

엉덩이를 살랑살랑 흔들며 옷을 가지러 갔다. 돌아와서 보니, 이미 샤워를 끝낸 쟝천이 내 목욕 수건을 두른 채 내 컴퓨터 앞에 앉아서 내 라면을 먹으며 내 미드를 보고 있었다.

나는 목욕 수건이 19금 삭제 대상인 모 주요 부위에서 곧 떨어질락 말락 하는 모습을 보면서, 코피라도 흘려야 하는 건지, 아니면 210위안 주고 산 새 목욕 수건에 애도를 표해야 하는 건지 망설였다……

나는 허리에 손을 얹고 위세를 부렸다. "어떻게 나한테 동의도 구하지 않고 내 물건을 막 건드릴 수 있어?"

쟝천이 날 곁눈질로 노려봤다. "눈을 내 목욕 수건에 딱 붙여놓지 않고 훈계조로 나왔으면 설득력이 좀 있었을 텐데 말야."

어쨌든 말로는 이 인간을 이길 수가 없는지라 아예 샤워를 하러 가버렸다. 물 온도를 살짝 올려놓고 몸을 씻었는데, 욕실에서 나가기 전에 거울에 비춰보니, 전신이 보들보들한 분홍색으로 물든 모습이 딱 내 스타일이었다. 여기서 좀 해명을 하자면, 내가 무슨 자뻑 공주병 환자는 아니다. 사람들 말로는 1인칭 소설 속 여주인공이 거울에 자신을 비춰보면서 그 미모에 감탄하면 그걸 자뻑 공주병이라고 하던데, 나는 절대 그 뜻이 아니다. 그냥 아주 단순하게 발그스레한 모습이 허여멀건한 것보다는 내 스타일에 맞고, 그 빨간 빛깔이 방울방울 떨어져 내리기라도 할 듯 곱고 어여쁘게 느껴진다는 그런 뜻이었다.

'나 정말 먹음직스럽지'라는 마음으로 방으로 들어갔더니, 쟝천은 여전히 그 목욕 수건을 두르고 있었다. 다만 이번에는 내 침대에 누워 내 만화책을 넘겨보고 있었다.

내가 헛기침을 하며 아주 어색하게 말했다. "내가 옷 가져다주지 않았어, 왜 안 입어?"

쟝천이 책장을 한 장 넘기며 천연덕스럽게 말했다. "어차피 벗어야 하는데 뭐 하러 입냐?"

뭐 하러? 그걸 내가 어떻게 알아? 자기가 내 옷 벗길 때 나도 자기 옷 벗길 수 있어야 내가 할 일 없어 보이지 않으니까……?

사실 너무 부끄러웠지만 부끄러운 티를 많이 내지는 않았다. 게다가 내가 별것도 없으면서 허세를 부리는 나쁜 습관이 있다. 그래서 아무렇지 않은 척 쟝천의 옷 중 반바지를 한 벌 찾아 본인에게 던져주었다. "옷도 안 입고 내 침대에 누워 있지 말라구."

그러고는 컴퓨터 옆으로 걸어가서 미드를 내가 원래 봤던 부분으로 돌려놓고는 아주 흥미진진해하는 척하면서 보기 시작했다. 사실 무슨 내용이 나오고 있는지는 하늘이나 아셨으리라.

쟝천이 침대에서 만화책을 휘리릭 넘기자, 손바닥에서 땀이 배어 나왔다.

중국의 고대 사형법 중에 능지처참이라는 게 있다. 구체적으로는 사람 살점을 한 토막 한 토막 베어서 죽이는 형벌이다. 나중에 더 높은 단계로 업그레이드된 것이 바로 어망을 사람 몸에 씌워서 어망 구멍으로 드러난 살점을 칼로 베는 방법으로, 기록에 따르면 최고로 많이 베인 것이 3,000여 차례였다고 한다. 내가 능지처참 이야기를 꺼낸 까닭은 인류가 얼마나 잔인한지 설명하기 위해서도 아니고, 우리 조상님들의 살인 수법이 얼마나 창의적이었는지 증명하기 위해서도 아니다. 내 옆에서 만화책을 한 장 한 장 넘기고 있는 쟝천에게 받는 압박감이 능지처참당한 사람의 그것과 다르지 않다는 걸 설명하기 위해서다. 쟝천이 얼른 이쪽으로 날아와서 날 덮쳐주기를, 이렇게 저렇게 해주기를 바라는 마음이 굴뚝같았다. '폭풍영음暴風影音'[54]에서 드라마가 삼 분의 일 정도 재생되었을 즈음, 쟝천이 말했다. "천샤오시."

나는 몸을 살짝 떨었다. 좀 에로틱한 말로는 아리따운 몸을 흠칫거렸다이고.

정지 버튼을 클릭하고는 쟝천에게 고개를 돌렸더니, 한 손으로 머리를 받친 채 옆으로 누워 날 보고 있었다.

"왜?"

"와서 자."

내가 눈을 부라리자, 쟝천은 전혀 개의치 않는 모습으로 날 바라봤다. 오므린 입가에는 웃음기가 어려 있었고, 보조개가 살짝 파여 있었다.

이 요물!

나는 침을 꼴깍 삼켰다. "그게…… 나 이번 편 다 보고 자려고. 피곤하면 먼저 자."

쟝천은 내색은 하지 않고 그 자세를 유지하면서 날 보고 웃기만 했다. 눈은 아예 반짝반짝 빛났고, 얼굴은 온통 애원하는 표정으로 가득했다.

정말이지 어디 가서 저런 애원 가득한 눈빛을 배워 왔는지, 보고 있으니 심장이 쿵쿵, 쿵쿵 쉬지도 않고 두근거렸다.

컴퓨터를 끄고 옷장에서 새 베개를 하나 꺼내 던져주었다. "새 거야."

증정품으로 받은 베개였다. 저 증정품 하나 받겠다고 몸이 다

---

54 중국의 각종 동영상 파일 재생 플랫폼

묻혀버리고도 남을 양의 세탁용 가루세제를 사들였다는…….

쟝천은 베개를 대충 뒤통수에 찔러 넣었고, 나는 목을 긁적였다. "그럼 불 끈다?"

"응."

사방에 어둠이 찾아왔다.

더듬더듬 침대로 기어 올라갔다. 누울 때 쟝천이 나지막하게 뭐라고 했는데 잘 듣지를 못해서 물었다. "뭐라고?"

"너무 덥다고. 에어컨이나 선풍기 없어?"

다시 일어나서 불을 켰다. 옷장을 뒤져서 윈난雲南[55]에 여행 갔을 때 가져온 부들부채를 하나 꺼냈다. "이것밖에 없어. 에어컨은 없고, 선풍기도 고장 났거든."

전기 절약하고 환경도 보호하고.

어둠 속에서 부채 흔들리는 소리를 듣고 있으니 그 리듬에 잠이 엄청 쏟아졌다. 눈꺼풀이 서서히 내려앉을 즈음, 갑자기 서늘한 바람이 목덜미를 스치고 지나가는 바람에 몸을 달달거리다 정신이 확 들고 말았다.

쟝천은 언제 다가왔는지 나한테 가까이 다가와 있었고, 심지어 머리에 내 베개를 베고 있었다.

나는 몸을 꼼지락거렸다. "왜 내 베개를 베고 자?"

"너무 더워. 잠이 안 와."

---

55 중국의 남부 지역 중 하나

"이렇게 가까이 다가와서 자면 더 덥지 않아?"

쟝천의 손이 내 허리를 끌어안았다. 그의 팔뚝에서 내 허리로 열기가 전해졌다. 깃털이 긁고 지나가듯, 산들바람이 불어오듯, 그가 내 목과 등에 살짝 입을 맞췄다. 간질거리는 느낌에 나도 모르게 눈을 감았다. 곧이어 쟝천이 목을 살짝살짝 핥자 내가 목을 좀 움츠렸다. 돌연 목에서 이빨로 뜯는 통증이 느껴져서 깜짝 놀라 소리쳐버렸다. "헐! 강시야!"

그의 손이 내친김에 내 잠옷 아랫단 속을 더듬으며 들어왔다. 전류라도 흐르는 것처럼 몸이 뜨거워져 나도 모르게 덜덜 떨릴 지경이었다. 요리조리 피해봤지만, 결국은 그의 품에 갇혀 도무지 숨을 수가 없었다.

잠옷을 내 머리에서 억지로 벗겨내려는 쟝천을 보며, 나는 그야말로 울상이 되어 죽어라 설명을 해댔다. "이 잠옷 앞가슴 열린단 말야. 단추 있다고. 단추 있다니까……."

소용없었다. 적어도 두 개는 되는 단추가 바닥에 떨어지는 소리가 들렸다.

한밤중에 배가 고파서 잠에서 깨고 말았다. 그제야 오늘 밤 저녁 식사 거리였던 라면이 쟝천의 위에 들어갔다는 사실이 떠올랐다. 그래서 쟝천이 두 발을 걷어차며 곤히 잠든 새를 타 배고픔을 좀 달래볼 생각이었는데, 살짝 눈을 떴다가 놀라 자빠질 뻔했다. 쟝천 얼굴이 얼마나 가까이 다가와 있는지 입만 좀 내밀면 뽀뽀도 할 수 있을 만큼의 거리였다.

사실 내가 놀란 건, 쟝천이 가까이 다가오는 바람에 확대된 쟝천의 얼굴 때문이 아니라, 잠을 자면서도 허공에 손을 뻗어 나한테 부들부채를 부쳐주는 모습 때문이었다. 나는 꼼짝하지 않고 그를 바라봤다. 이 인간이 도대체 잠에서 깬 건지, 아니면 꿈을 꾸고 있는 건지 정말 궁금했다.

한 5분 정도 지나니까, 쟝천이 부채를 왼손에서 오른손으로 바꿔 잡더니 내 정수리 위에서 계속 부쳐댔다. 그러자 바람이 내 등 뒤에서 정수리로 이동했다. 어쩐지 꿈에서 무슨 공포영화처럼 등이 잠시 서늘해지고 정수리가 차가워지더라.

이 일련의 동작을 완성하는 내내 그는 눈을 감고 있었다.

내가 "음" 소리를 내면서 막 잠에서 깨 몽롱한 척하며 그를 불렀다. "쟝천."

그가 손을 멈추더니 눈을 떴다. "왜?"

"나 저녁 못 먹어서 배고파." 애교를 떨어봤다. "네가 내 저녁 먹어치웠잖아. 이 독하고 잔인한 나쁜 놈아."

나쁜 놈, 이 세 글자는 특별히 전설처럼 들려오는 그 아기 목소리로 발음해보고 싶었지만, 기술 숙련도가 떨어져서 결국 콧소리를 낼 수밖에 없었다.

어둠 속에서 쟝천의 입가가 뚜렷하게 실룩거렸다. "말 좀 제대로 해! 배고프면 가서 뭐 해 먹든가."

"먹을 것 좀 만들어줘잉⋯⋯. 남의 저녁 먹어놓고서 해주지도 않궁⋯⋯."

입을 한껏 삐죽거리면서 모든 음절을 길게 질질 끌었다. 요구

사항을 말하는 김에 쟝천이 어느 정도까지 오글거림을 견딜 수 있는지 시험해보고 싶었다.

쟝천의 오글거림 방어 능력은 내가 상상한 것보다 훨씬 떨어졌다. 쟝천은 날 한 발로 침대 밑으로 걷어차 버렸다. 남녀 주인공이 "자기 나빠, 자기 나빠. 나두 나빠, 나두 나빠." 이렇게 시시덕거리면서 서로 쫓아다니다 걷어차는 그런 느낌이 아니라, 구역질난다는 감정을 담은, 날 아주 태평양까지 걷어차 버리고 싶어 하는 그런 느낌이었다.

쟝천이 말했다. "가서 면 좀 끓여봐! 그 김에 나도 한 그릇만 주고."

나는 엉덩이를 문지르면서 입을 삐죽거리며 절뚝절뚝 면을 끓이러 나갔다. 속으로는 나 자신을 끊임없이 위로하면서 말이다. 무심코 다정하게 챙겨주는 게 제일 감동적인 거야. 그럼. 무심코 다정하게 챙겨주는 게 제일 감동적이고말고……

근데 무심코 말고 좀 작정하고 챙겨주는 건 안 되겠니…….

16장

이튿날, 나는 회사까지 바래다주겠다며 신이 나서 말하는 쟝천의 호의를 만족시켜주기 위해 어쩔 수 없이 한 시간여 일찍 일어나야만 했다. 이것이 바로 사랑의 대가니라.

어젯밤 한밤중 내내 우리는 베개 문제를 놓고 토론을 벌였다. 쟝천이 새 베개에서 세제 냄새가 난다며 내 베개를 베겠다고 고집을 부리기에 그럼 베개를 바꿔 베자고 했더니, 그건 또 본인이 여자 친구한테 자상하지 않아 보이기 때문에 안 된다고 했다.

나는 너 자상했던 적도 없지 않냐고, 게다가 여기 다른 사람이 또 있는 것도 아니고, 나도 얘기 안 하고 너도 얘기 안 할 텐데 자상하지 않으면 않은 거지, 그게 뭐 어떠냐고 말했다.

쟝천은 네가 그 입으로 내일 바로 무슨 논단[56]이니 뭐니 인터넷 게시판에 글이라도 써 올릴지, 아니면 소설을 쓰든 만화를 그리든 해서 날 왕창 띄워놓은 다음, 그 글에 사람이 많이 몰려서 첫 번째, 두 번째 댓글 달리고 삼천포로 빠지는 댓글 달리면, 그때 가서 보란 듯이 "제 명품 남친이 저 베개도 못 베게 하는 거 있죠." 이런 거나 써대기 시작할지 누가 아느냐고 했다.

나는 그건 너무 타당성이 떨어지는 말이라고 했다. 내가 게시판에 글을 올리든 소설을 쓰든 만화를 그리든 그건 다 내 두 손으로 하는 거지, 입과는 조금도 상관이 없다고 말이다.

우리는 그러다 대문짝만 한 이마 두 개를 베개 하나에 비좁게 얹어놓고 날이 밝을 때까지 잠을 잤다. 나는 베개를 뺏는 건 반드시 치료해야 하는 일종의 병이라는 느낌적인 느낌이 들었다.

"저기, 집에 에어컨 하나 놔줄까?" 신호등을 기다리고 있는데 쟝천이 갑자기 말했다.

순간 살짝 당황했다. 너무나 익숙한 이 한마디.

"저기, 내가 너 화구畵具 세트 하나 선물해주면 어떨까?", "저기, 내가 네 생일 때 너 오래전부터 갖고 싶어 했던 만화책 세트 선물해주면 어떨까?", "저기, 오늘 내가 밥 사면 어떨까?", "저기, 내 생활비 너한테 맡겨두면 어떨까?"……

대학 시절, 쟝천이 나를 물질적으로 도와줄 때마다 했던 말들이었다.

내가 물었다. "'…… 어떨까'가 네 고정 문구야?"

---

56 여기서 '논단'이란 앞에 나온 중국의 유명한 인터넷 게시판 '텐야논단' 같은 인터넷 게시판을 일컫는다.

쟝천이 어떻게 반응해야 할지 몰라 하는 기색이 역력했다. 그는 한참 생각한 뒤에야 이렇게 말했다. "그 당시 예술학과 애들한테는 돈을 대줘야 한다는 말이 있었어. 그때는 네가 내가 너한테 돈을 대주고 있다고 생각할까 봐, 내가 널 존중하지 않는다고 생각할까 봐 걱정스럽더라고. 그래서 저 말투가 나중에 습관이 된 거고."

한참 동안 입을 닫고 있다가 결국 도저히 참을 수가 없어서 입을 열었다. "그게 무슨 날 존중한 거야……."

"뭐?"

"내가 겨우 화구 세트 하나, 만화책 세트 한 질밖에 안 돼? 주먹만 한 다이아몬드면 또 몰라도."

별안간 쟝천의 얼굴이 어두워졌다. 우호적이었던 대화가 뜬금없이 틀어진 느낌이 들었다.

차가 우리 회사 아래층에 도착했을 때 조심스럽게 물어봤다. "화났어?"

"그래."

"왜?

"모처럼 너 존중해주려고 한 일인데 네 말에 웃음거리가 돼버려서."

내가 머리를 긁적이며 물었다. "그럼 얼마나 더 화내려고 생각 중이야?"

쟝천이 차를 옆에 세워놓고 옆으로 몸을 돌리더니 날 노려봤다. "너 나 열받아서 죽게 하려고 그러냐?"

"아니." 내가 해명했다. "너 화 너무 오래 내다가 나한테 에어컨 사주기로 한 거 잊어버릴까 봐 그러지. 날이 이렇게 더운데……. 게다가 너 나랑 같은 베개 베고 자는 거 좋아하잖아……. 아니면 너 화는 내고 있지만, 오후에 에어컨은 보내줄 거야? 우리 집 열쇠 너한테 줄까?"

……

쟝천은 한 한 세기 정도는 날 노려보다가 긴 한숨을 내쉬었다. "그러면 그렇지. 그때 내가 정말 쓸데없는 걱정을 한 거지. 이 인간이 존중할 만한 데가 어디 있다고."

아이, 쟝천 학우님, 말을 그렇게 하시면 너무 예의가 없으신 거 죠.

점심시간에 쟝천이 전화로 에어컨을 이미 설치했다고 알려주었다. 나는 그의 일 처리 속도를 있는 힘껏 칭찬해주고, 오늘 밤 아주 제대로 보답하겠다고 했다. 그랬더니 전화기 저쪽에서 쟝천이 엄청 음흉하게 "헝헝헝헝" 웃는 거였다. 너무 억울했다. 맛있는 거 사다 주겠다는 뜻이었는데…….

퇴근 뒤 맛있는 걸 왕창 사들고는 퇴근하는 쟝천을 마중하러 병원으로 달려갔다.

왕창 사들인 맛있는 것 중에는 아이스크림 두 통이 포함되어 있었지만, 아이스크림이 질척이는 물 두 통으로 녹아버릴 때까지도 소원대로 쟝천과 자기 한 입, 나 한 입, 이렇게 서로 떠먹여 주는 건 해보지도 못하고 말았다. 병원 입구에서 우보쑹과 녀석이 말했던, 세계에서 가장 순수한 여인이라는 그 여자 친구를 만났기 때문이다. 그 여자 친구는 바로 후란란이었다.

나는 최소 주먹 하나는 쑤셔 넣을 수 있을 만큼 입을 쩍 벌리고 말았다.

우보쑹이 다가와 내 어깨를 툭툭 쳤다. "왜, 네 올케 미모에 깜짝 놀랐냐?"

나는 서서히 입을 다물었고, 우보쑹 손에 후란란 앞까지 끌려갔다.

"란란, 나랑 제일 친한 친구 천샤오시야. 샤오시, 이쪽은 후란란, 내 여자 친구."

후란란의 얼굴이 백지장처럼 하얘졌다. 그녀는 입가를 몇 번이고 움직여 웃어보려고 했으나 다 성공하지 못했다.

나는 그녀를 뚫어지게 바라봤다. 아마 내 표정 역시 놀라움으로 가득했으리라.

"어, 왜 그래?" 우보쑹이 또 날 툭툭 쳤다. "서로 아는 사이야?"

"모르는 분이에요." 후란란이 내게 애걸하는 눈빛을 가득 던지며 먼저 선수 쳤다.

우보쑹이 수상쩍다는 듯 날 바라보길래 억지로 웃어주었다. "아니 좀 낯이 익어서 말야. 아마 너무 미인이셔서 그랬나 봐."

우보쑹이 물었다. "쟝천 찾아왔냐?"

나는 눈으로 후란란을 뚫어지게 바라보며 고개를 끄덕였다. "두 사람은 어떻게 병원 입구에서 만나기로 한 거야? 후란란 씨 친구 중에 이픈 분이라도 있어?"

후란란이 내 눈길을 피해버렸다. "아니, 그냥 여기서 얼굴 보기로 했거든."

"아, 다행이네." 말은 이렇게 했지만 내 귀에도 내 말투가 꽤 괴상하게 들렸다.

우보쑹은 뭔가 생각에 잠긴 듯했으나 캐묻지는 않고, 그냥 손가락으로 내 머리를 톡톡 두드렸다. "너 혀가 어떻게 됐냐. 올케한테 공손하게 좀 해라."

내가 입을 삐죽거렸다. "알았어. 와이프만 보이고 친구는 필요도 없다 이거구만."

우보쑹은 나는 거들떠보지도 않고 후란란의 손을 잡더니 토 나올 것 같이 느끼한 톤으로 말했다. "우리 샤오시랑 샤오시 남자 친구 불러서 같이 밥 먹으러 갈까?"

얼굴은 여전히 창백했지만, 후란란은 그러면서도 부드럽게 고개를 끄덕였다. "응."

쳇……. 이 몸과 이 몸의 서방님께서 그쪽 두 사람과 밥 먹고 싶어 하리란 법 없거든요.

장천은 후란란을 보고는 날 미심쩍게 내려다보았다. 내가 고개를 내저으니 그가 웃으며 자리에 앉았다.

우보쑹이 두 사람을 서로에게 소개하자, 장천이 웃으며 고개를 끄덕였다. "안녕하세요."

후란란도 고개를 숙인 채 말했다. "안녕하세요."

밥 한 끼 먹는데 분위기가 참 이상했다. 마음 편한 사람은 딱 하나 쟝천뿐이었는데, 자기 거 다 먹고도 모자라 내 걸 반이나 먹어 치웠다는 게 그 증거였다. 그러더니 녹아서 물이 된 내 비닐봉지 속 아이스크림까지 고집스레 가져다 버렸다. 내가 가져가서 냉동 실에 넣어놓고 한 시간만 지나면 다시 멀쩡해진다고 했는데도 말이다.

헤어질 때 나는 일부러 후란란과 전화번호를 주고받았다. 시간 날 때 여자 친구로서 느끼는 기분이나 주고받자면서.

쟝천의 차에 오르자마자, 나는 후란란 욕을 다다다다 쏟아냈다. 쟝천은 말참견을 하지 않다가, 내가 말하다 기운 빠져 하니까 그제야 입을 열었다. "뭘 그렇게 흥분해?"

"저 여자랑 그 장 서기! 그 사람들…… 어휴, 열받아!"

"너랑 무슨 상관인데?"

말이야 그렇게 하지만, 사람들은 늘 자기한테 다른 사람에 대해 이러쿵저러쿵 떠들 자격이 있다고 착각하곤 한다. 그리고 내가 그런 버릇이 있단 말이지.

"전에는 후란란에 대해 딱히 별생각 없었지만, 저 여자가 우보쑹과 사귄다잖아! 우보쑹 말이야! 내가 어떻게 보고도 못 본 척해?"

쟝천이 곁눈질로 날 차갑게 힐끔거렸다. "왜 안 되는데?"

어떻게 설명해야 할지 모르겠어서 그저 계속 강조하기만 했다. "쟤 우보쑹이잖아! 우보쑹이라고! 쟤 아무것도 모른단 말야. 우보쑹이라니까! 우보쑹!"

장천이 돌연 세차게 브레이크를 밟았다.

나는 자칫 잘못했으면 날아가 버렸을 몸을 죽어라 붙잡으면서 천천히 고개를 돌려 장천을 바라봤다. "너 나한테 앞에 개든 귀신이든 뭐든 나타났다고 알려주는 게 상책일 거야. 안 그러면 내가 너 목 졸라 죽여버릴 줄 알아."

장천은 날 거들떠보지도 않았다. 얼굴이 어두웠다. "우보쑹 연애에 그렇게 과하게 반응할 필요 없지 않아?"

내가 해명했다. "중요한 건 우보쑹이 연애를 한다는 게 아니라, 걔가 연애하는 상대란 말야. 너 우보쑹네 집안 사정 얼마나 복잡한지 모르지. 난 걔한테는 좀 더 단순한 연애가 어울린다고 생각해."

장천이 차갑게 웃었다. "어떤 연애가 단순한데, 너랑 하는 연애?"

어? 어!

일순간 당황했다가 문득 모든 걸 알아차리고는 믿을 수 없다는 듯 장천을 가리켰다. "너…… 질투하는 거 아니지……. 쑤루이도 질투하지 않았으면서…… 우보쑹을 질투한다니……. 너 어떻게 된 거지?"

얼굴이 굳은 장천은 대답하지 않았고, 나도 따지고 들지 않았다. 내가 너무 큰 충격을 받은 것이 주된 이유였다. 나는 평상시 장천이 '이 몸은 성인成人이니, 평생 질투 같은 건 부려본 적이 없느니라.' 이런 얼굴을 하고 있다고 생각했다. 그래서 그 여자 친구인 내가 장 서기와 그 손녀를 보고 도무지 말이라고는 안 되는 그 전설적인 질투라는 걸 그렇게 해보고 싶었음에도, 쟝천의 그 거리낄 것 하나 없다 못해 그야말로 군인 같은 표정에, 영원토록 대범하고 영원토록 일리 있는 말만 할 것 같은 이미지까지 더해진 모습을 보며 겸연쩍어했었단 말이다.

차가 길가에 서 있은 지 10여 분, 내가 쟝천에게 말했다. "저기, 질투를 하더라도 집에 가서 하는 게 어때?"

쟝천이 손을 들기에 나한테 가운뎃손가락이라도 세워 보이려는 건 아닌지 의심했다. 그렇지만 그는 그러지 않고 그냥 차 시동만 걸었다.

차가 앞을 향해 가는 도중에 나는 해명을 해보려고 했다. "우보쑹 나 안 좋아해. 걔가 날 좋아했으면 우리 벌써 사귀었을 거라구. 그러니까 이상한 생각 좀 하지 마."

쟝천의 얼굴은 더 엉망이 되었다. 빙고…… 이게 바로 내가 원한 효과였지롱.

집에 돌아온 뒤, 나는 새로 들어온 에어컨 아래에서 고개를 들고 실없이 웃었다. 에어컨은 인류 역사상 가장 제일 최고로 위대한 발명품 중 하나다. 컴퓨터도 그렇고, 텔레비전도 그렇고, 세탁기도 그렇고, 온수기도 그렇고, 자동차도 그렇고, 비행기도 그렇고…… 됐다. 어쨌든 인류는 정말 위대하다.

쟝천은 아직도 소파에서 부글부글 속을 끓이는 중이었다. 텔레비전 소리가 너무 커서 텔레비전 채널이 고장 났거나, 쟝천 귀가 고장 났을 거라는 의심이 들었다. 나는 후자라고 생각했다. 세상에 화병처럼 몸 상하게 하는 게 없거든.

나는 거실 에어컨을 보며 실없이 웃고 나서는, 방으로 뛰어들어가 방 안 에어컨을 보며 또 실없이 웃다가, 방에서 나와 쟝천의 어깨를 토닥거렸다. "정말 미안해. 쓸데없이 돈 쓰게 했지 뭐야. 사실 방 안에 한 대만 놓고 거실에 놓은 이거는 설치하지 않아도 됐을 텐데 말야."

쟝천이 나는 쳐다보지도 않고 되는 대로 찻상 위에 있던 리모컨을 들어 에어컨을 켜려는데, 내가 재빨리 뺏어버렸다. "얼른 가서 샤워해. 내가 방에 있는 에어컨 켜둘게. 샤워하고 나서 바로 방 안으로 들어가면 되잖아."

쟝천이 무표정하게 날 바라봤다. "나 지금 샤워할 기분 아냐."

나는 무슨 뜻인지 알 수가 없었다. "샤워하는데도 무슨 기분이 필요해?"

쟝천이 리모컨을 가져가려고 손을 뻗었지만 내가 등 뒤로 숨겨버렸다. "샤워해, 샤워하라니까."

쟝천이 날 곁눈질로 힐끔거렸다. "그거 암시야?"

나는 순간 당황해서 무심결에 리모컨을 넘겨주었다. "누가 암시를 한다는 거야. 지…… 진짜 뻔뻔하다니까!"

쟝천은 아마 평생 누구한테 뻔뻔하다는 욕을 들어본 적이 없어서 그랬는지, 잠시 리모컨을 든 채 불가사의하게 날 바라봤다. 나는 그에게 내 딴에는 가장 예쁘다고 생각하는 미소를 지어 보여주고는 줄행랑을 쳐버렸다.

그러고는 '쾅' 소리와 함께 침실 문을 닫고 잠가버렸다.

쟝천이 밖에서 문을 두드렸다. "어디 나올 배짱 있으면 나와보시든가!"

"나 그런 배짱 없는데." 나는 이 사실을 담담하게 진술해주었다.

뒤이어 탁자에 있던 리모컨을 들어 에어컨을 켠 뒤 깡충깡충 뛰어가 침대로 돌진했다. 침대에 엎어져서 노래를 흥얼거리고 종아리를 흔들며 베개 밑에 있던 만화책을 꺼내서 보기 시작했다.

문에서 울려 퍼지는 '찰칵' 소리에 나는 눈치를 채고 고개를 돌렸다. 쟝천이 문지방에 기댄 채 집게손가락에 열쇠 꾸러미를 끼고 빙빙 돌리면서 날 향해 웃고 있었다. "참 뻔뻔해, 그렇지?"

보조개가 사라지면 저 인간이 송곳니를 드러낼 거라는 생각이 들었다…….

내가 빽빽거렸다. "너 열쇠 나한테 돌려주지 않았어?"

"가져가서 두 개 복사해뒀지."

"어떻게 내 동의도 거치지 않고 열쇠를 복사할 수 있어?" 나는 홧김에 침대 위로 튀어 올랐다.

쟝천이 내 쪽으로 서서히 다가왔다. "그야 내가 뻔뻔하니까 그렇지."

……

나는 몇 걸음 뒤로 물러났다. 침대 위에 서 있었기 때문에 모처럼 이 인간을 위에서 내려다볼 수 있었다. 애써 아주 기세등등한 척했지만 입에서는 약한 말이 튀어나왔다.

"다가오지 마……."

쟝천이 내 발목을 확 잡아 쭉 끌어당기자, 나는 거꾸로 곤두박

질치듯 침대 매트리스 위로 쓰러졌다. 다행히…… 매트리스가 부드러웠다.

쟝천이 즉시 온몸으로 내 몸을 덮쳤고, 나는 실눈을 뜬 채 알랑거리며 웃었다. "저기, 방금 그건 말실수였어, 말실수!"

쟝천은 점점 더 가까이, 코끝이 내 얼굴에 닿을 때까지 다가왔다. "정말?"

딱 두 글자밖에 되지 않았는데 그 숨결이 내 얼굴 전체로 쏟아졌다. 나는 웃으며 몸을 틀었다. "정말이야, 정말이라니까! 네가 어디가 뻔뻔해. 너만큼 뻔뻔한 거랑 거리가 먼 사람이 또 어딨겠어."

쟝천이 코로 내 얼굴을 마구 문지르자, 어렸을 때 본 코로 배추 파내던 돼지 모습이 떠올랐다.

웃고 장난치다 막 옷을 벗고 사회 화합에 죄송할 만한 일에 본격적으로 착수하려는데[57], 별안간 내 휴대폰이 울렸다.

쟝천을 단숨에 떼어놓은 뒤 침대맡으로 기어 올라가 휴대폰에 손이 닿았을 즈음, 쟝천이 발목을 뒤로 잡아 빼는 바람에 애걸복걸하면서 휴대폰 쪽으로 손을 뻗었다. 휴대폰을 움켜쥔 뒤 눈앞으로 가져와서 보고는 재빨리 말했다. "그만, 그만. 후란란이야."

쟝천은 손을 멈췄고, 나는 서둘러 전화를 받았다. 그 와중에도 순간 유쾌한 말투가 튀어나왔다. "여보세요. 안녕하세요."

---

57 중국 정부는 '사회 화합'에 방해가 된다고 판단되는 온라인 게시물들을 수시로 강제 삭제하는데, 그 대상에 정부 비판적인 내용과 함께 음란물이 포함된다.

저쪽이 잠시 조용하더니 입을 열었다. "나예요, 후란란."

"네, 알아요." 나는 말투를 진정시켰다.

한동안 침묵이 이어졌다. 적이 움직이지 않으면 나도 움직이지 않는다.

한참 뒤 후란란이 애원했다. "그 일 그이한테 말하지 않을 수 없을까요?"

사실은 아주 이죽거리며 한마디 해주고 싶은 마음이 간절했다. "무슨 일이요? 누구한테 말해요?" 하지만 결국 입 밖에 내지는 못했다. 쟝천에게 교육을 너무 잘 받아서 야박한 사람이 될 수가 있어야지. 적어도 사람을 앞에 두고는 야박하게 굴 수가 없다. 그래서 이렇게만 말했다. "걔랑 저 엄청 친한 친구 사이예요."

"알아요. 난……."

그녀는 다시 침묵에 빠져들었다. 아마 어디서부터 이야기해야 할지 갈피를 잡을 수 없었을 것이다.

나는 휴대폰을 쥔 채 쟝천을 힐끔거렸다. 그는 내 허벅지를 베고 누워 내가 방금 보고 있던 만화를 넘겨보고 있었다.

전화기 저쪽에서 긴 한숨이 들려왔다. "열다섯 살에 그 집에 보모로 들어갔어요. 시골 아이가 도시로 갔던 거죠. 그 집 사람들도 저한테 그럭저럭 잘해줬고, 나도 만족하며 지냈어요. 하지만 내가 서서히 성장했죠. 나도 내가 자랄수록 예뻐지리라고는, 그 죽일 늙은이의 관심을 끌게 되리라고는 생각 못 했어요."

그녀가 잠시 말을 멈추더니 자조적으로 미친 듯이 웃어댔다. "하하하, 점점 더 예뻐졌더라…… 하하……."

그녀의 웃음이 내게는 너무도 처량하게 들렸다.

나는 침을 삼켰다. "저기, 하던 말씀 마저 하세요."

"결국 그 얘기 아니겠어요. 한번은 집에 사람이 없을 때였는데, 걸레질을 하고 있었어요. 늙은이가 돌아와서는 소파에 앉아 신문을 보다가 물 좀 따라다 달라고 해서 그렇게 했는데, 그 늙은이가 날 소파에서 덮쳤어요. 일이 일어나고 나서 나한테 그러더군요. 순순히 말 잘 들으면 잘해주겠지만, 말 안 들으면 사람 시켜서 우리 부모님 가만 안 둘 거라고, 너도 일자리 못 찾게 만들 거라고. 내가 뭘 할 수 있었겠어요? 그때 나 겨우 열여섯 살이었다구요."

휴대폰을 쥐고 있던 나는 무슨 말을 해야 할지 알 수 없었다. 쟝천이 갑자기 내가 다리에 늘어뜨려 놓은 손을 잡았다. 고개를 숙여 그를 보니, 만화책을 얼굴에 덮고 있었다. 이미 잠이 든 모습이었다.

나는 그의 손을 뒤집어서 맞잡았다. "말 안 하겠다고 약속할게요. 하지만 그쪽이 잘 처리해주길 바라요. 걔 상처 주지 마세요. 저한테는 엄청 중요한 친구니까요."

"고마워요."

좀 생각을 해보다가 위협 삼아 또 한마디 건넸다. "만일 걔한테 상처 주면 내가 그쪽 가만두지 않을 거예요."

말을 마치고 나니 후회막급이었다. 도대체 어느 쌍팔년도 드라마 대사를 읊은 거냐고 내가…….

다행히 후란란은 기회는 이때라며 날 비웃지 않았고, 이렇게만 말했다. "알았어요. 안심해요."

후란란이 이런 쪽으로는 참 관대한 사람이야.

전화를 끊고 나서 쟝천을 붙잡고 이야기 좀 하려다가, 그제야 쟝천이 언제 그랬는지 이미 내 손을 풀어주고는 침대 구석에 몸을 돌돌 말고 누워 우울해하고 있다는 걸 알아챘다.

기어가서 툭 쳐보았다. "뭐 해?"

"신경 꺼." 쟝천이 어깨를 흔들며 내 손을 밀쳐버렸다.

무슨 영문인지 알 수가 없었다. "왜 그래?"

쟝천은 말이 없었다. 거기서 그러고 한참 있으려니 나도 정말 갈피가 잡히지 않았다. 고개를 가로저으며 옷이나 찾아 샤워하러 가는 수밖에 없었다.

새로 산 예쁜 팬티가 어디 있는지 이 잡듯이 뒤지는 내내, 남자 친구 사귀는 게 돈 엄청 잡아먹는 일이라는 생각이 들었다. 나같이 얼굴 두꺼운 사람도 팬티를 새걸로 싹 바꿔야겠다는 생각이 들고, 이달 전기세 팍팍 올라가겠다는 예감이 들었으니……

"우보쑹이 네 가장 중요한 친구면, 나는 뭐야?"

"팬티."

……

어, 이거는 내가 꼭 해명을 좀 해야겠다. 그때 나는 한참 에어컨 한 대 밤새 돌리는 데 전기가 최대 몇 킬로와트 소모되는지, 1㎾당 전기세가 얼마인지, 하룻밤이면 다 합해서 얼마인지, 이게 한 달이면 얼마가 되는지 속으로 계산하고 있었다. 내가 수학에는 정말 젬병이어서 계산하는 데 정신이 확 쏠리다 보니, 쟝천이 입을 열어 말했을 때 말꼬리인 '뭐야?'밖에 듣지 못하는 일이 벌어지고 만 것이었다. 나는 이 '뭐야'를 무심결에 가장 합리적으로 '너 찾고 있는 게 뭐야'로 알아들었고, 그 바람에 위와 같은 대화가 완성되고 말았다.

고요하면서도 기이한 분위기가 방 안 가득 퍼져 있었다. 어쩔수 없이 장천의 질문을 자세히 되감아 곰곰이 생각해본 바, 정말속옷 끈으로 목을 확 졸라매 죽고 싶은 심정이었다.

장천이 조용히 일어나서 방 밖으로 걸어나갔다. 나는 뒤를 졸졸 따라가며 해명했다. "넌 내 남자 친구지. 방금 내가 잘못 들어서 그랬어. 나는 네가 나보고 뭐 찾고 있냐고 물은 줄 알았단 말야."

장천이 손을 휘휘 저었다. "알아. 말할 필요 없어."

대체로 방금 팬티에 비유된 사람치고는 반응이 너무 담담해서 불안했다. 만일 누가 날 팬티로 비유했다면, 나라면 적어도……좀 더…… 진상을 떨었을 테니까.

나는 장천이 소파 옆에 있던 짐 가방을 끌고 방으로 들어가는 모습을 지켜봤다. 정말 놀라웠다. 집에 들어와서 에어컨 보고 감탄하느라 정신이 팔려서, 소파 옆에 저렇게 큰 짐 가방이 있었는데도 그걸 발견하지 못했다니.

어리바리 장천 등 뒤에 따라붙었다. "웬 짐 가방이야? 내일 출장 가?"

"물 한 컵만 따라서 갖다줘."

"어." 나는 비틀비틀 물을 따르러 뛰어나갔다.

장천은 짐 가방에서 약병을 하나 찾아내더니 두 알을 꺼내 물과 함께 넘겼다. 나도 모르게 약병을 낚아채서 살펴봤다. 비타민 U, 수산화알루미늄, 삼규산마그네슘. '효능·효과 : 십이지장궤양, 만

성위염, 위산과다, 위경련 등'

"위 아파?"

"응." 쟝천이 침대 가장자리에 앉아 손으로 위를 덮었다.

"너 저녁 너무 많이 먹더라. 내 것까지 먹더니만." 나는 쟝천에게 베개를 가져다주었다. "이걸로 배 좀 덮고 있어봐. 좀 나아질 거야."

쟝천이 베개를 배에 얹어놓고 눈살을 찌푸렸다. "네 옷장 서랍 한 칸 비워서 짐 가방에 있는 옷들 좀 넣어놔."

"알았어. 이건 내가 할 테니까 넌 누워서 좀 자." 창백한 얼굴로 눈썹을 찌푸리고 있는 모습을 보고 있자니 마음이 너무 짠했다. 그런 사람이 있다. 힘들어하는 걸 보면 내가 대신 힘들었으면 좋겠다 싶은 그런 사람. 옷 치우는 건 말할 것도 없고, 시체를 치우라 해도 마다하지 않을 판이었다.

옷장 제일 위층에 있던 옷을 전부 꺼냈다. 거기에 평소 자주 입지 않는 옷을 넣어두었는데, 어쨌거나 쟝천은 키가 크니까 옷을 다 거기에 두면 되겠다 싶었다.

내 옷을 전부 가방에 옮겨놓고 쟝천 옷도 대부분 옷장에 넣고 나니, 문득 뭔가 좀 이상한 기분이 들었다. 뒤돌아서 보니 쟝천이 내 침대에 누워 한가롭게 만화책 책장을 넘기고 있었다.

천천히 눈을 한 번 깜빡였다. "어쩌자고 이 많은 옷을 우리 집에 두려는 거야?"

쟝천이 만화책을 살짝 내려 두 눈만 내놓고 말했다. "그러면 매번 갈아입을 옷 가져올 필요 없잖아."

말이야 그게 맞기는 한데…….

"너무 많이 가져온 거 아냐?" 내가 까치발로 옷을 위로 올렸다.

"너 정말 쪼그맣다. 옷 몇 벌만 던져줘. 가서 샤워하게."

"오늘 밤에도 여기서 자고 갈 거야?" 내가 고개를 돌려 그에게 물었다.

쟝천은 곧바로 만화책을 휙 던져놓고 이쪽으로 걸어와서 내가 받치고 있던 옷 중 두 벌을 끄집어냈다. "잘 정리해놔. 난 가서 샤워한다."

쟝천은 말을 마친 뒤 내 머리를 토닥거리고는, 옷을 어깨에 걸친 채 무슨 주인 어르신 같은 걸음걸이로 내 방을 걸어나갔다.

뭔가 내가 물은 질문에 대답을 하나도 듣지 못한 것 같은 곤혹스러움이 느껴지는 건 내 착각이란 말인가…….

쟝천은 샤워를 마치고 달랑 기다란 파란색 체크무늬 바지만 한 벌 걸치고 나왔다. 머리칼에서 방울방울 떨어진 물방울이 어깨 위로 튀어 올랐다가 어깨에서 다시 건장한 가슴으로 미끄러져 내려가더니, 선이 뚜렷하게 드러나는 아랫배로 굴러떨어졌다.

나는 침을 꿀꺽 삼켰다. "저기, 에어컨 켜놨으니까 윗옷 입어."

"물기 닦고 입을게." 쟝천이 손을 들어 얼굴에 남은 물기를 문질러 닦았다. "내일 나 수건 두 장만 사다 줘."

"옷장에 새거 있어. 가져다줄게." 나는 신이 날 대로 나서 옷장에서 수건을 꺼내 건네주었다. "이미 빨아둔 거라 아주 깨끗해서 지금 써도 돼."

"달리 치약?[58] 증정품으로 받은 거 말고 다른 생활용품을 좀 줄 수는 없냐?" 쟝천이 수건 위에 들어간 자그마한 흑인 머리를 가리키며 물었다.

"그냥 자수 작품으로 봐줄 수 없어? 도안이 좀 독특하잖아. 게다가 경제학적 관점에서 보면 증정품이 제일 수지가 맞는단 말야."

쟝천이 코웃음을 쳤다. "경제학을 아시기나 하실랑가요."

내가 정중하게 머리를 끄덕였다. "제가 적어도 헛소리학은 좀 압니다요."

쟝천이 어이없어하며 침대 가장자리에 앉았다. "나 수건으로 머리 좀 닦아줘."

나는 침대로 올라가 쟝천 뒤로 돌아가서 머리를 닦아주었다. 머리칼은 아주 보드라웠고, 살짝 갈색 기가 돌았다. 수건으로 가볍게 문지르던 중 나도 모르게 살짝 누렇게 변한 머리칼을 뽑으려다가 쟝천의 눈 흘김 세례를 받은 걸 빼면 전체적인 분위기는 그럭저럭 괜찮았다.

머리칼을 닦아준 뒤 쟝천의 어깨에 엎어져 쉬었다. 머리 닦아주는 게 꽤 피곤한 일이더라는.

밤중에 설핏 잠이 들었는데, 뭔가가 목덜미 사이를 문지르는 느낌이 어렴풋하게 들어서 손바닥으로 팍 쳤더니 나지막한 고함이

---

58 중국어권의 유명 치약 제품으로, 중국어권에서는 '흑인 치약'이라는 이름으로 불린다.

들렸다. "천샤오시, 네가 권투 선수냐!"

나는 흐리멍덩한 정신으로 몸을 뒤집은 뒤 쟝천을 껴안았다. "이 야밤에 안 자고 뭐 해?"

"잠이 안 와."

"왜?" 말을 하면서도 눈꺼풀이 또 감겼다.

곧이어 뭔가가 피부를 한바탕 쫙 잡아당기는 통증이 찾아왔다. 쟝천이 내 얼굴을 꼬집고 있었다. "위가 아파서."

사람이 잠이 부족하면 못된 마음을 먹기 쉽다. 예를 들어, "위 아프면 너 혼자 저쪽 가서 아프고 있어. 나 또 귀찮게 하면 평생 위 아플 기회도 없을 줄 아셔……." 이렇게 말해주고 싶은 지금의 나처럼.

다행히 마음 깊은 곳에 내재한 인간 본성의 계속된 외침에, 나는 그제야 억지로 눈을 뜨고 말했다. "가서 물이랑 약 가져올게."

말하면서 자리에서 일어나려는데, 쟝천이 내 허리를 끌어안으며 잡아당겼다. "됐어. 정신 좀 분산되게 같이 잡담이나 좀 떨어보자."

오밤중에 속 이야기 꺼내는 거 사람 머리 무진장 아프게 하는 일인데.

하지만 이 몸이 여자 친구로서 주력하고 있는 부분이 바로 이해심 많은 여자 친구라는 콘셉트니, 정신 차리고 응해줄 도리밖에. "무슨 얘기가 하고 싶은데?"

"아무거나 얘기해봐."

어이, 사람이 말이야 사리 분별이 분명해야지. 자기가 잡담 떨자고 해놓고 나보고 화제를 찾아보라니. 이는 지극히 무책임한, 사람 무지하게 열받게 하는, 질질 끌려 나가 총에 백 번은 맞아도 싼 행동이라오.

나처럼 모던하고 목소리 카랑카랑한 여자는 알아서 화제 찾아오고 그러지 않는다 이 말이야. 그래놓고 이렇게 말했다. "오늘 수술 있었어?"

"아니. 오늘은 외래진료만 봤어."

"아." 좀 생각해보다가 다시 말했다. "후란란 예쁘다고 생각해?"

"예쁘지."

"얼마나 예쁜데?"

"너보다는 예뻐."

쟝천의 허릿살을 꼬집어 한 바퀴 비틀어버렸다. "네 얘기의 여주인공은 나란 말야. 나한테 말할 때 예의 좀 차리시지!"

쟝천이 날 힘껏 아주 꽉 안았다. 아주 으스러뜨릴 것 같이 꽉 말이다. 그 바람에 어쩔 수 없이 쟝천을 꼬집고 있던 손을 풀 수밖에 없었다.

"후란란이 남자가 과거를 용서해줄 만큼 예쁘다고 생각해?"

나는 여자의 미모가 어느 수준에 이르면 당연히 마력을 발산한다고 생각한다. 이 마력은 사람들이 그녀가 한 모든 나쁜 짓을 용서하게 만든다. 이를테면, 후란란이 여우같이 아름다운 외모를 갖고 있다 보니, 그녀가 정말 여우라는 게 사실상 그녀의 천부 인권이 되어버린 것처럼.

쟝천이 잠시 침묵하다 말했다. "나한테는 그만큼은 아냐."

"그럼 우보쑹이 후란란과 헤어지리라 생각해?"

"그 둘이 헤어지는 게 너랑 무슨 상관인데?"

이 말하는 꼬락서니 좀 봐. 요 몇 년 집값에, 기름값, 고깃값, 마늘값, 녹두값, 멜라민 분유, 불량 백신, 불량 샴푸…… 죄다 나오는 상관없는 일이라고 공언됐다지만, 친한 친구가 실연하면 어쨌거나 그건 나랑 상관이 있을 수밖에 없지 않은가 말이야. 아니면 내가 사회에 공헌하는 게 너무 없잖아.

"당연히 나랑 상관있지. 둘이 헤어지면 내가 가서 상처받은 우보쑹 위로해줘야 할 거 아냐."

맞다. 당신이 잘못 들은 거 없고, 나도 잘못 말한 거 없다. 내가 말버릇이 좀 못돼 먹었거든. 쟝천 머리끝까지 열 뻗치게 찔러대는 게 재미있단 말이지……. 하지만 내가 그런 티를 너무 팍팍 냈는지, 쟝천은 사악하고 음흉한 남자 주인공이라면 보여야 할 반응을 전혀 보이지 않았다. 나를 덮쳐 입으로 내 입을 막아버리지도 않았고, 내 옷을 확 찢어버리며 응응을 하지도 않았고.

"천샤오시, 다음에 또 힌트 안 주면 나 쉽게 격분할 줄 알아."

사람이 너무 똑똑해도 안 좋아, 사는 재미가 너무 없잖아.

기왕 쟝천을 놀려먹지 못할 거라면 차라리 진지하게 이야기를 나눠보기로 했다. "정말 그 둘이 헤어지리라 생각해?"

"꼭 그렇지는 않아."

"왜?"

"나는 우보쑹이 아니니까."

......

누군가 당신에게 당신과 이야기하고 싶다고 해놓고는, 당신이 던지는 질문 하나하나에 '어디 네가 내 말 어떻게 받나 보자'는 쪽으로 당신을 식은땀이 줄줄 쏟아질 지경까지 몰아세운다면, 당신은 그 사람을 죽이고 싶을까, 숨통을 끊어놓고 싶을까, 골로 보내고 싶을까?

나는 한숨을 쉬며 다시 시작했다. "그럼 만일 그게 나라면, 넌 나 용서해줄 거야?"

나 너무 저질이라고 욕하지 마시길. 여자들은 대부분 비교하기를 좋아하니까. "쟤 예뻐 안 예뻐?" 이렇게 물어놓고 바로 다음에 "그럼, 내가 예뻐 쟤가 예뻐?" 이렇게 묻는단 말이지.

쟝천은 한 한 세기는 될 정도로 오랫동안 침묵하고 있다가 말했다. "응."

어안이 벙벙했다. "당연히 아니지! 너 가만 안 두겠지! 에이즈 걸려서 확 죽어버리길 빌 거다!" 같은 독한 말을 들을 줄 알고 이미 마음의 준비를 하고 있었다. 그런데 갑자기 한 글자가 딱 튀어나오니까 도무지 뭘 어찌해야 할지 모르겠어서 바보처럼 중얼중얼 캐물을 수밖에 없었다. "왜, 후란란이 나보다 더 예쁘다고 하지 않았어? 근데 왜?"

쟝천이 내 이마에 입을 맞췄다. "그만큼 사랑하니까."

다른 사람들은 연애하면서 감동적인 사랑의 밀어를 얼마나 많이 듣는지 모르겠지만, 어쨌든 나는 한마디도 들어본 적이 없었다. 그래서 이 말을 들었을 때 우선 내 귀를 의심했고, 그다음에는 이 여덟 글자를 반복해서 음미하고 곱씹어보다가, 마지막에 가서 이것이 사랑의 밀어임을 확신하고 나서야 뒤늦게 감동하기 시작했다. 머릿속이 온통 우르릉 쾅쾅 우르릉 쾅쾅 새하얗게 변해버렸다. 그냥 위통이든, 늦은 밤이든, 진심을 담은 사랑의 밀어이든, 다 대박이라는 생각밖에 들지 않았다!

사랑의 밀어가 연출한 방울방울 핑크빛 거품 세상에 푹 빠져 있는데, 갑자기 잠옷이 젖혀지는 느낌이 들었다.

내 핑크빛 거품 방울들이 팍 터져버리는 바람에 나도 모르게 눈을 흘겼다. "쟝천 학우님, 그 손으로 막 더듬지 좀 말아주시겠습니까?"

"나 그런 적 없는데."

나는 내 허리를 어루만지고 있던 쟝천의 손을 탁 쳐버렸다. "그럼 이건 뭔데?"

쟝천이 아주 엄숙하고 진지한 말투로 말했다. "이건 막 더듬는 게 아니라, 아주 뚜렷한 목적을 갖고 만지는 거야."

나는 또다시 눈을 흘겼다. "너 위 안 아파?"

"아직 아파. 잡담이 효과가 없으니 다른 거나 해서 주의 분산시키려고."

……

치아문단순적소미호 1

— 우리 순수하고 아름다웠던 날들에 부쳐

초판 1쇄 발행 2018년 9월 20일
초판 7쇄 발행 2022년 5월 25일

지은이 | 자오첸첸
옮긴이 | 남혜선
펴낸이 | 조미현

책임편집 | 황정원
디자인 | 나윤영

펴낸곳 | (주)현암사
등록 | 1951년 12월 24일 · 제10-126호
주소 | 04029 서울시 마포구 동교로12안길 35
전화 | 02-365-5051
팩스 | 02-313-2729
전자우편 | dalda@hyeonamsa.com
홈페이지 | www.hyeonamsa.com
블로그 | blog.naver.com/hyeonamsa

ISBN 978-89-323-1937-7 04820
     978-89-323-1939-1 (세트)